KB267581

이대로 살아도 괜찮은 걸까?

일러두기

- 이 책의 본문은 작가가 직접 노트에 쓰고 그린 내용으로 이루어졌습니다.
- 일부 단어나 표현은 작가의 의도를 살려 사용된 작가적 표현으로 이해해
  주시기 바랍니다.

이대로 살아도 괜찮은 걸까?

서범강 쓰고 그림

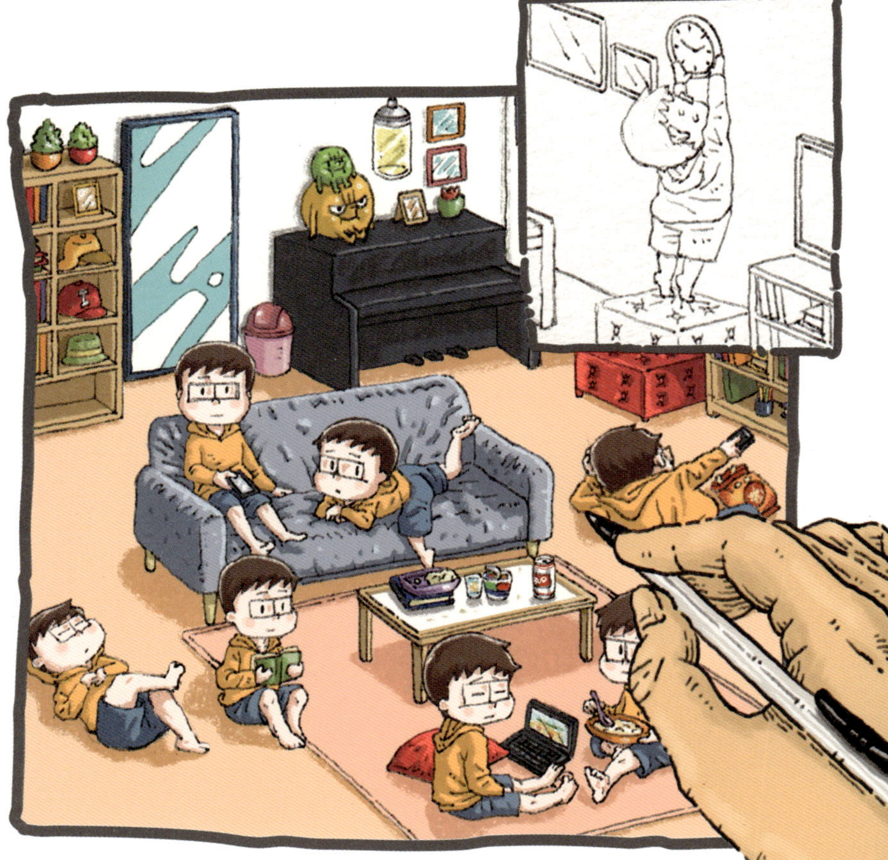

휴먼큐브

뒤죽박죽이지만
그래서 더 공감되는 '봉구'의 일상

바쁜 내 일정을 들여다보는 사람들은 하나같이 고개를 저으며 말한다. "이게 가능하다고요?"

지방을 오가고 해외 일정을 끼워 넣으며 쉴 틈 없이 돌아가는 스케줄 속에서 나 역시 때때로 숨이 막힐 것만 같았다. 그 와중에 가장 속상했던 건, 정작 나를 살아 있게 만드는 창작 활동에서 점점 멀어지고 있다는 사실이었다. 이렇게 바쁘게 살아도 괜찮을까? 내 마음속 어딘가에서 조용히 울리던 질문이 어느 날 불현듯 커졌다. 그리고, 다시 펜을 들기로 결심했다.

드로잉 노트 한 권과 펜 하나를 가방 안에 넣었다. 틈틈이, 이동 중에, 기차 안에서도 그릴 수 있다면 창작의 감각을 잃지 않을 수 있겠다고 생각했다. 하지만 막상 아무것도 없는 종이를 마주하니 무엇을 그려야 할지 막막했다. 흔들리는 기차 안에서 팔짱을 낀 채 빈 노트만 빤히 바라보던 그 순간, 문득 이런 생각이 들었다.

세상엔 나처럼 '이대로 살아도 괜찮은 걸까?'라고 자문하는 사람이 얼마나 많을까? 그들은 어떤 이유로 그런 고민을 하게 되었을까?

세상일이란 멀리서 보면 남의 이야기 같지만, 가까이서 보면 결국 내 이야기와 다르지 않다. 나는 그런 이들과 공감하고 싶었다. 그리고 그 감정을 담을 캐릭터가 필요했다. 나의 정서와 경험을 담되, 꼭 나만은 아닌 존재. 누구나 자신을 투영할 수 있는 그런 존재. 그렇게 '봉구'가 태어났다.

책 한 권 분량의 드로잉 노트를 끝까지 채울 수 있을까? 바쁜 일과 속에서 과연 가능할까? 의문은 많았지만, 잠깐의 틈에라도 하나의 선을 그려내는 자체가 즐거웠다. 짧게나마 여유가 생기면 펜을 꺼내 노트에 무언가를 남겼다.

처음에는 검은 펜 하나로 시작했지만, 점점 색을 더하고 싶어졌다. 근처 다○소에서 형광펜 몇 개를 집어 들었다. 전용 마커를 쓰면 더 좋겠지만 늘 가지고 다닐 수도 없는 일. 손 닿는 곳에서 쉽게 구할 수 있는 이 작은 도구들로도 충분했다. 물론 잉크가 번지거나 종이가 일어나는 불편함이 있었지만, 금세 익숙해지며 나름의 방식으로 활용하는 재미가 있었다.

나의 하루 틈틈이 채워진 노트 한 권은 세상과의 대화가 되었다. 그리고 마침내 한 권의 책으로 나오게 되었다. 뭘 하기가 애매해 어영부영 보냈던 틈새 시간은 이제 내게 가장 소중한 충전의 시간이 되었다. 내 감정을 담은 봉구가 많은 사람에게 닿기를, 그의 작은 이야기들이 누군가의 하루에 작은 위로가 되기를 바란다.

마지막으로, 이 작품이 세상에 나올 수 있도록 도와주시고 "이름이 있으면 좋겠어요. 누구나 친숙하게 느낄 수 있는 그런 이름으로요."라며 내 작품에 '봉구'라는 따뜻한 이름을 불어넣어 주신 휴먼큐브 황상욱 대표님께 감사의 마음을 전한다. 덕분에 정말 행복했습니다.

2025년 여름

서범강

차례

내가 아날로그 방식을 선택한 이유

이 책 『이대로 살아도 괜찮은 걸까?』에 실은 그림들을 아날로그 방식으로 그리기로 한 데에는 세 가지 중요한 이유가 있다.

❶ 언제 어디서든 그릴 수 있는 자유

무엇보다 내가 중요하게 여긴 것은 언제 어디서든 그림을 그릴 수 있어야 한다는 점이었다. 시간의 틈이 생기거나 마음만 먹으면 달리는 기차 안에서도, 카페 한구석의 테이블에서도, 심지어 길가 벤치에서도 노트를 펼치고 펜을 꺼내 그림을 그릴 수 있어야 했다. 이러한 즉시성과 자유로움은 나에게 창작의 중요한 조건이었다.

❷ 각오와 집중을 이끌어내는 방식

두 번째 이유는 각오와 다짐이다. 내가 사용하는 드로잉 노트는 재질이 크라프트지여서 수정이 거의 불가능하다. 대부분 밑그림 없이 펜으로 바로 그리는 방식을 고수하기 때문에, 선 하나를 그릴 때도 모든 집중력을 쏟아야 한다. 디지털처럼 지우고 다시 그릴 수 없기에, 그림을 그리기 전 머릿속으로 수없이 그려보고 종이 위에 펼쳐질 이미지를 상상하며 그 결과를 반복해 떠올린다. 그래서일까, 매 순간 진지하고 절실해지며 선 하나하나에 애정이 자연스레 스며든다.

❸ 손그림만의 희소성과 가치

세 번째 이유는 희소성과 가치에 대한 믿음이다. 이제 디지털은 물론 AI로 생성한 이미지가 점점 넘쳐나는 시대가 되었다. 그런 시대일수록 손으로 정성껏 그린 그림은 더 귀하고 특별해질 수 있다고 믿는다. 대중의 시선이나 평가를 넘어, 내가 스스로 느끼는 가치와 만족감만으로도 충분하다. 나아가 언젠가 이 원화들을 전시하고 싶은 작은 바람도 있다.

마음을 그리는 손끝의 여정

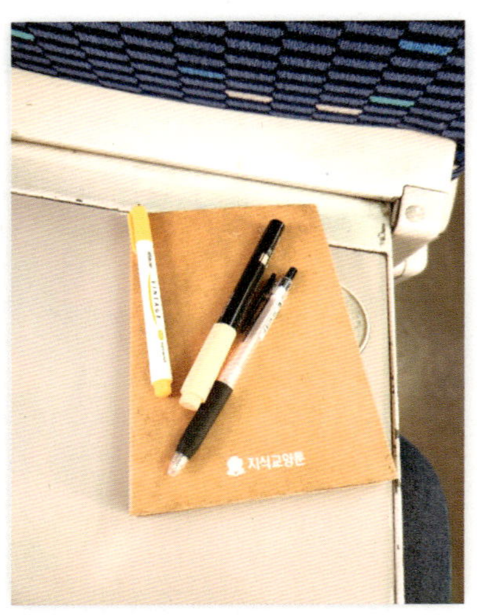

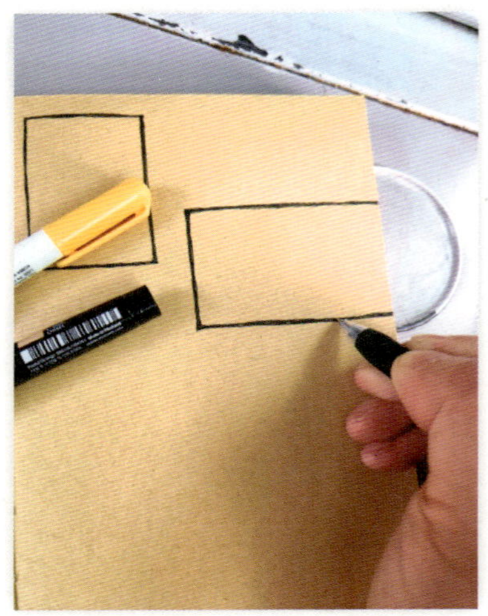

❶ 기차로 이동하는 시간은 좀처럼 틈이 나지 않는 나에게 그림에 집중할 수 있는 귀한 시간이다.

❷ 맨 먼저 몇 분간 빈 종이를 뚫어져라 노려보면서 화면을 어떻게 구성할지 떠올린다. 그런 다음 적당한 곳에 적당한 사이즈로 컷을 배치한다. 이때 대사를 넣을 영역까지 함께 고려해야 실수가 없다.

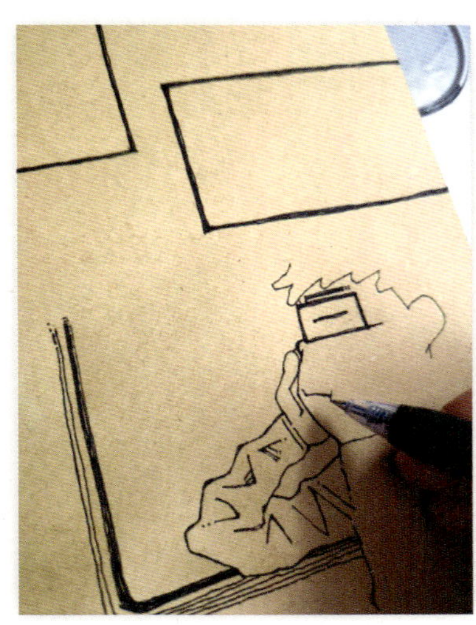

❸ 컷이 자리를 잡고 나면, 그리고 싶은 주제의 메인 이미지를 그려 넣는다. 메인 이미지가 어떤 느낌이 되느냐에 따라 다음 과정에 영향을 주기 때문에 가장 중요한 과정이라 할 수 있다.

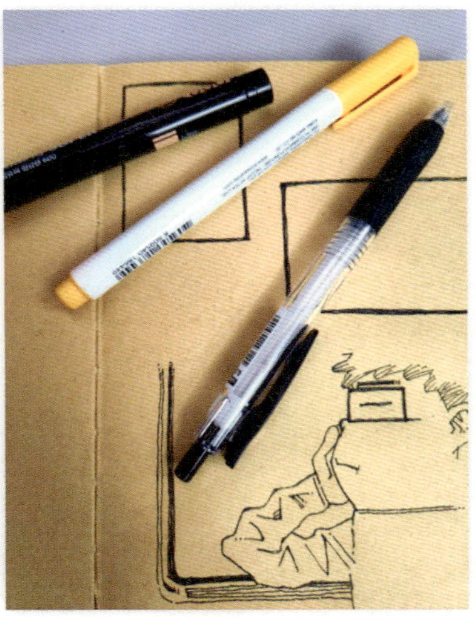

❹ 이렇게 컷과 메인 이미지가 구성되고 나면 본격적인 단계로 돌입할 준비는 된 셈이지만…

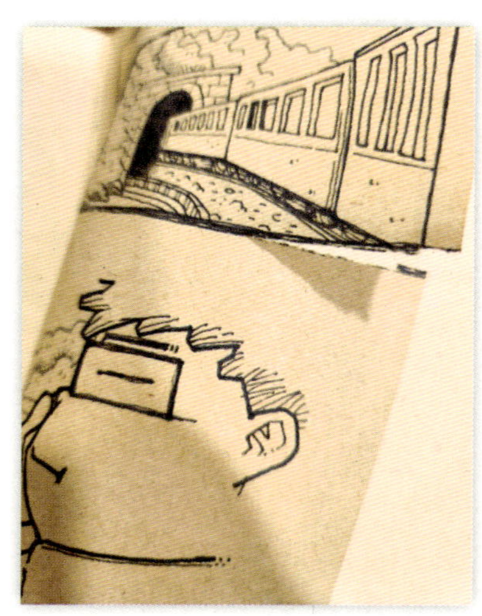

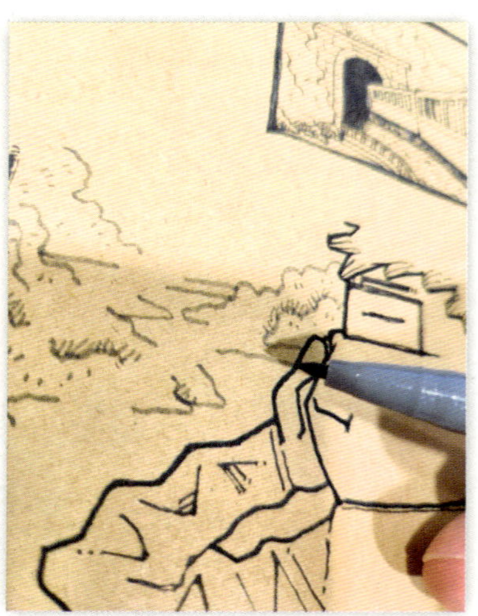

❺ 예상치 못한 상황도 종종 발생한다. 기차가 갑자기 크게 흔들려 한순간 손끝에 힘이 많이 들어가면 이렇게 찢어지는 일도 벌어진다. 종이와 함께 내 마음도 찢어진다….

❻ 마음을 가다듬고 배경을 그려 넣는다. 메인 이미지도 부각시키고, 거리감도 살릴 겸 연한 회색으로 그리는데, 다○소의 플러스펜이 참 유용하다.

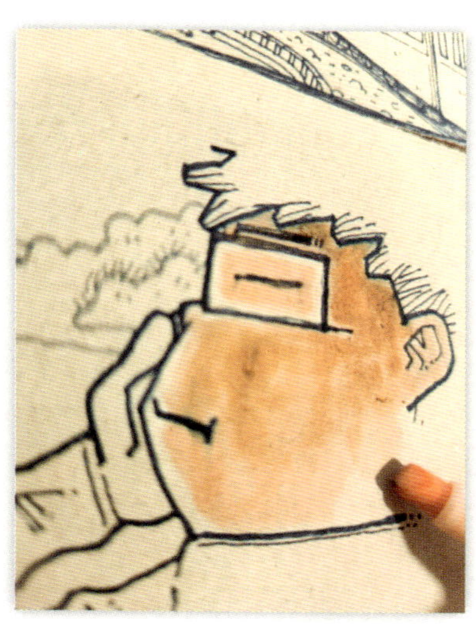 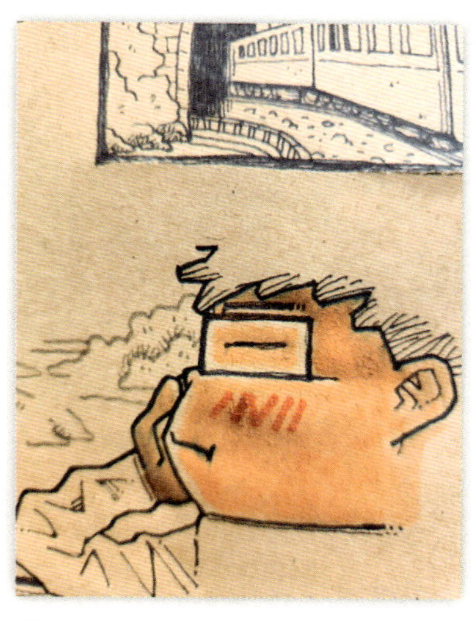

❼ 이제 그림의 하이라이트인 컬러링에 돌입할 시간이다. 컬러링 과정에서 실수가 생기면 끝장이기 때문에 어느 때보다 긴장이 많이 되는 구간이다. 전용 마커가 아니라 형광펜이다 보니 얼룩이 남고 종이도 잘 일어난다. 여러 번 겹치지 않고 한 번에 칠해야 하지만 흔들리는 기차 안에서는 쉽지 않다.

❽ 결국 얼룩이 남은 부분에는 땜빵용 볼터치 스킬을 시전한다. 종이가 찢어졌을 때도 그렇지만, 이런 때는 당황하지 않아야 다음 과정으로 무사히 넘어갈 수 있다.

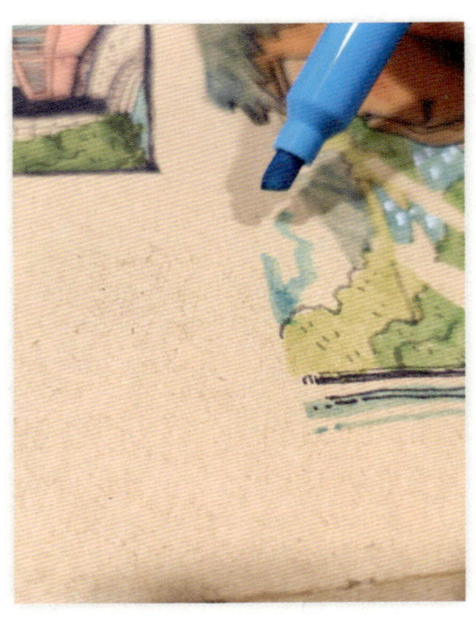

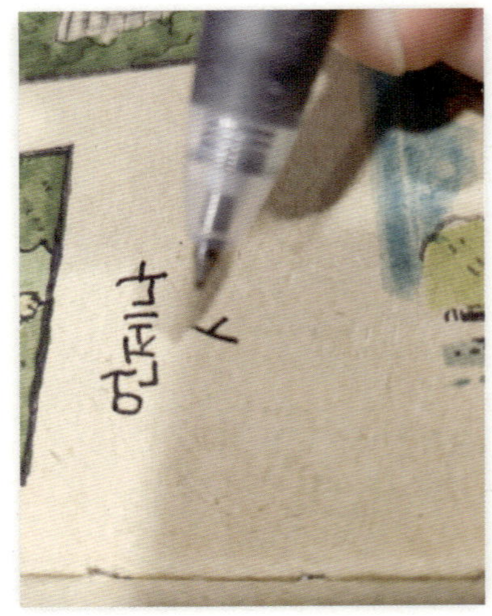

9 긴장감은 상당하지만, 컬러가 채워져 가는 것을 보는 과정은 묘한 즐거움이 있다. 회색 라인보다 더 먼 곳에 있는 풍경은 아예 선을 생략하고 형광펜으로만 형태를 그려준다.

10 내레이션이나 대사를 넣는 과정. 오자가 있으면 큰일이므로 정신을 똑바로 차려야 한다. 간혹 글씨 공간이 부족할 때가 생기는데, 이 때문에 처음에 텍스트 영역을 생각보다 더 여유 있게 두는 게 좋다.

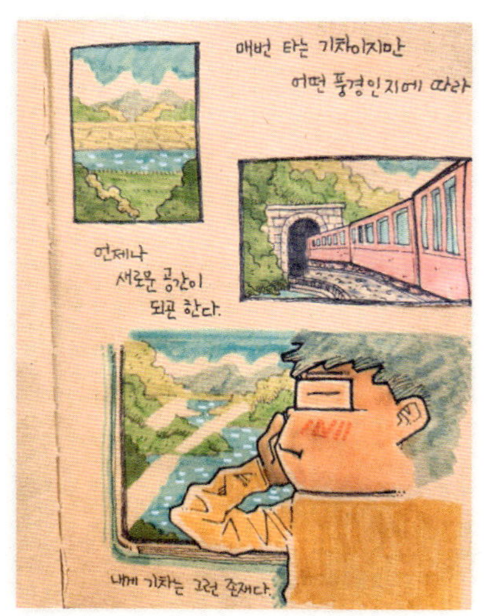

⓫ 마침내 한 페이지가 잘 완성되고 나면,
그날 하루가 뿌듯해지는 기분이다.

　이렇듯 내가 이 책『이대로 살아도 괜찮은 걸까?』에 실은 손으로 그린 한 장 한 장은 1분 1초를 아껴가며 정성과 마음을 고스란히 담아낸 나의 시간과 기억의 기록이다.

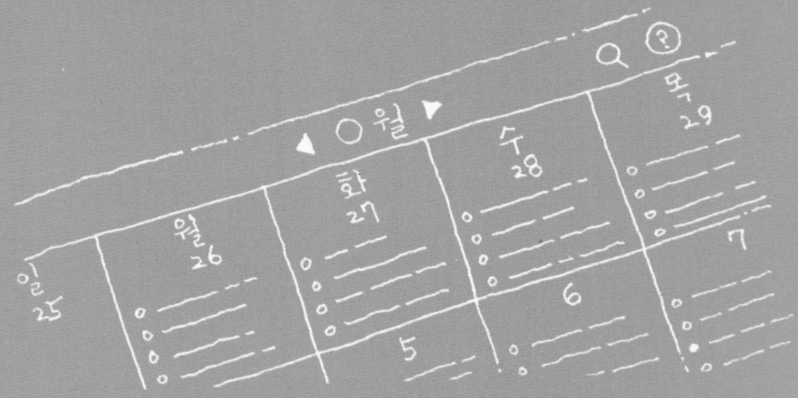
◎ 월
일 25
월 26
화 27
수 28
목 29
5
6
7
?

1장

봉구가 오늘을 사는 법

오늘을 사는 방법,
지금을 미루지 않기

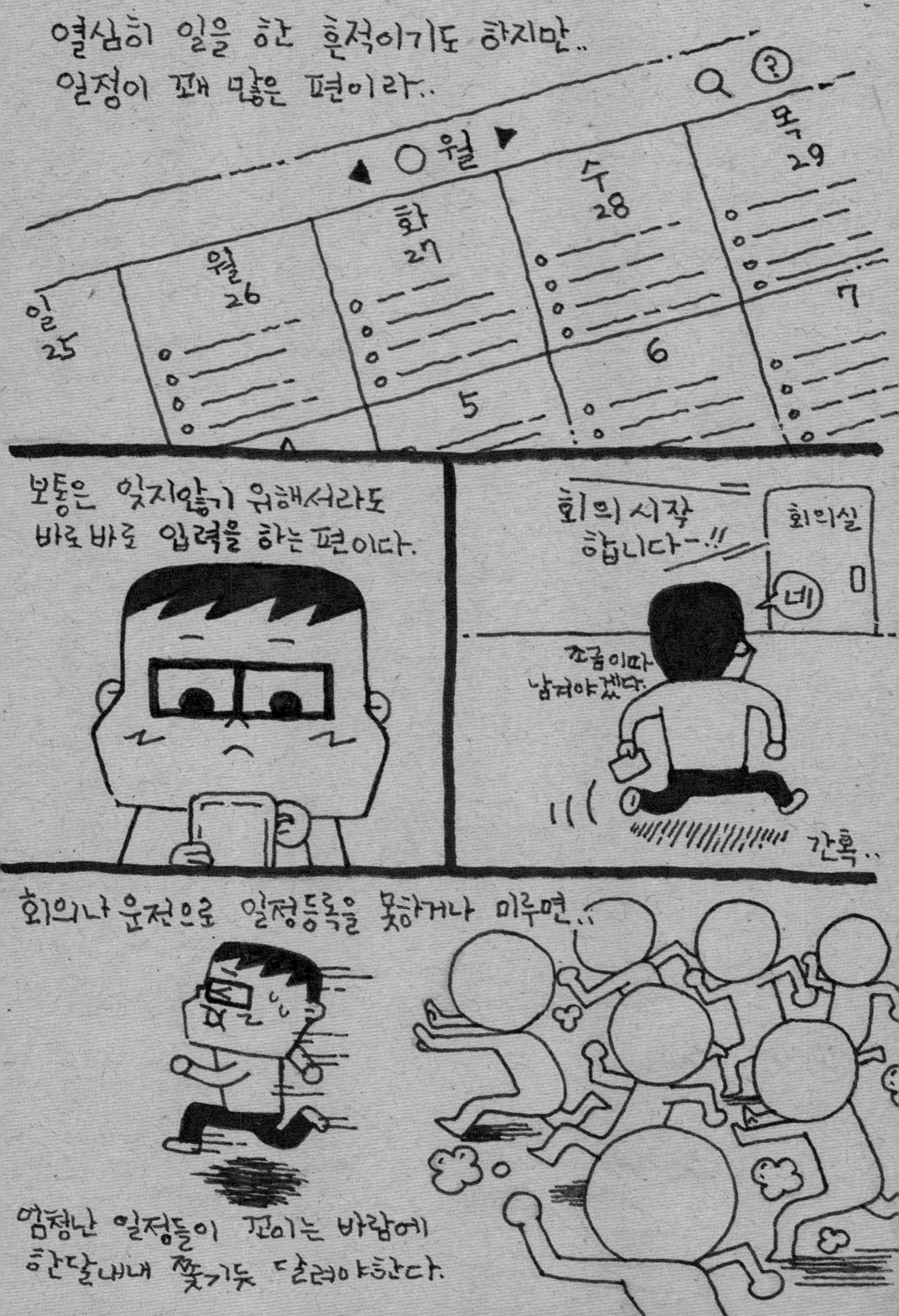

열심히 일을 한 흔적이기도 하지만..
일정이 꽤 많은 편이라..
일 25
월 26
화 27
수 28
목 29
5
6
7
보통은 잊지않기 위해서라도
바로 바로 입력을 하는 편이다.
회의 시작 합니다~!!
회의실
네
조금 이따 남겨야겠다.
간혹..
회의나 운전으로 일정등록을 못하거나 미루면..
엄청난 일정들이 꼬이는 바람에
한달내내 쫓기듯 달려야한다.

그거 알아?

우리는 시간에 쫓긴다 하지만
사실 시간은 톱니바퀴와 같아서
언제나 규칙적으로 흐를 뿐이야

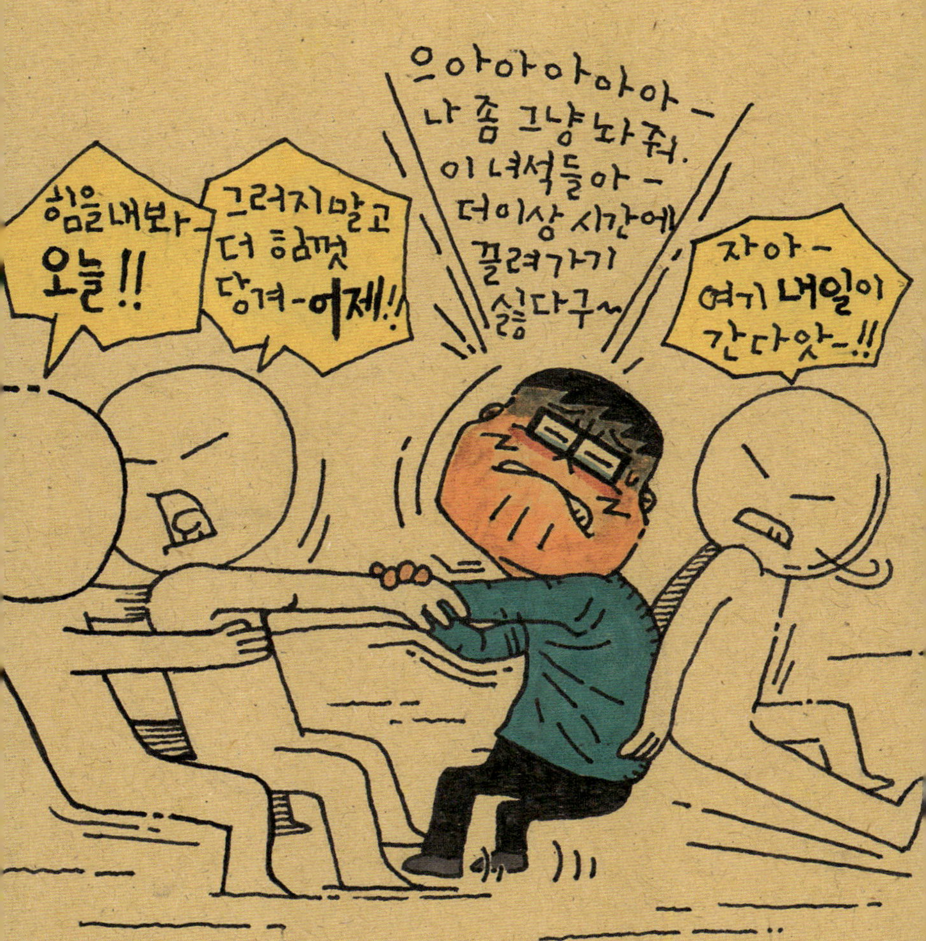

".. 앞에선 당겨주고, 뒤에선 밀어주고..
인정사정 없는 시간의 흐름 사이에서
여김없이 쫓기듯 살아가는 순간들.."

인생은
끊김없이
나아가야
하는 법

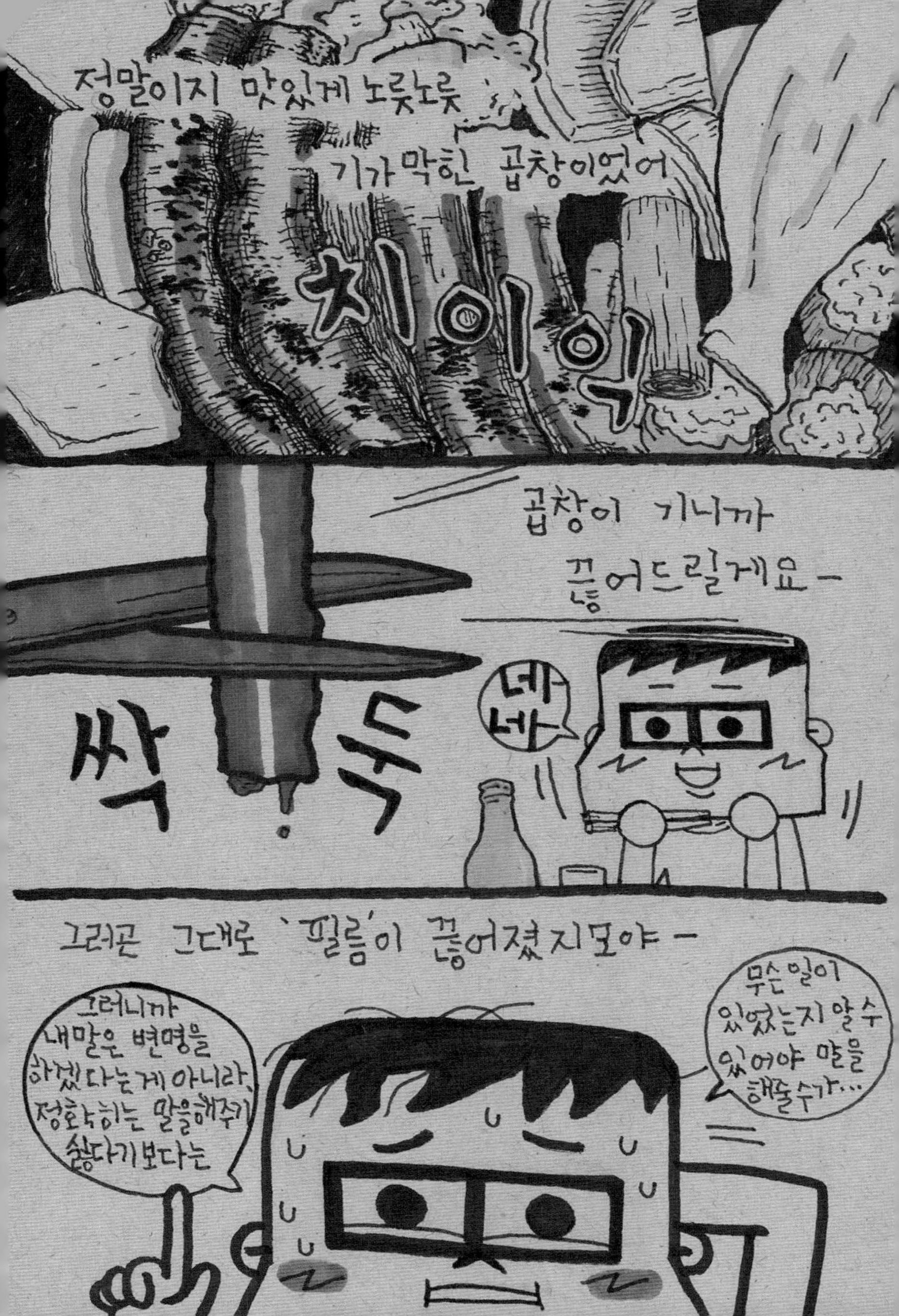

정말이지 맛있게 노릇노릇
기가막힌 곱창이었어
치이이익
곱창이 기니까 끊어드릴게요~
네~
싹
뚝
그러곤 그대로 '필름'이 끊어졌지뭐야~
그러니까 내말은 변명을 하겠다는게 아니라, 정확하는 말을 해주기 싫다기보다는
무슨일이 있었는지 알수 있어야 말을 해줄수가...

행운, 기회, 행복
위기, 고난, 시련
··· 들은 모두

특정한 주파수가 없어서
자신을 당기는 것에 끌린다고 해

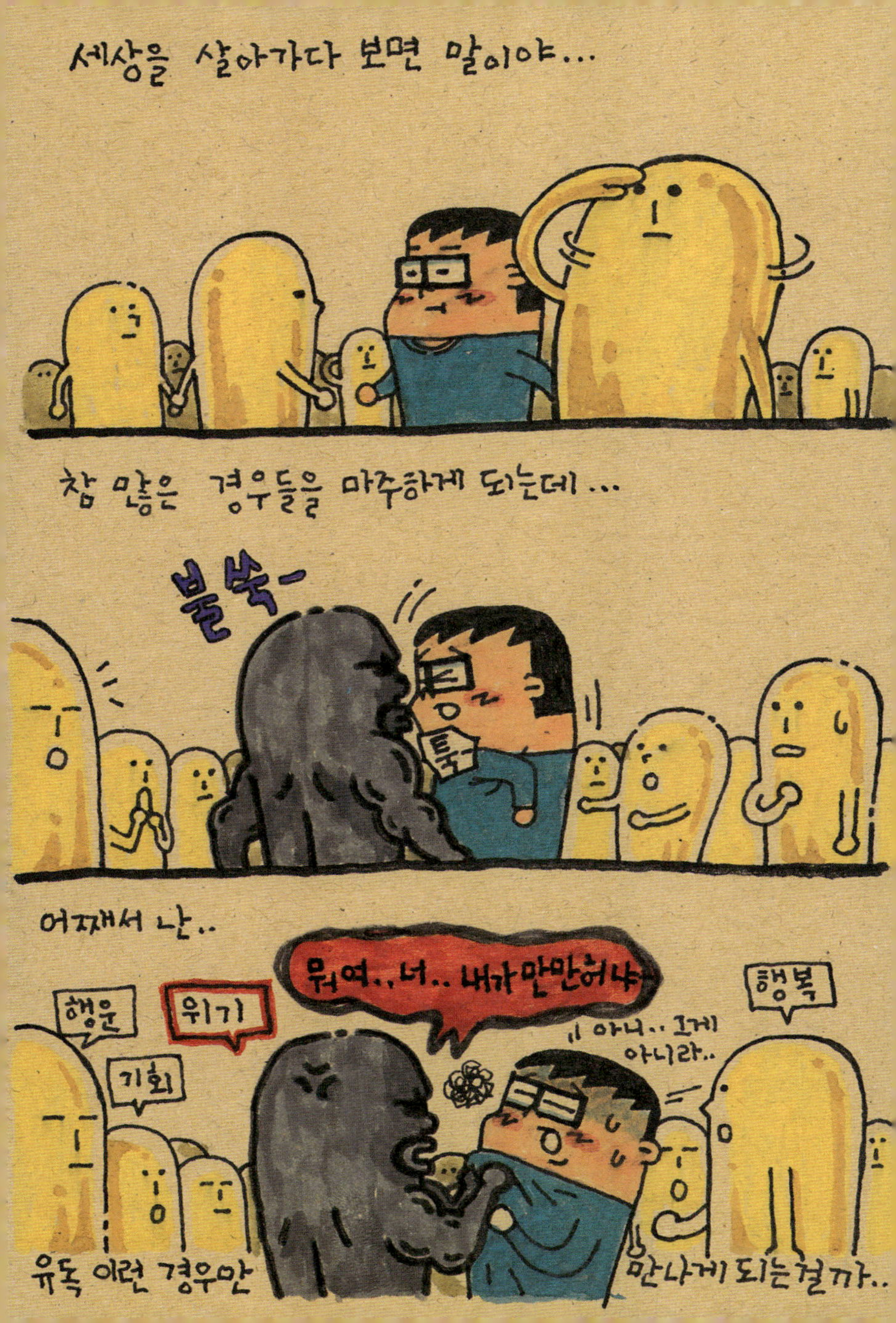

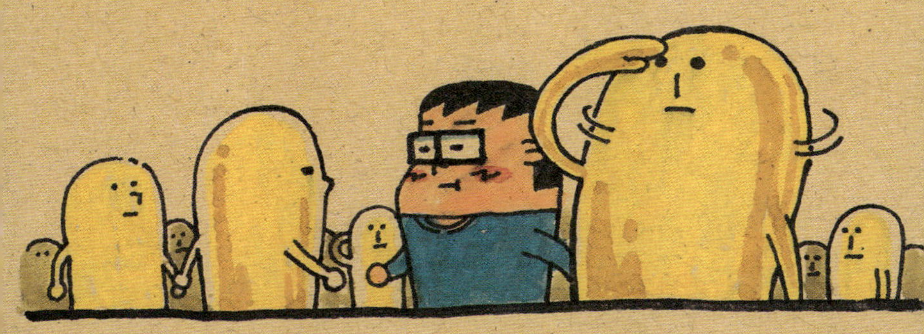

세상을 살아가다 보면 말이야...

참 많은 경우들을 마주하게 되는데...

어째서 난..

유독 이런 경우만

만나게 되는걸까..

산은 산이요,
물은 물이로다.

저마다
다를 순 있겠지만

산으로 가든,
바다로 가든,
어디로 가든,

목적지는
바로 서야 하는 법

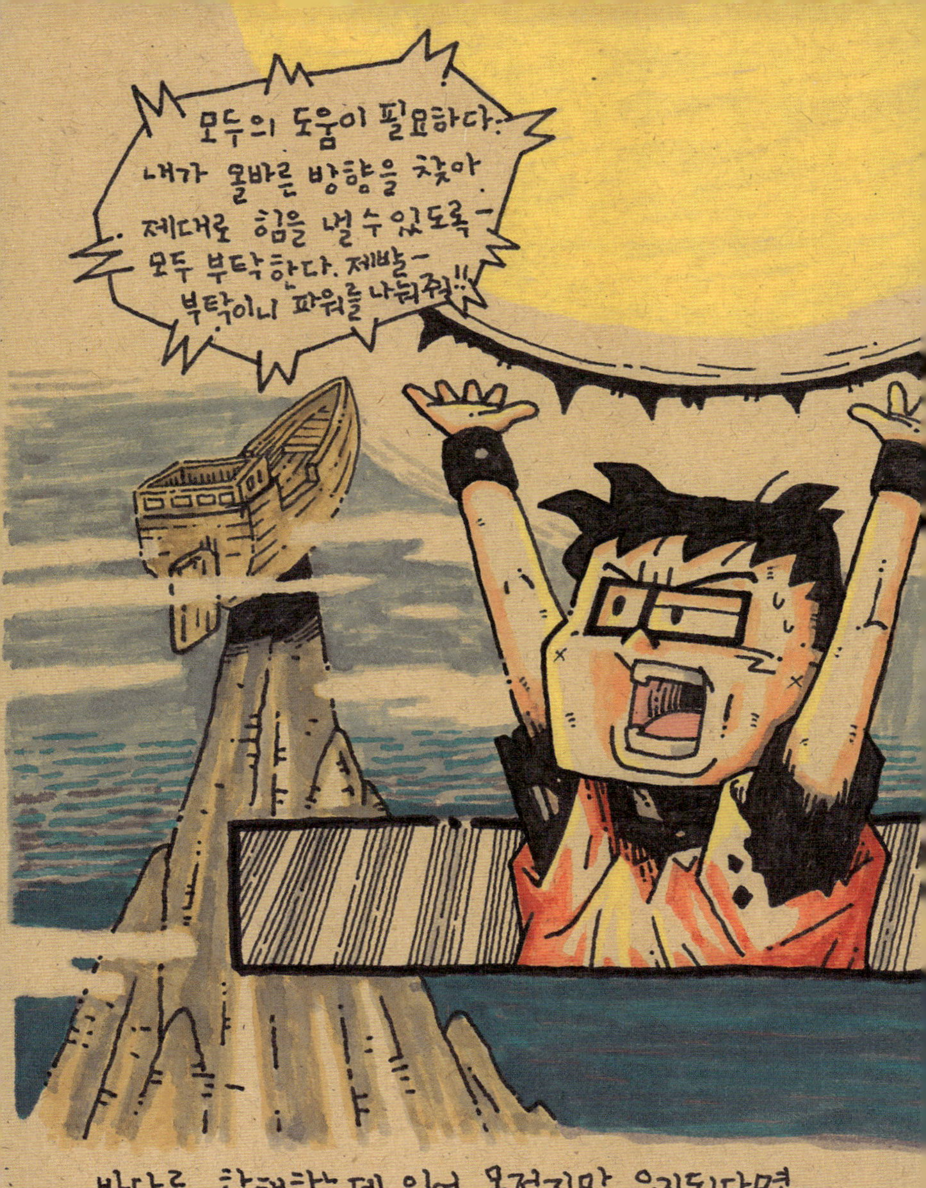

바다를 항해하는데 있어 목적지만 유지된다면,
잠시 항로를 이탈할 수도 있고, 항로를 수정할 수도 있다.
하지만 배가 산으로 간다면 바로 잡아야 하는게 맞다.

그래도 좋아?
그래도 좋아!

눈물이 나오거든
울어도 좋아

부끄러워 숨고싶거든
숨어도 좋아

그렇게라도 해야 견딜 수 있거든
그래도 좋아

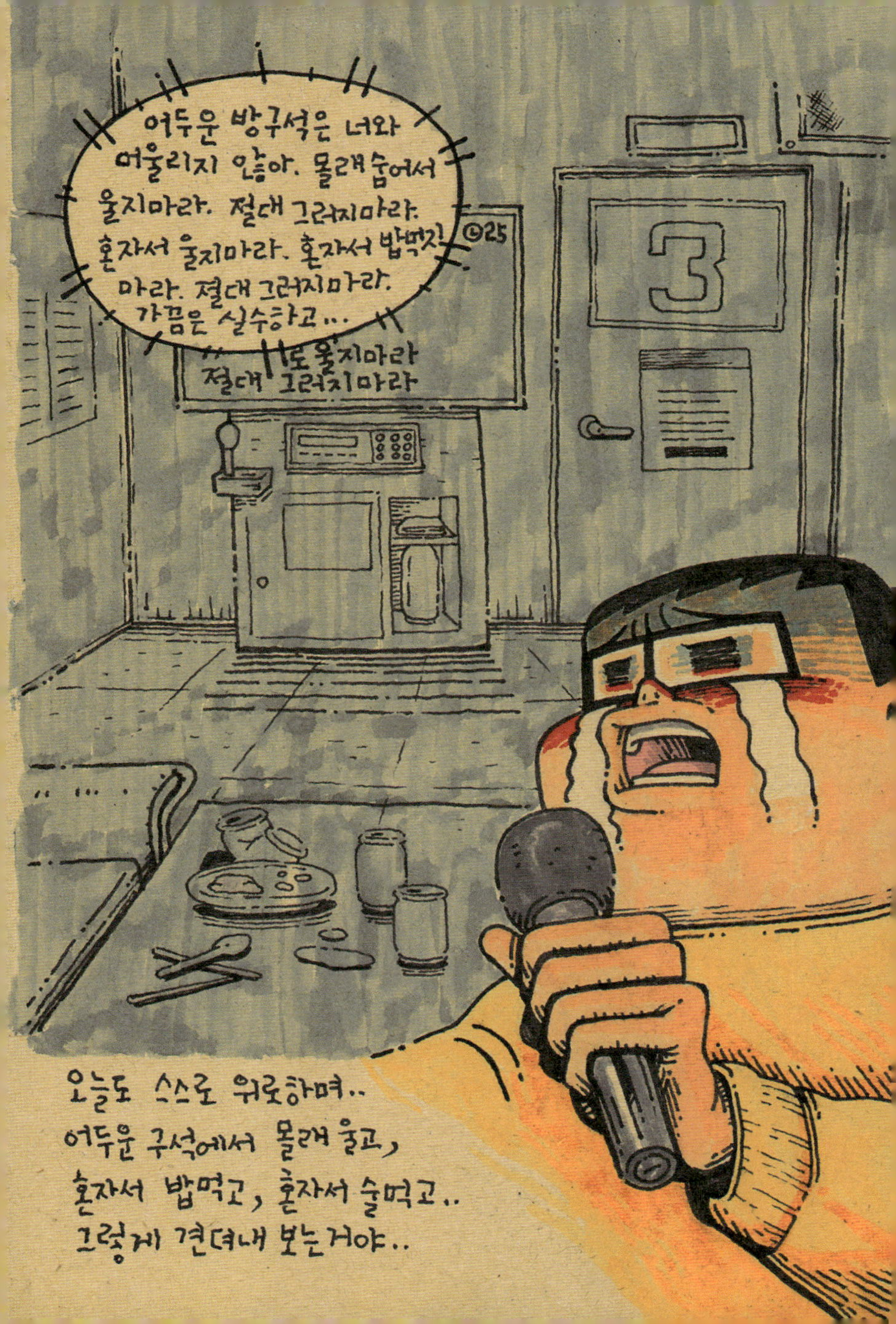

어두운 방구석은 너와 어울리지 않아. 몰래 숨어서 울지마라. 절대 그러지마라. 혼자서 울지마라. 혼자서 밥먹진 마라. 절대 그러지마라. 가끔은 실수하고...
도 울지마라 절대 그러지마라
오늘도 스스로 위로하며..
어두운 구석에서 몰래 울고,
혼자서 밥먹고, 혼자서 술먹고..
그렇게 견뎌내 보는거야..

삶이란 ..
결과를 기다리기보다
결과를 만들어 내는 과정

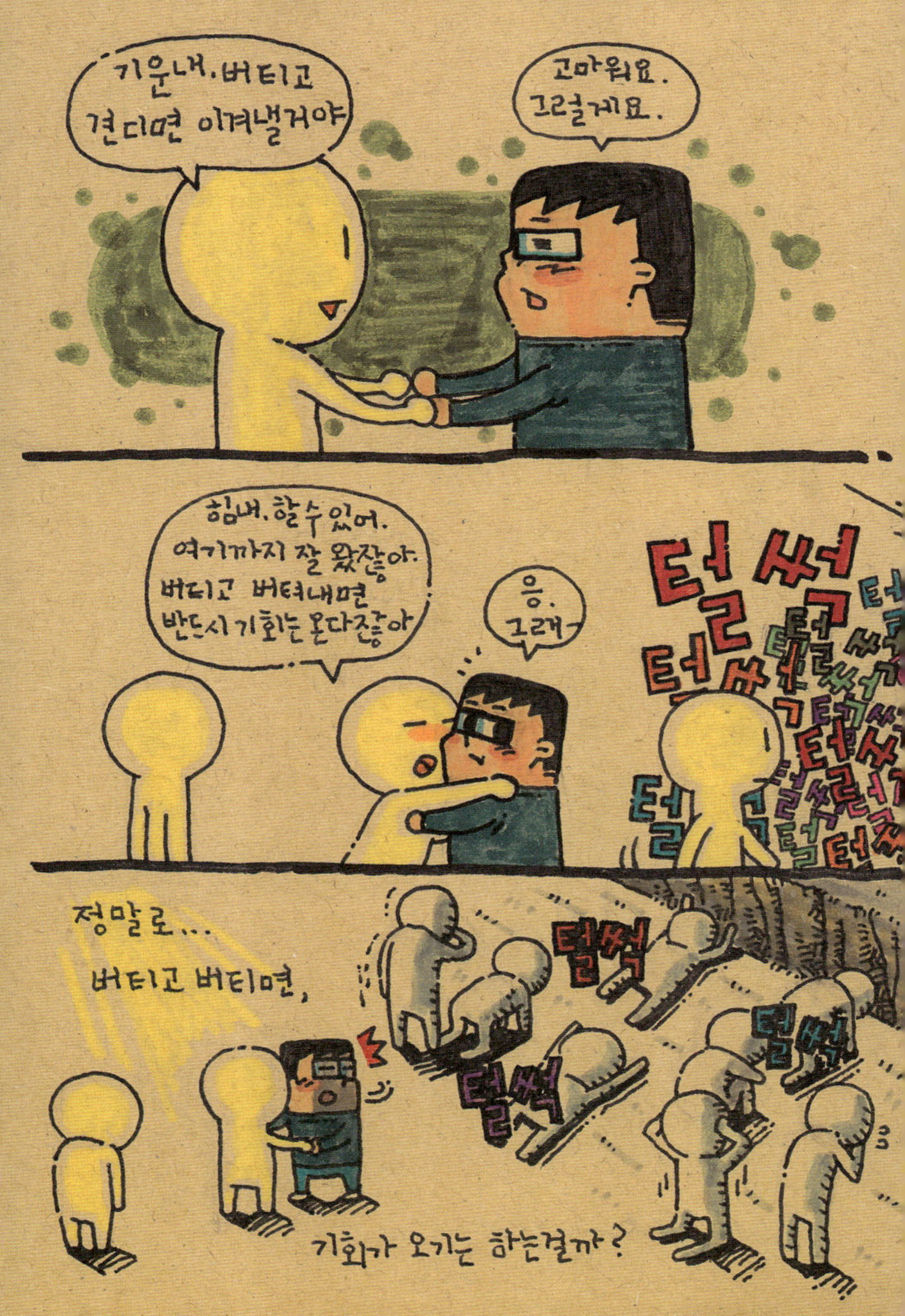
기운내. 버티고
견디면 이겨낼거야
고마워요.
그럴게요.
힘내. 할수있어.
여기까지 잘 왔잖아.
버티고 버텨내면
반드시 기회는 온다잖아
응.
그래~
털썩
털썩
털썩
털썩
털썩
정말로...
버티고 버티면,
기회가 오기는 하는걸까?

술은
지우고 싶은 일들을
잊게 해주지만

지우고 싶은 일들을
만들어내기도 해

왜 있잖아.

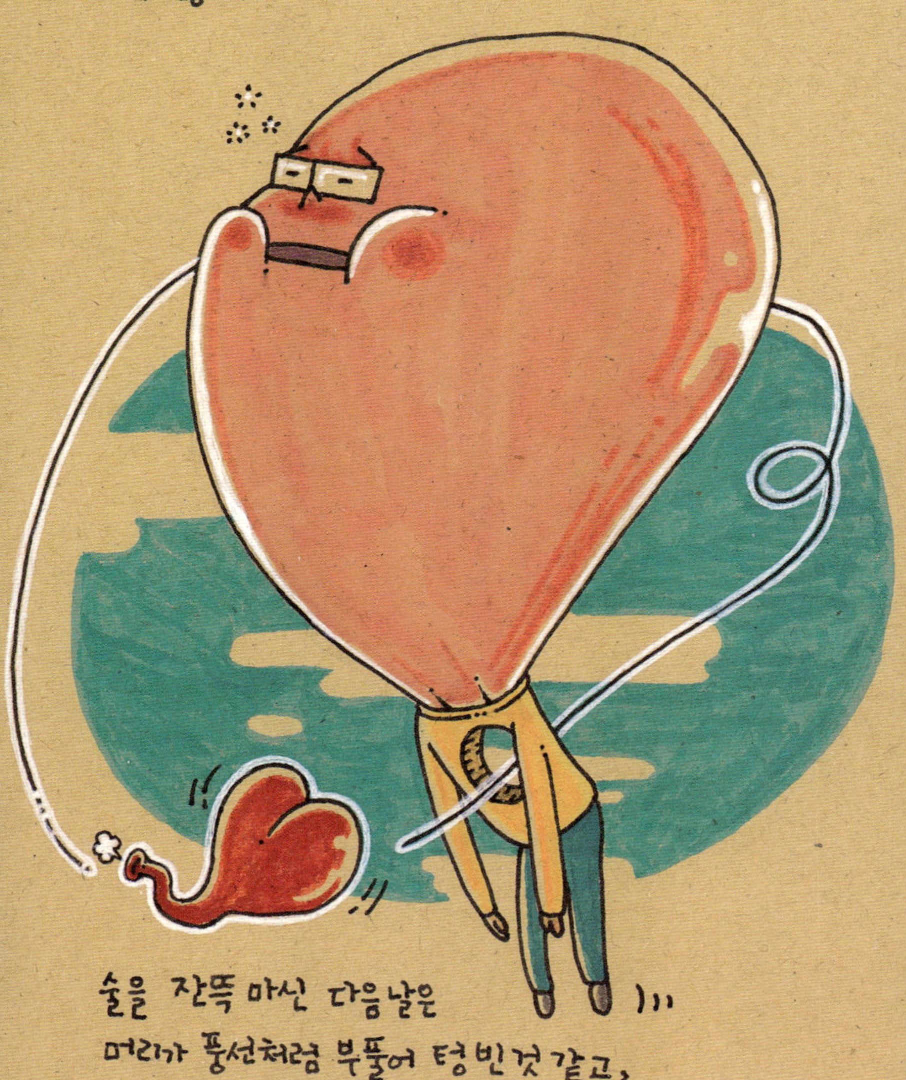

술을 잔뜩 마신 다음날은
머리가 풍선처럼 부풀어 텅 빈것 같고,
마음은 뻥 뚫려서 흐느적 떠다니는 느낌...

인생은 타이밍..

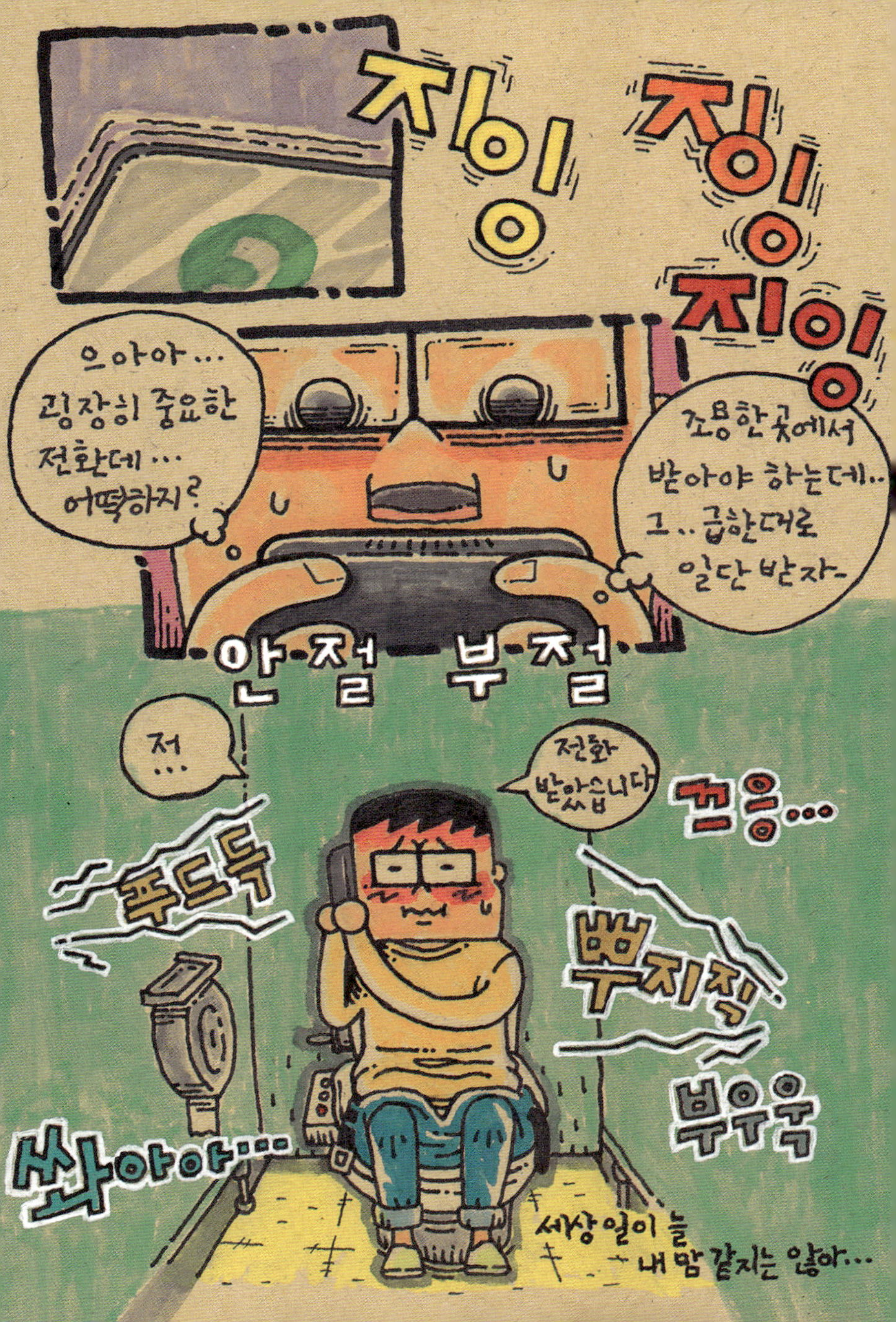

지잉
지잉
지잉
으아아…
굉장히 중요한
전화인데…
어떡하지?
조용한 곳에서
받아야 하는데..
그.. 급한대로
일단 받자~
안절부절
저
…
전화
받았습니다
꺼응…
푸드득
뿌지직
부우욱
쏴아아아…
세상일이 늘
내 맘 같지는 않아…

봉구의 세포들

별 일도 없는데,
하루종일 기분이 가라앉는 때가 있어..

도대체 왜 그런걸까..?

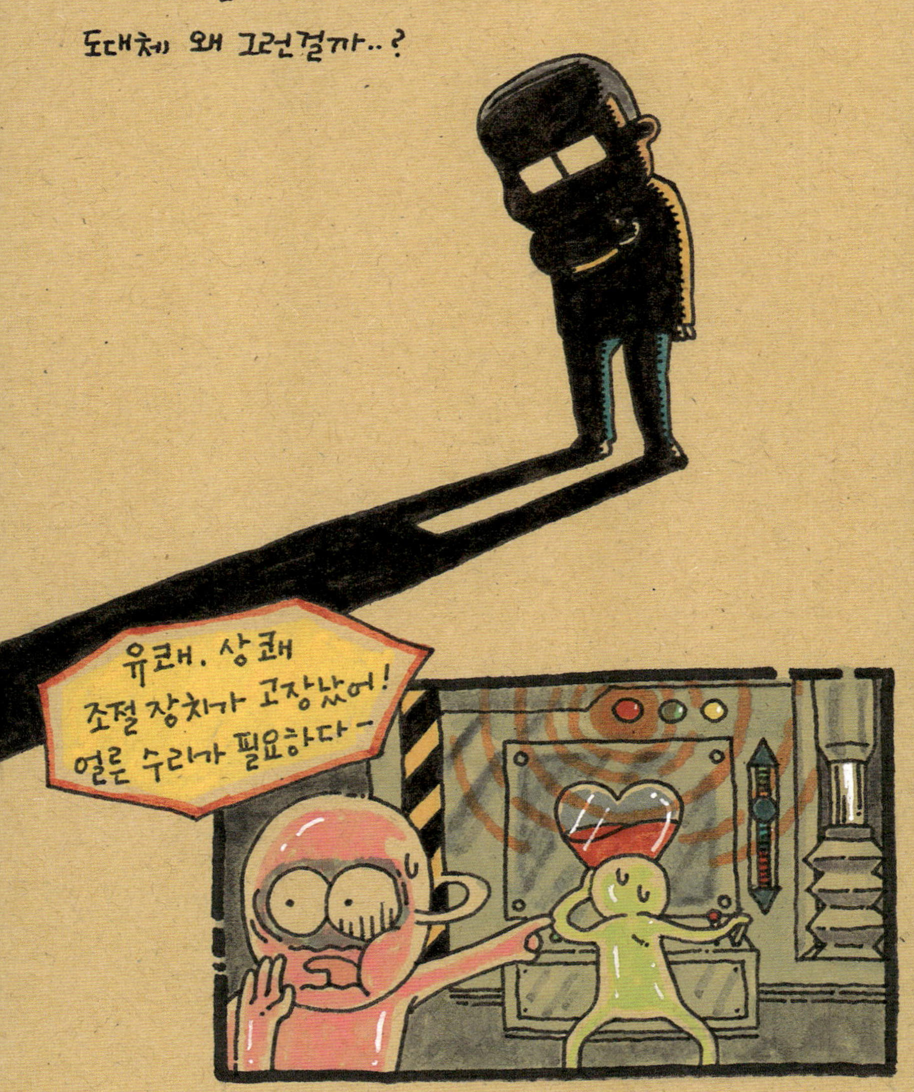

이제!
지키지 않을 결심은
하지 않겠다는 결심

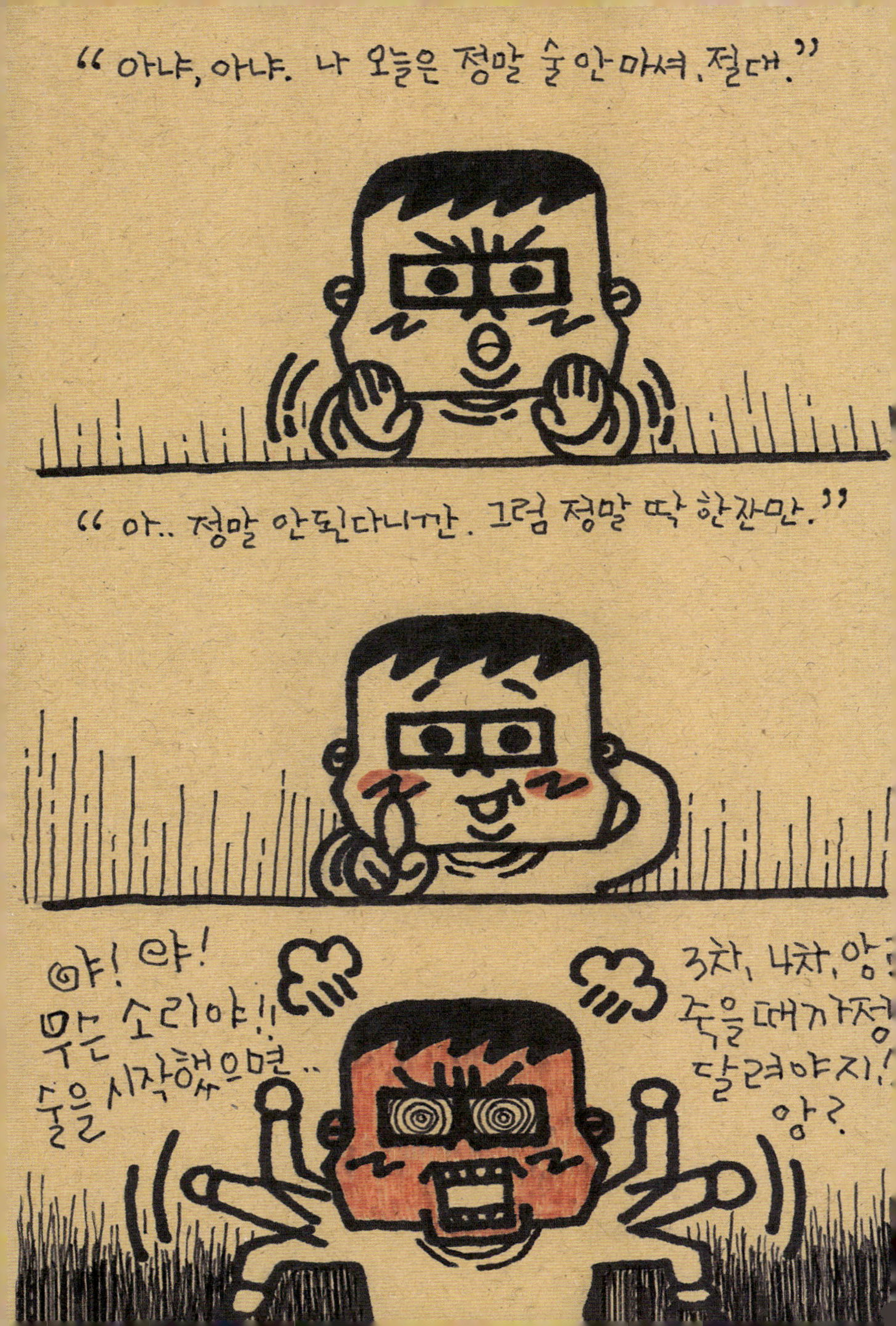

" 아냐, 아냐. 나 오늘은 정말 술 안마셔, 절대."

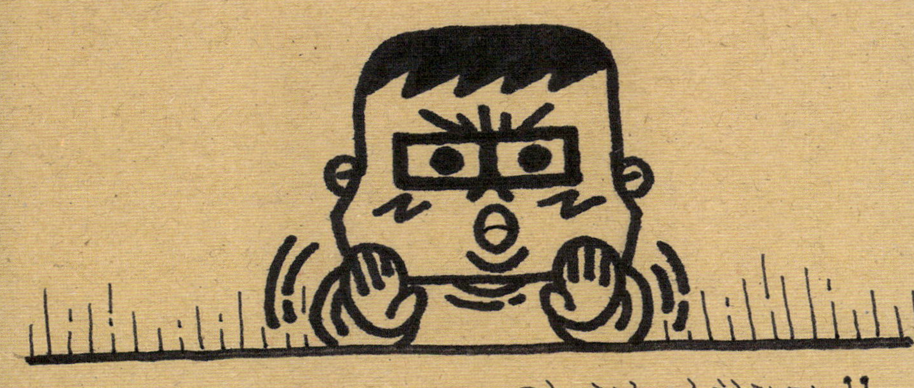

" 아.. 정말 안된다니깐. 그럼 정말 딱 한잔만."

야! 야!
무슨 소리야!!
술을 시작했으면..
3차, 4차, 아!
죽을때까정
달려야지!
앙?

趍麂酱不見山
(축록자 불견산)
사슴을 잡으려 쫓는 사람은
산을 보지 못한다.

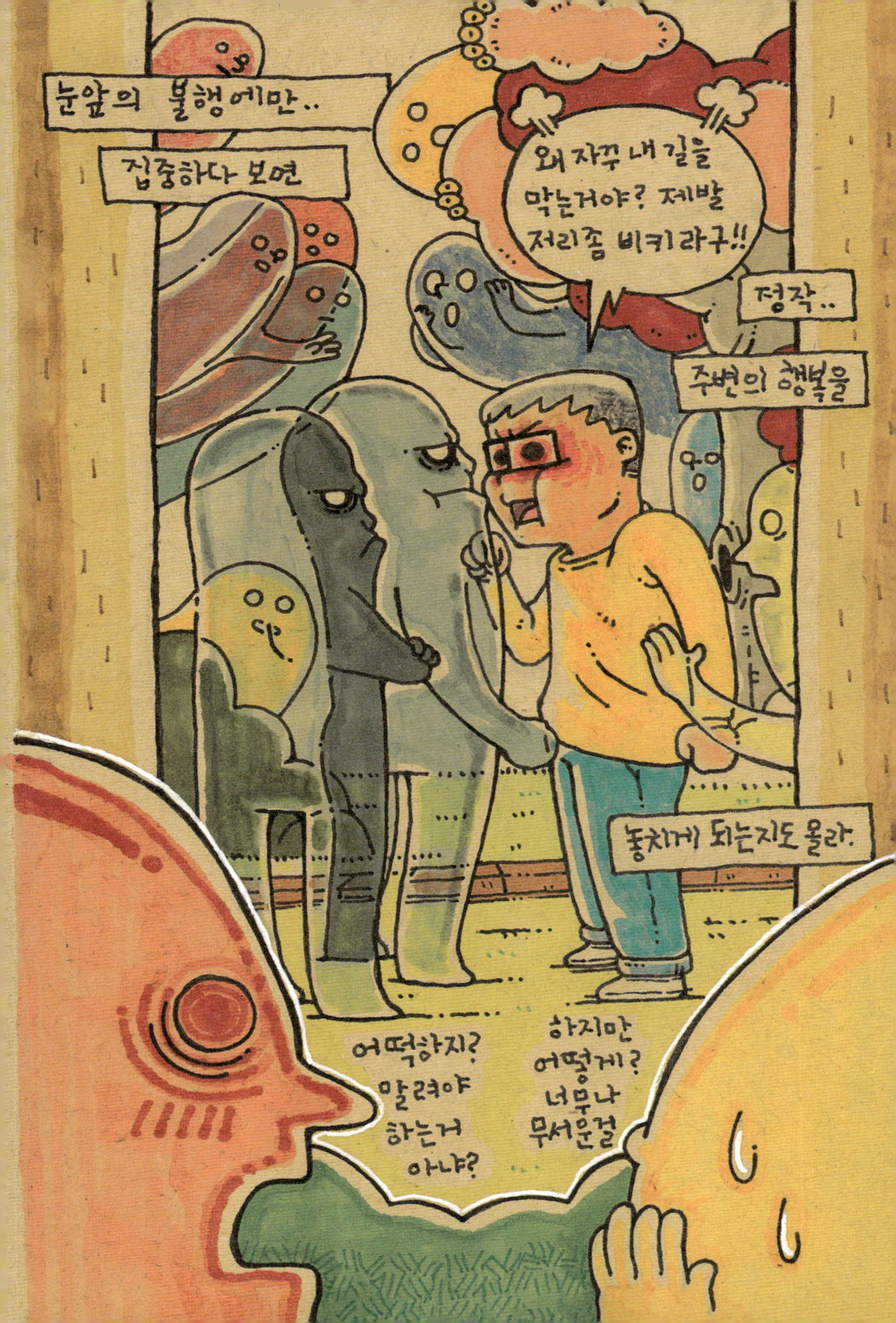

눈앞의 불행에만..
집중하다 보면
왜 자꾸 내 길을 막는거야? 제발 저리좀 비키라구!!
정작..
주변의 행복을
놓치게 되는지도 몰라.
어떡하지? 말려야 하는거 아냐?
하지만 어떻게? 너무나 무서운걸

이거..
나만 그런 건 아니지..?

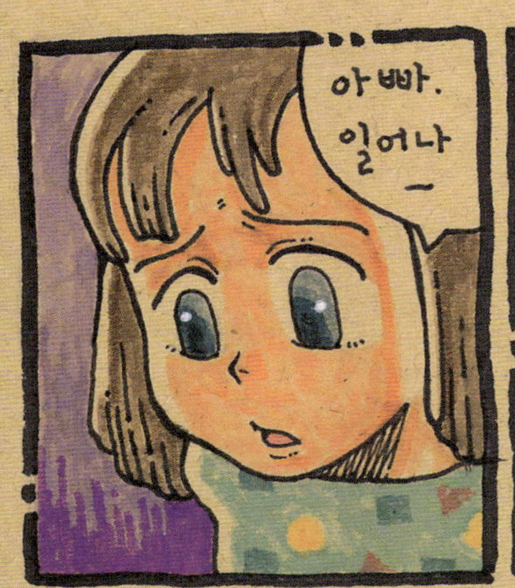
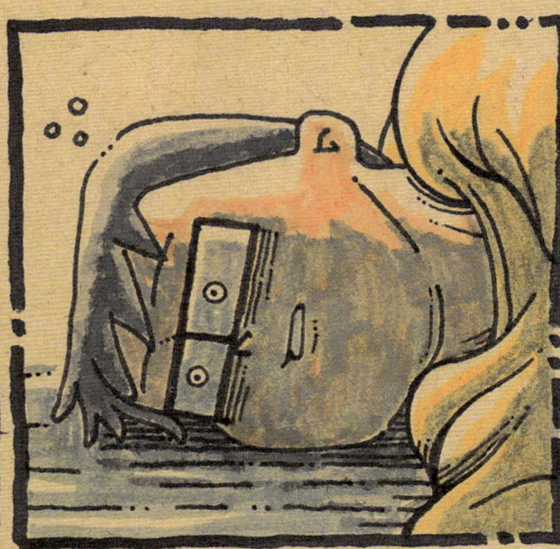

만취한 날의 귀가풍경..
양치 안 하면 양아치..

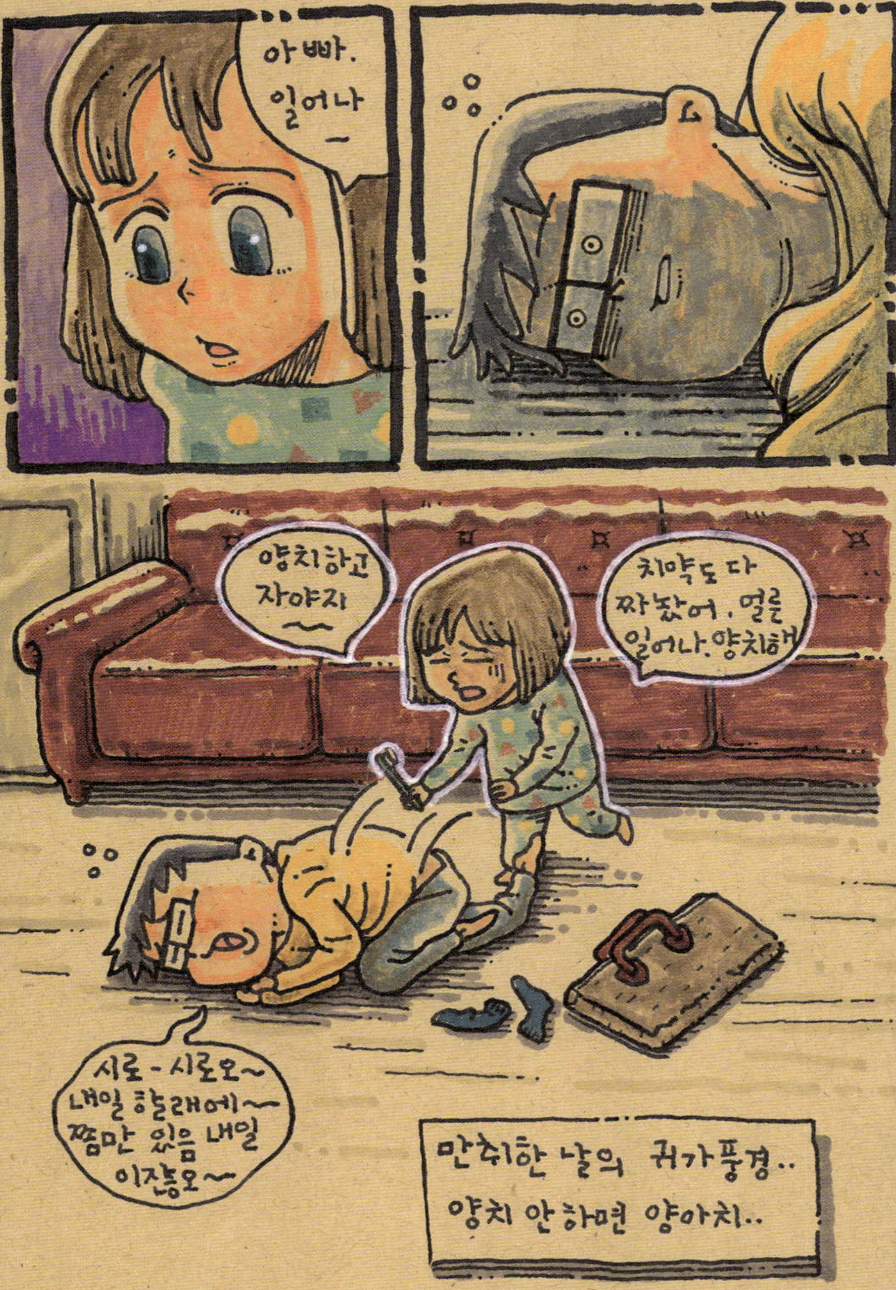

그러지 마요..
제발요..

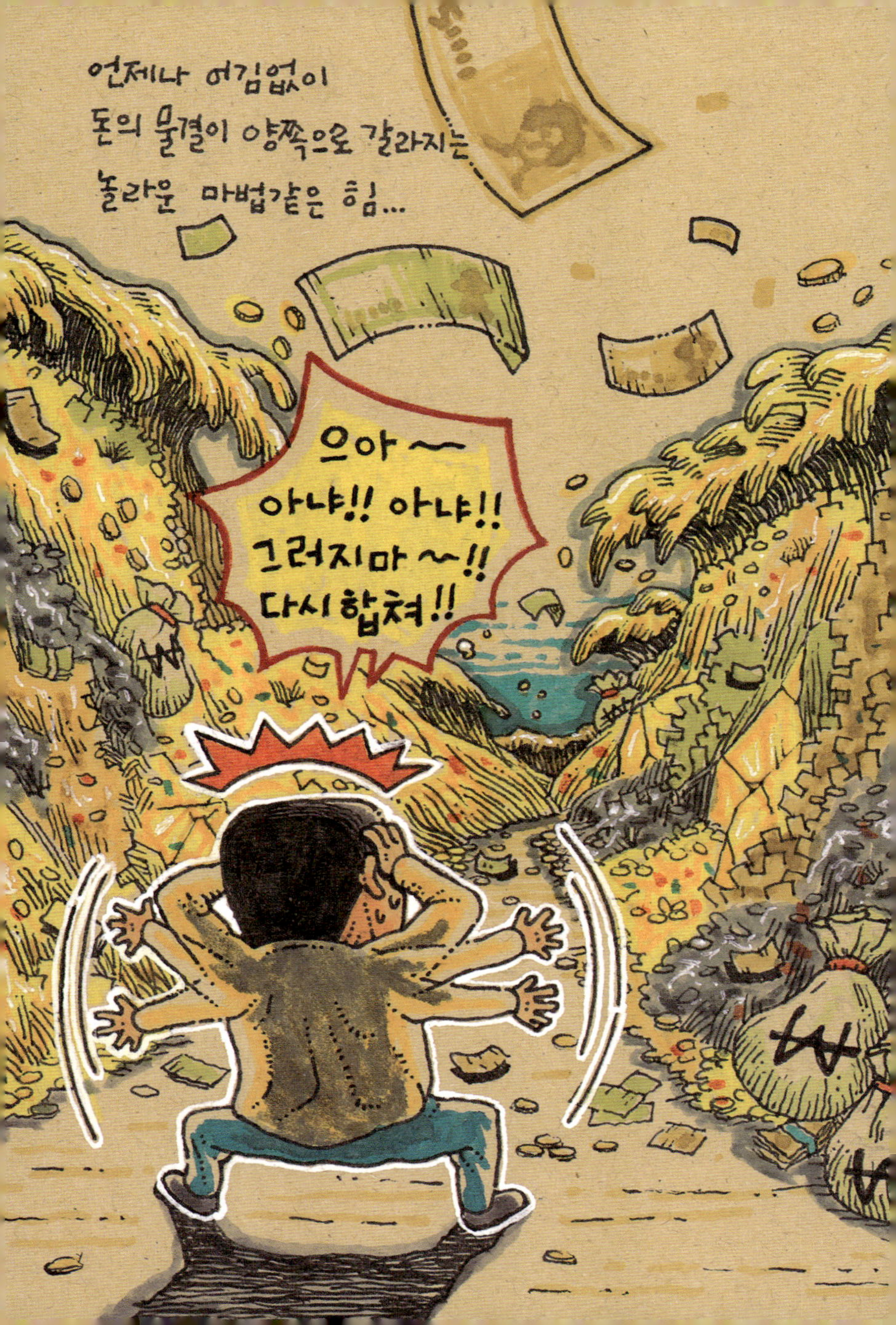
언제나 어김없이
돈의 물결이 양쪽으로 갈라지는
놀라운 마법같은 힘...
으아~
아냐!! 아냐!!
그러지마~!!
다시 합쳐!!

오늘도
모든 일에 틈이 없도록!

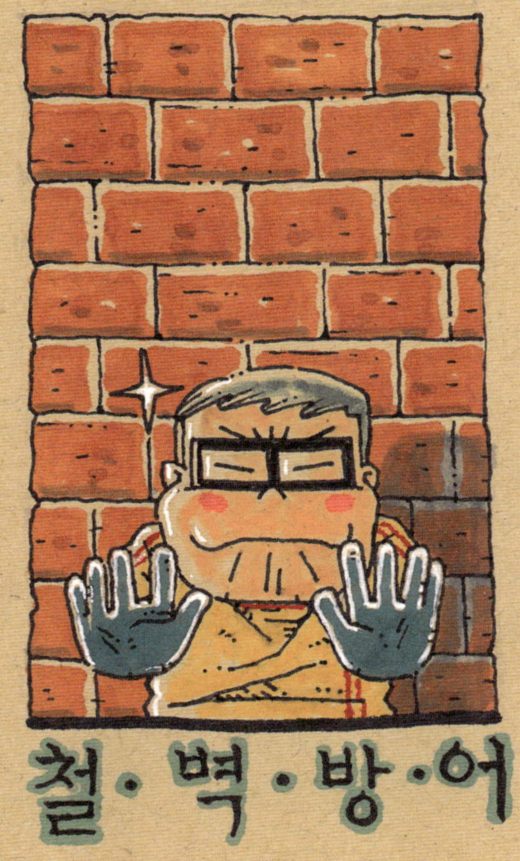

철·벽·방·어

완벽하다

.. 하지만 ..
언제나 존재하는
예상 외의 변수들

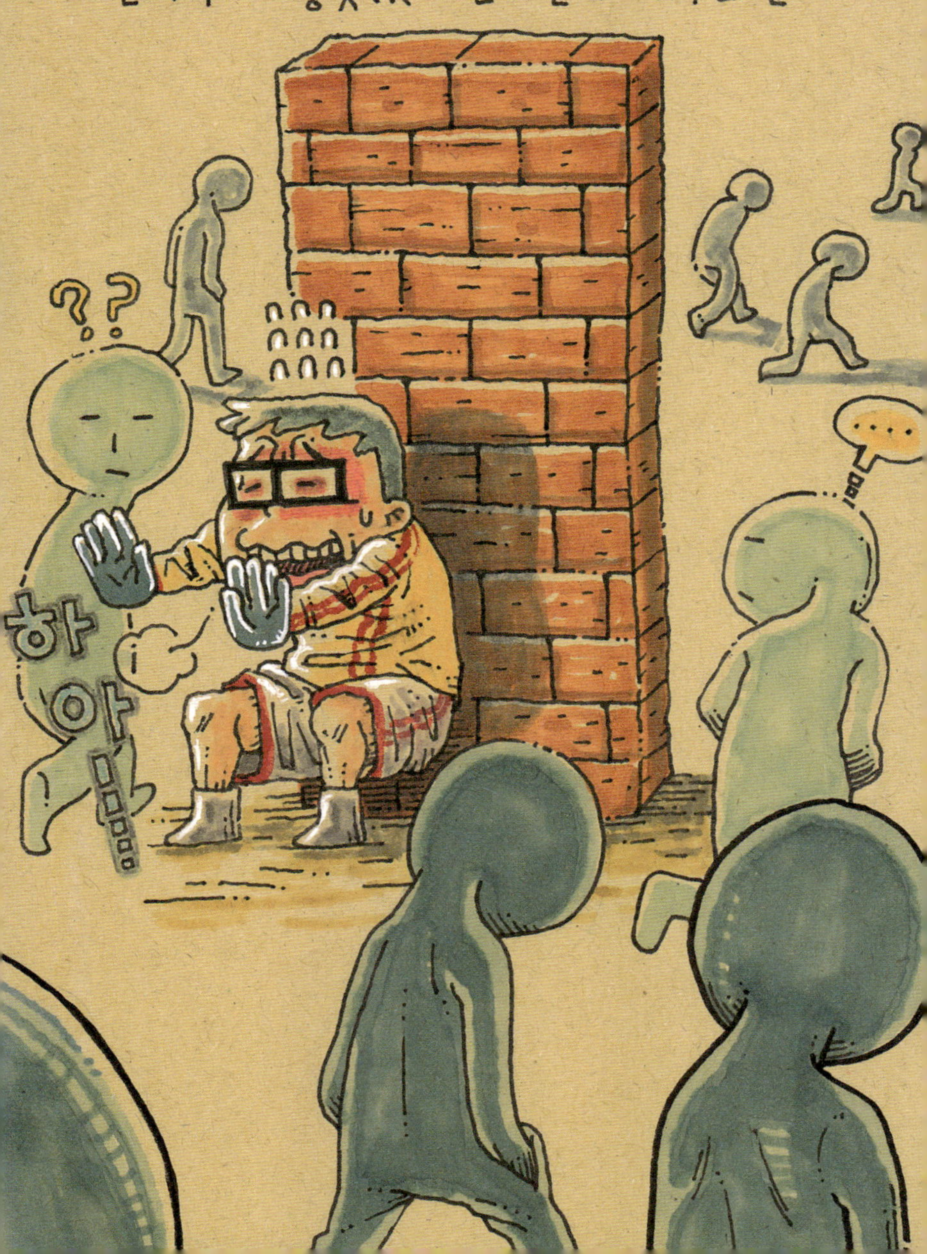

언제나 그렇듯... 혼자만의 착각일 뿐...
??
하
아
...

누구나
그럴싸한 계획을 갖고 있다

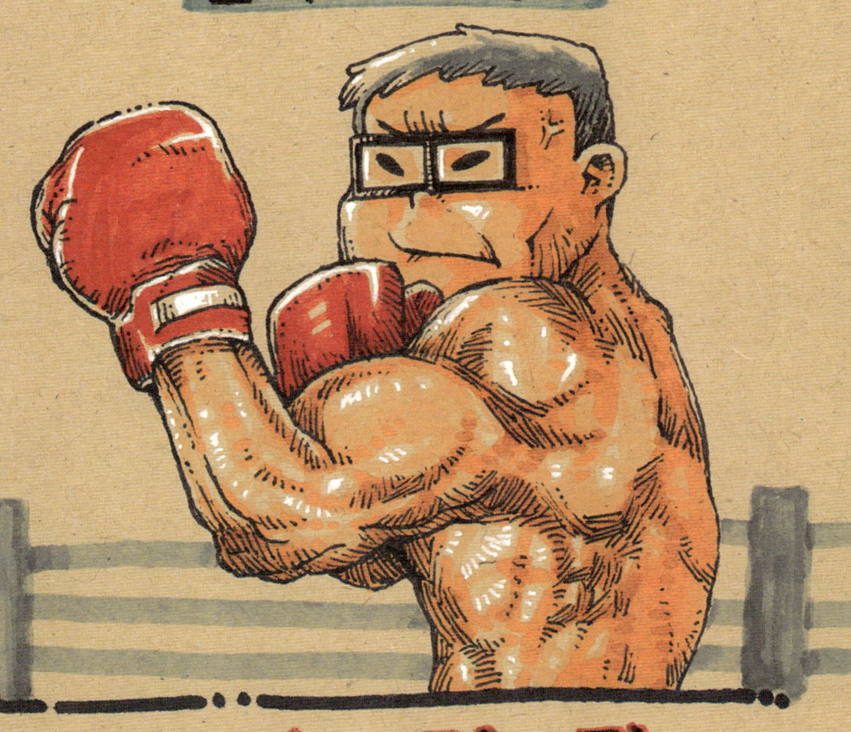

자, 덤벼라, 오늘만큼은
절대 지지않아
필·승·다·짐

처맞기 전까지는

- 마이크 타이슨 -

하지만 오늘도 술 앞에
무기력하게 패배..

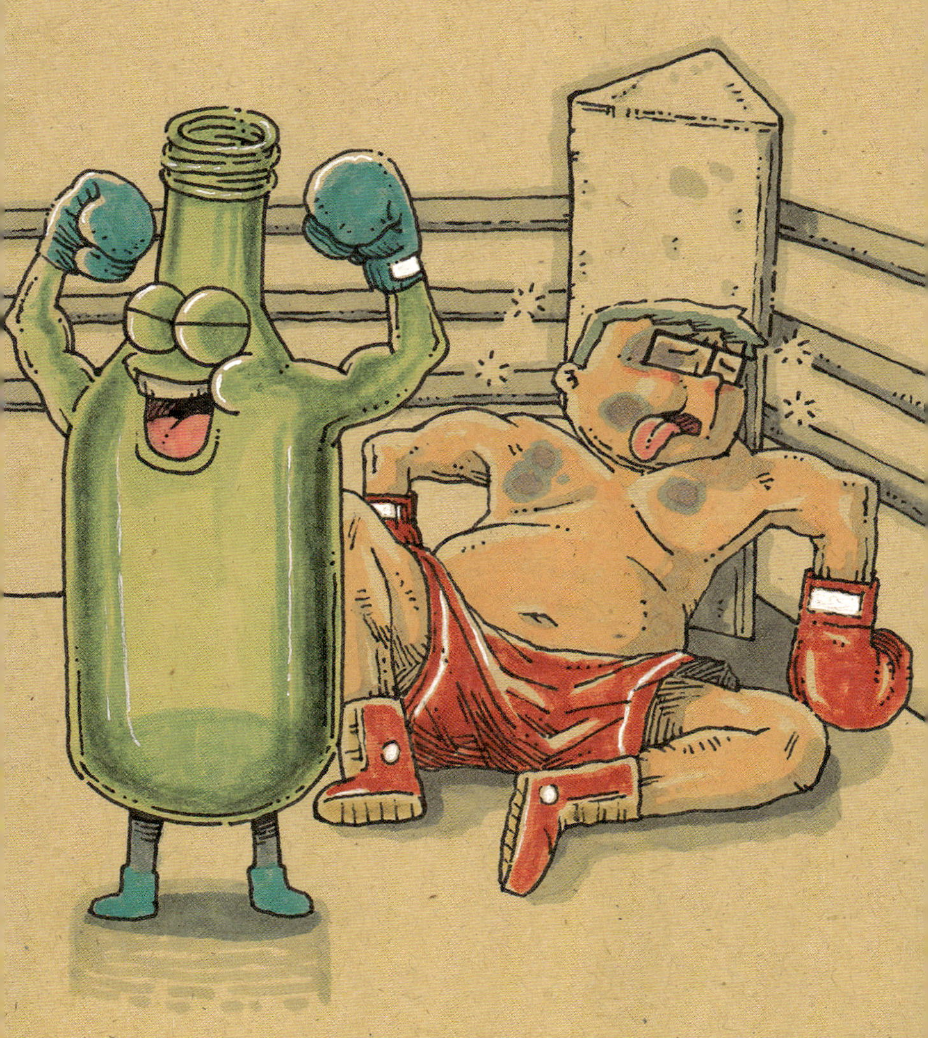

술은 딱,
마시고 즐거운 만큼만
마음을 위로해 주는 만큼만
스스로 감당할 수 있을 만큼만

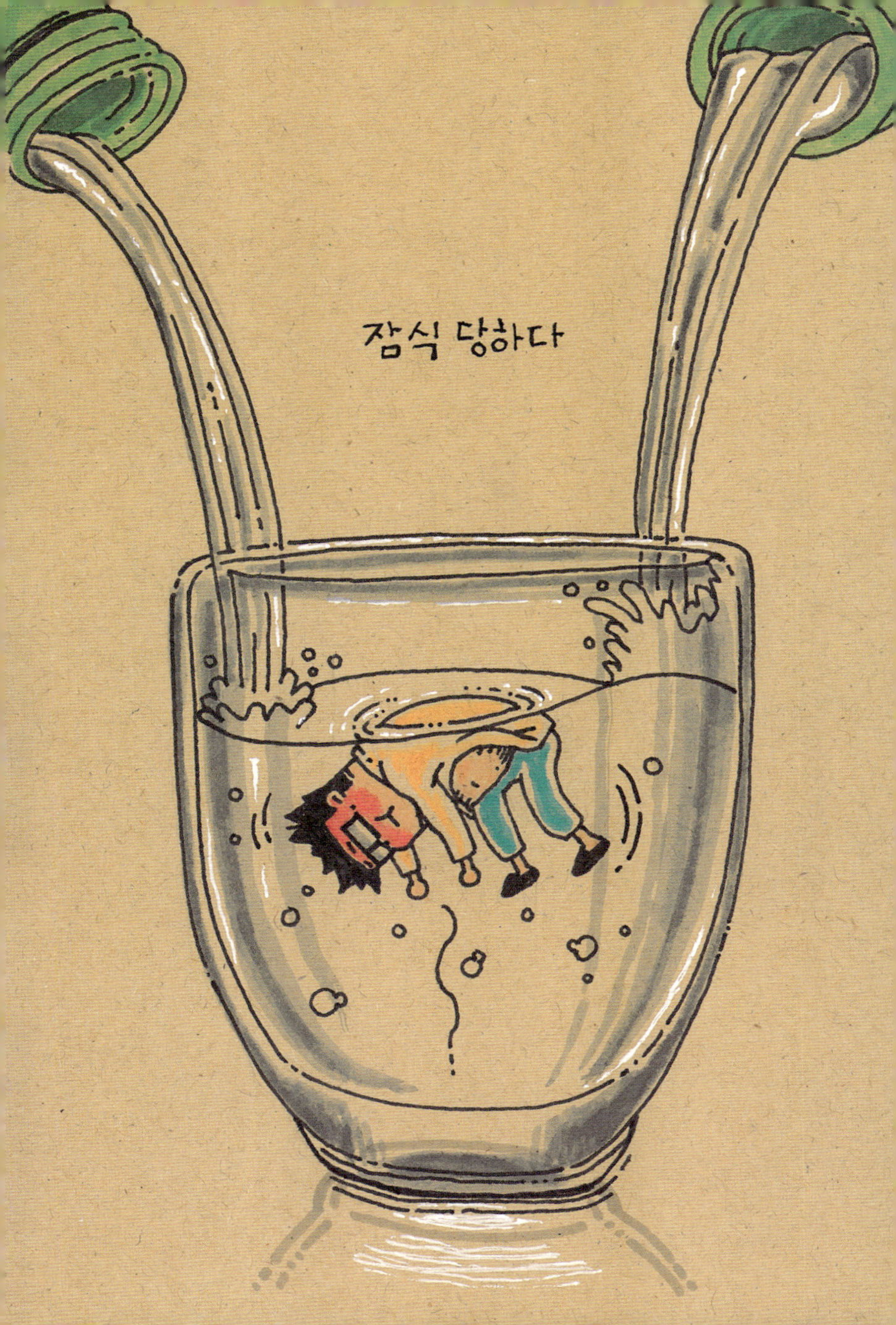
잠식 당하다

나를 돌아보면
상대를 이해하기가
더 쉬워질는지 몰라

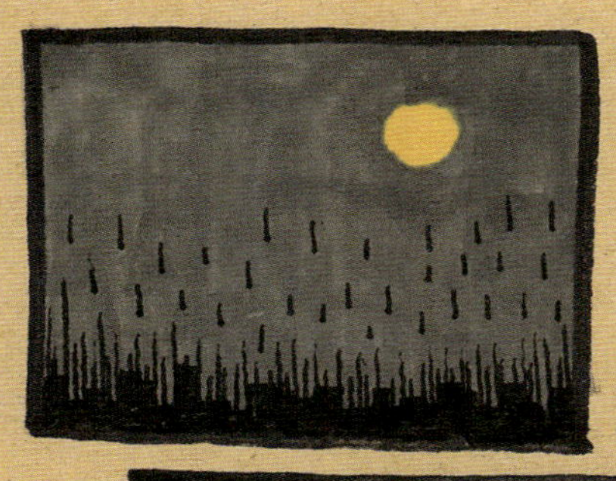

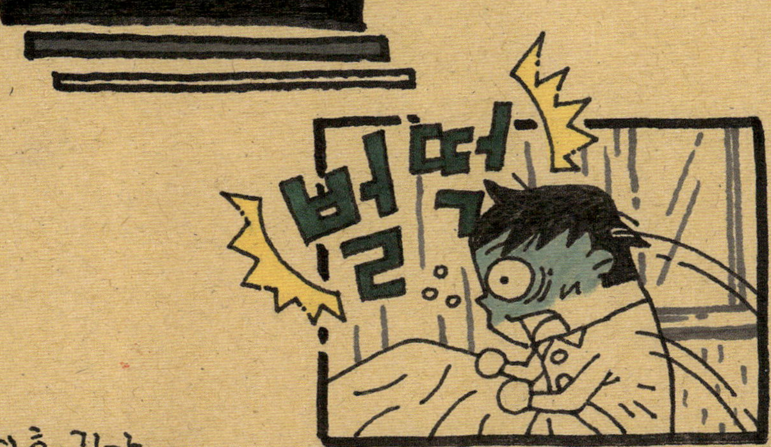

별떡-

만취 후 귀가...

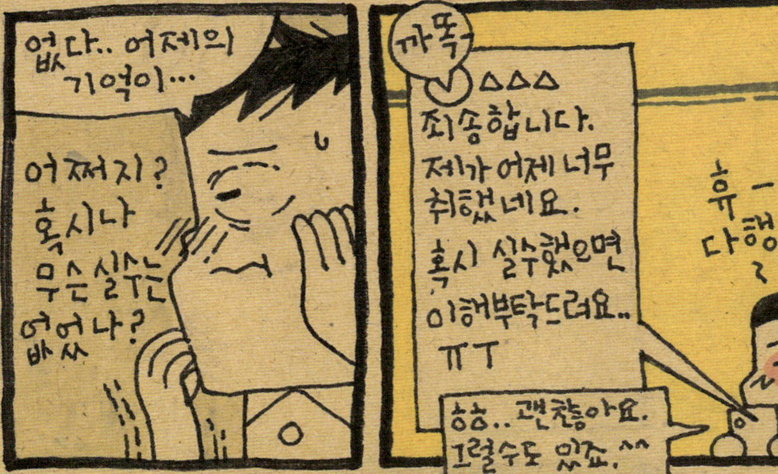

없다.. 어제의 기억이...

어쩌지? 혹시나 무슨 실수는 없었나?

까똑-
△△△
죄송합니다.
제가 어제 너무 취했네요.
혹시 실수했으면 이해부탁드려요..
ㅠㅠ

ㅎㅎ.. 괜찮아요. 그럴수도 있죠. ^^

휴- 다행이다..

헤어질 결심

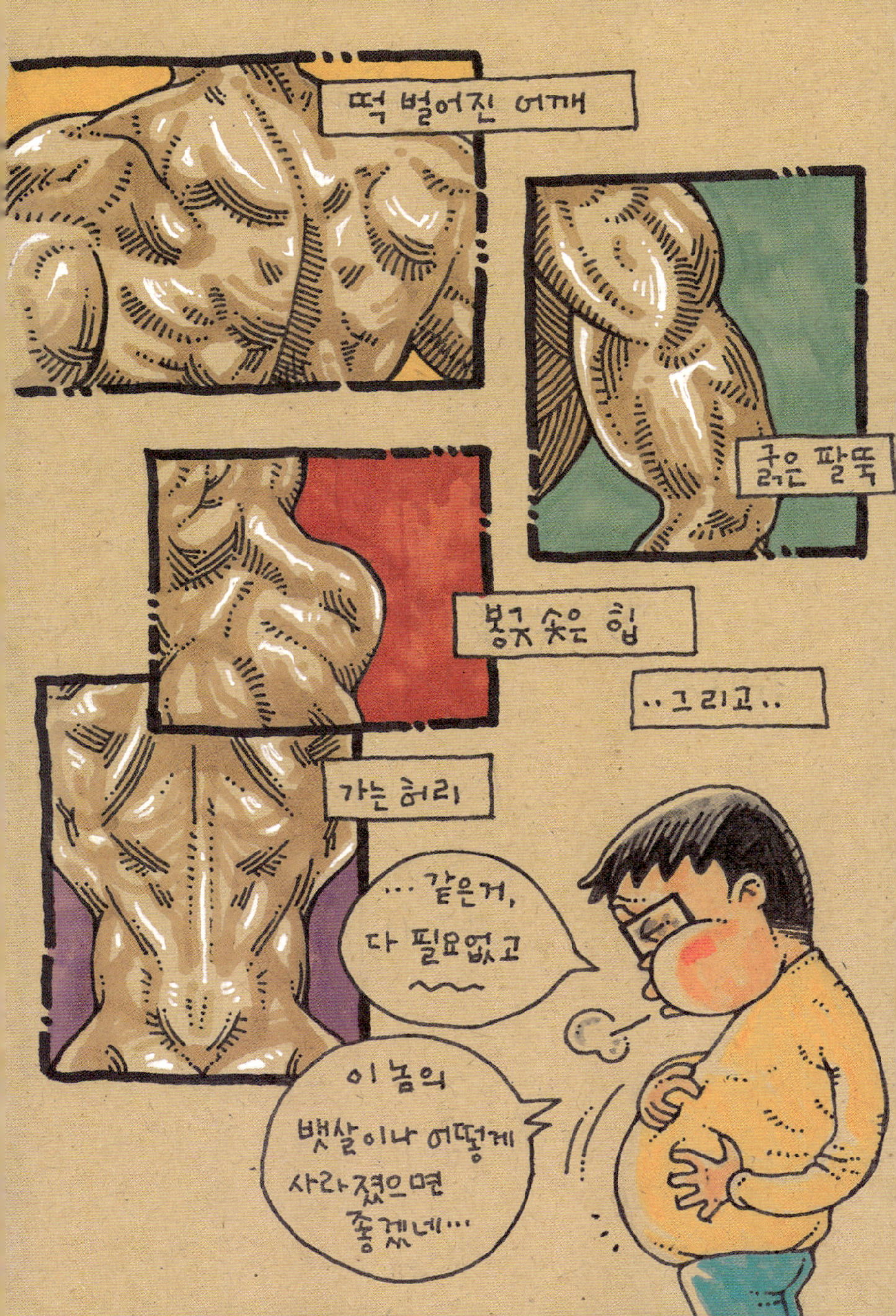

떡 벌어진 어깨
굵은 팔뚝
봉긋 솟은 힙
…그리고..
가는 허리
…같은거, 다 필요없고
이놈의 뱃살이나 어떻게 사라졌으면 좋겠네…

알잖아?

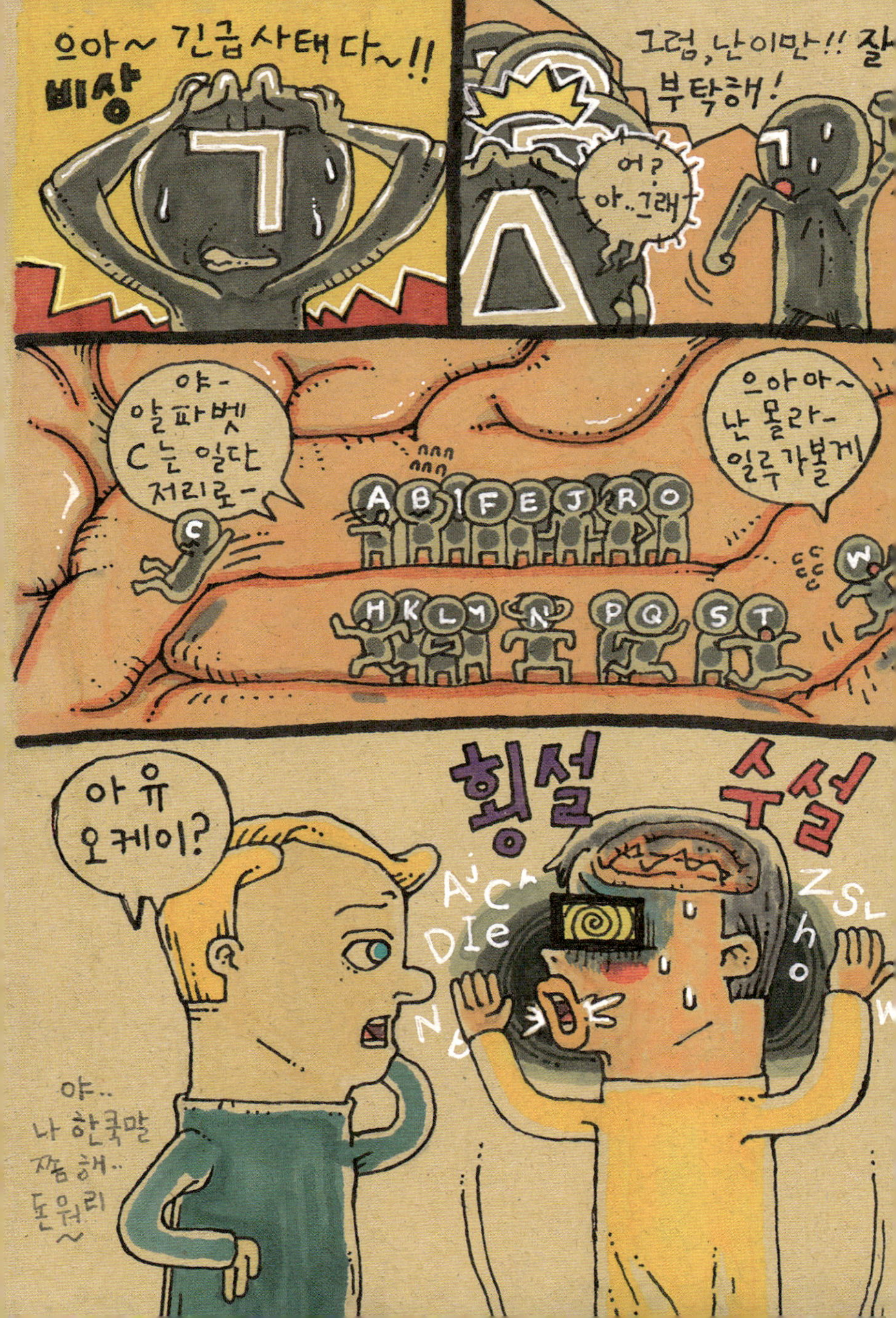
으아~ 긴급사태다~!!
비상
그럼,난이만!! 잘 부탁해!
어?
아..그래
야-
알파벳 C는 일단 저리로-
C
으아아~
난 몰라-
일루 가볼게
W
A B 1 F E J R O
H K L M N P Q S T
아 유 오케이?
횡설
수설
아..
나 한국말 쪼끔 해..
돈워리~
A C
D I e
N
Z S L
h

인생 후반부로 갈수록,
점점 높아지는 난이도

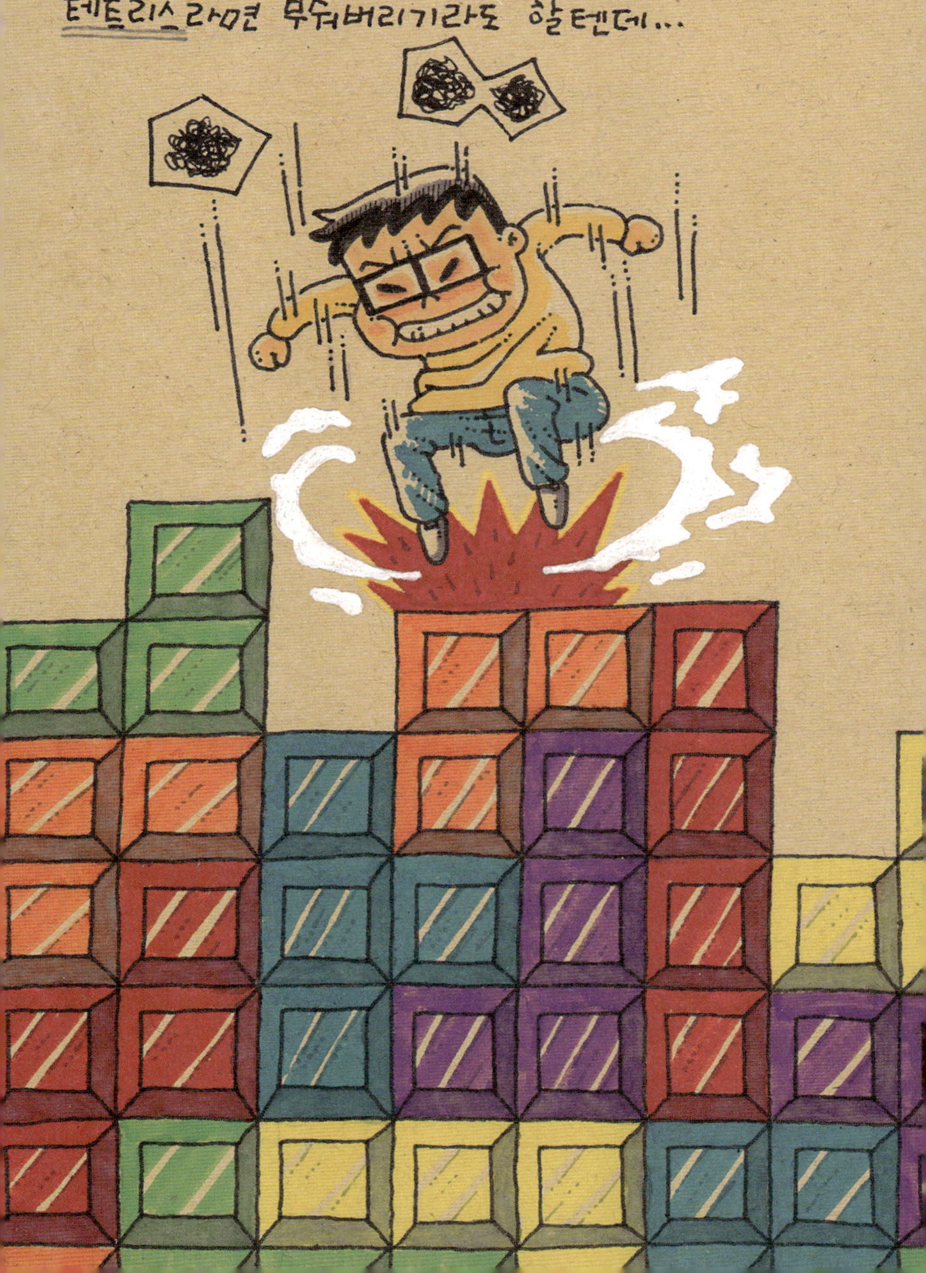
겹겹이 쌓이기만 하는 고민과 상념의 조각들...
테트리스라면 부숴버리기라도 할텐데...

인생이란

어제를 경험 삼아
내일을 준비하기 위해
오늘을 꾸준히 연습하는 과정

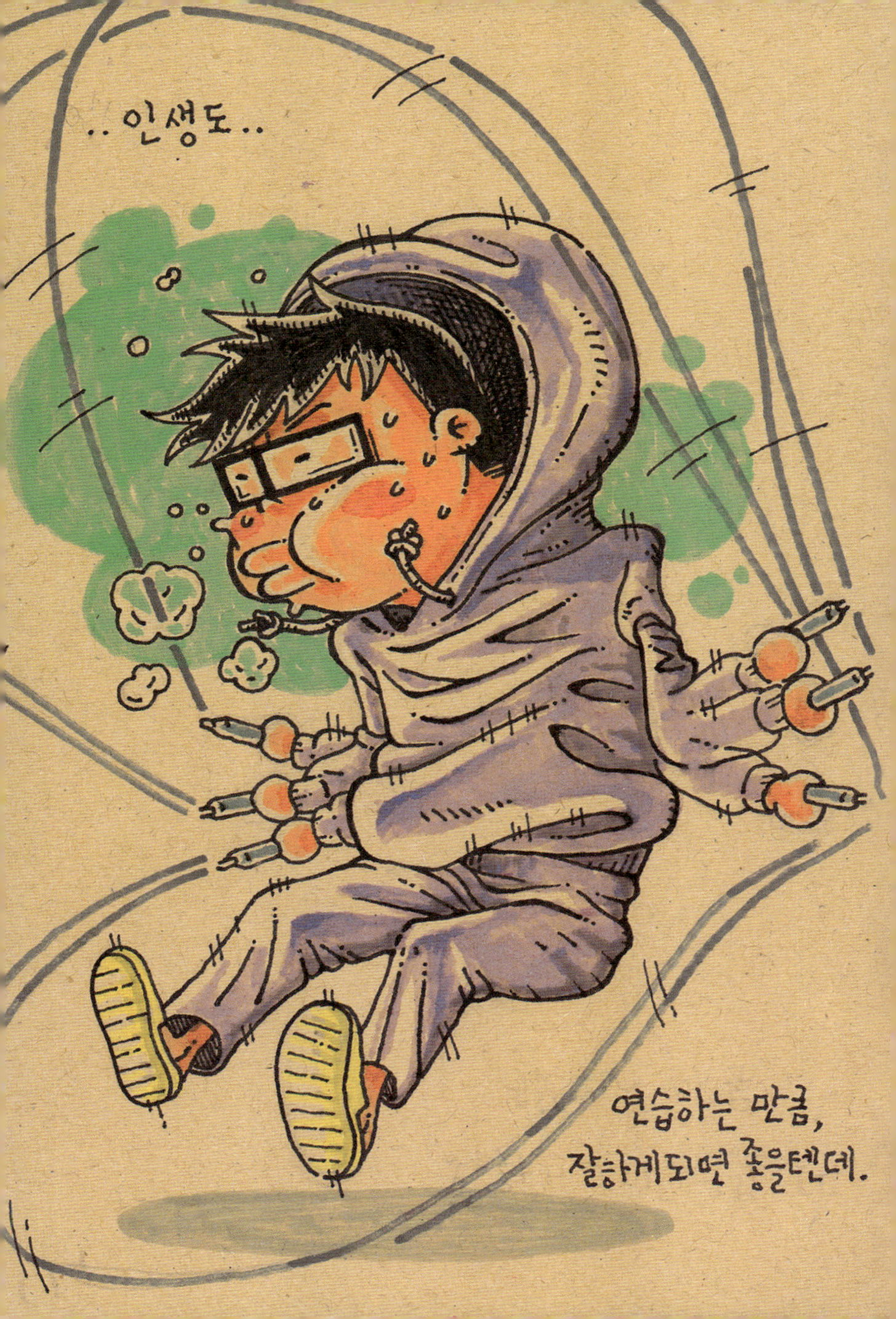
..인생도..
연습하는 만큼,
잘하게되면 좋을텐데.

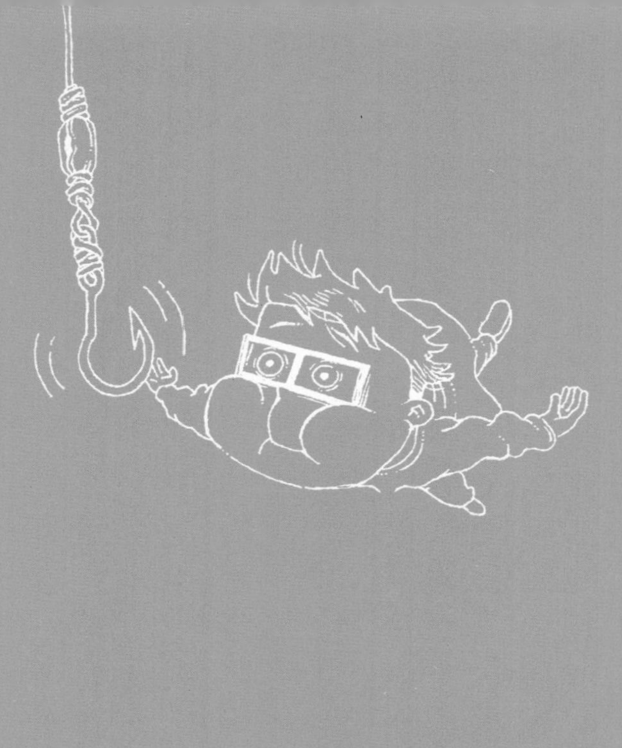

2장

삶이라는 이름의 무게

변화가 필요한 순간

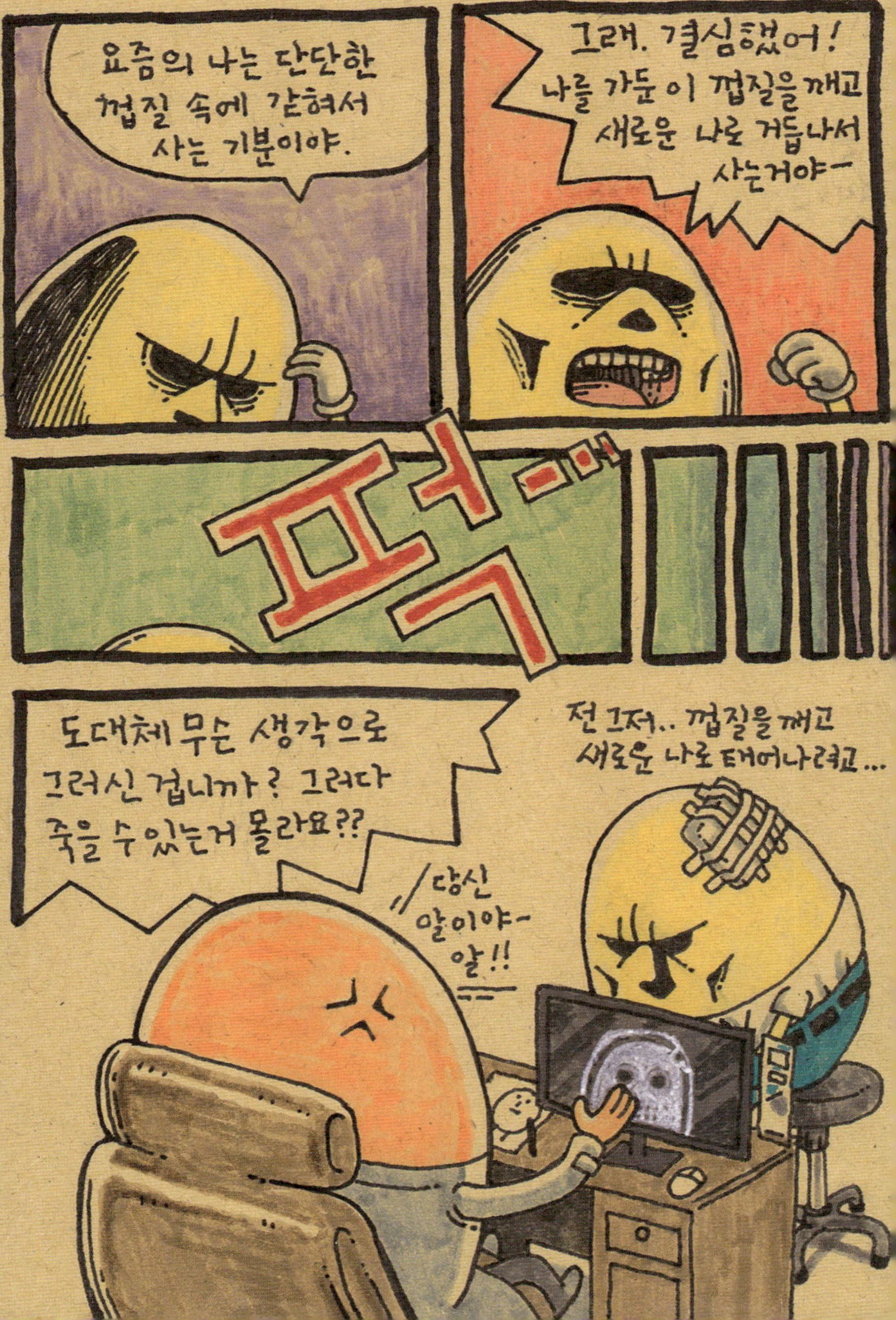
요즘의 나는 단단한 껍질 속에 갇혀서 사는 기분이야.
그래. 결심했어! 나를 가둔 이 껍질을 깨고 새로운 나로 거듭나서 사는거야~
퍽…!
도대체 무슨 생각으로 그러신 겁니까? 그러다 죽을 수 있는거 몰라요??
전 그저.. 껍질을 깨고 새로운 나로 태어나려고...
당신 알이야~ 알!!

뜨겁게 지나온 삶은..
결국, 껍질을 깨고..

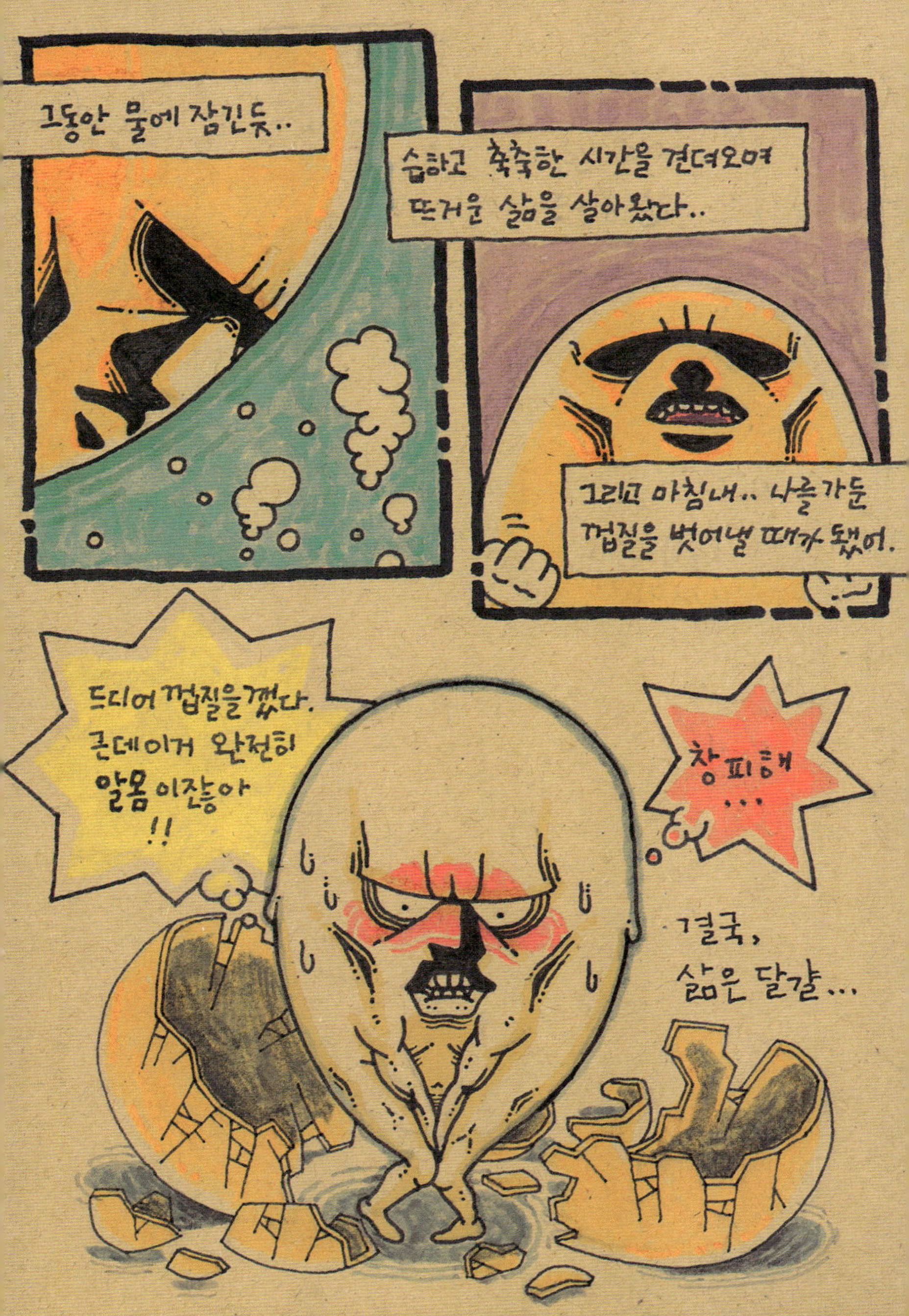

그동안 물에 잠긴듯..
습하고 축축한 시간을 견뎌오며 뜨거운 삶을 살아왔다..
그리고 마침내.. 나를 가둔 껍질을 벗어낼 때가 됐어.
드디어 껍질을 깼다. 근데이거 완전히 알몸 이잖아 !!
창피해 ...
결국, 삶은 달걀...

공수래 공수거

벌거벗고 왔으니
벌거벗고 떠난들

어떠하리오

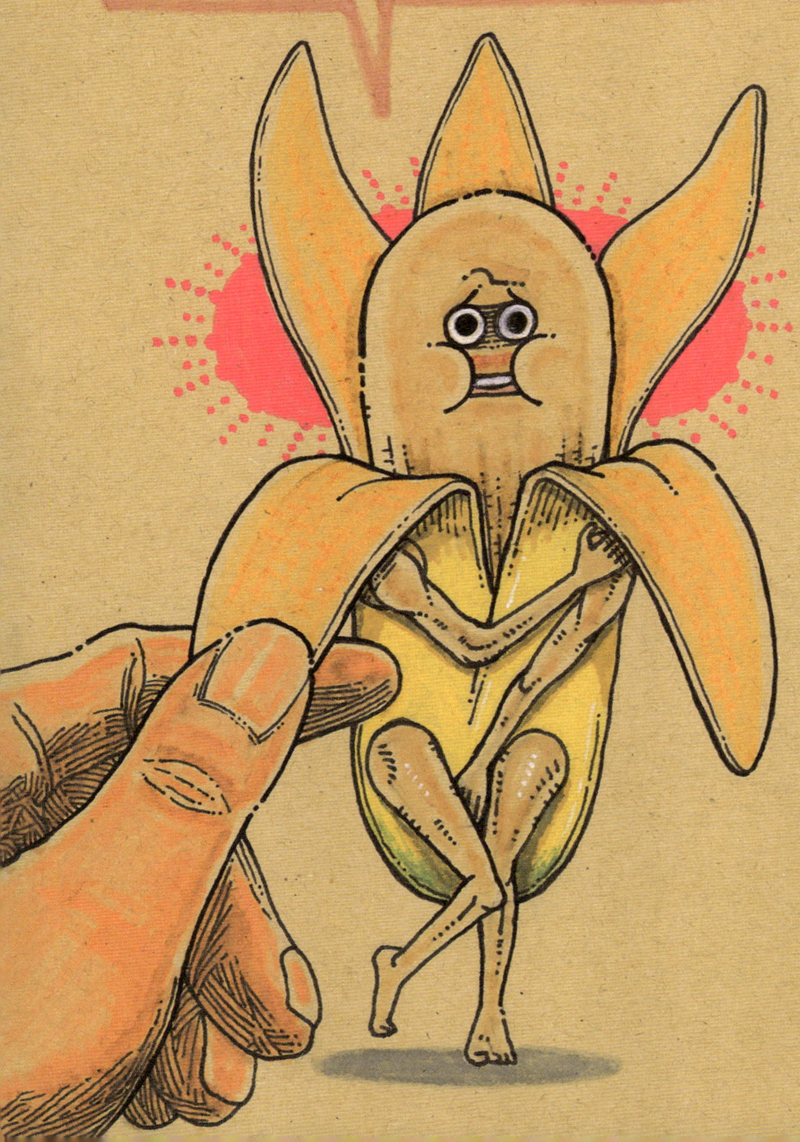

난 언제나 껍질 밖 세상을 꿈꾸며, 간절히 기다려왔어. 그런데 처음 마주한 세상에서 발가벗고 죽음을 맞이하면 잔인하지않아?

입장 차이(1)

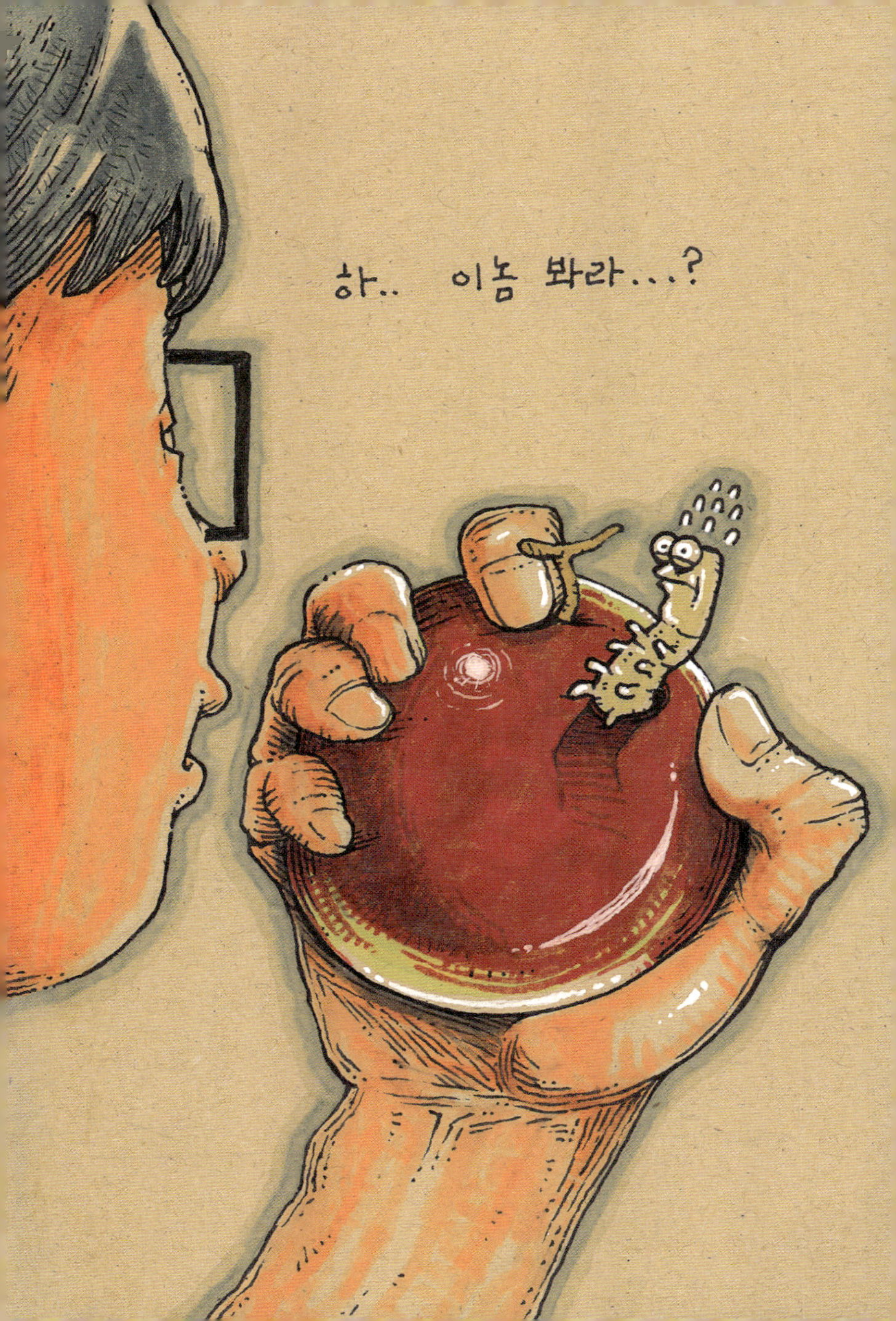
하.. 이놈 봐라...?

입장 차이(2)

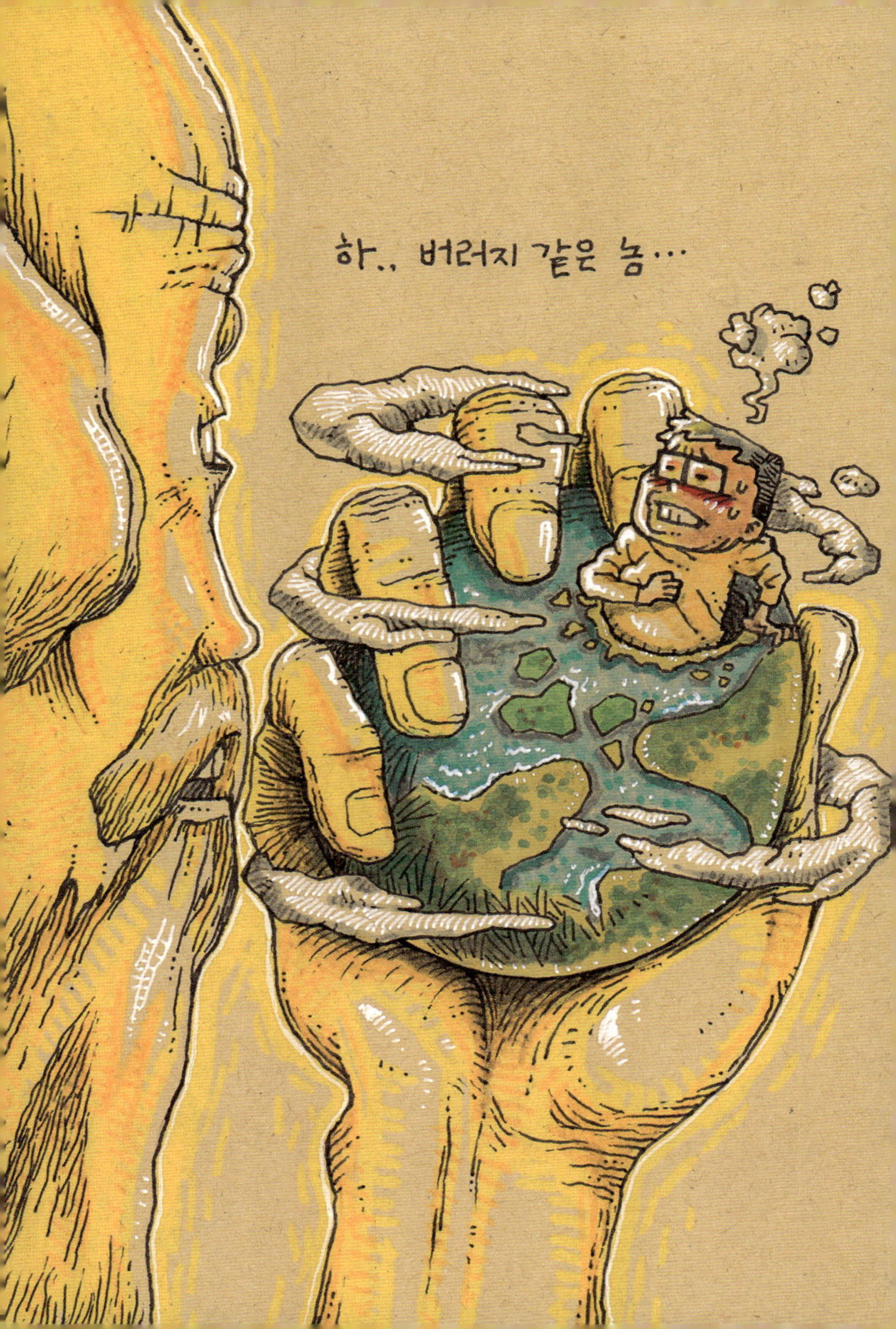
하., 버러지 같은 놈…

같은 세상에 살고 있지만
서로 다른 세상이 되기도 해..

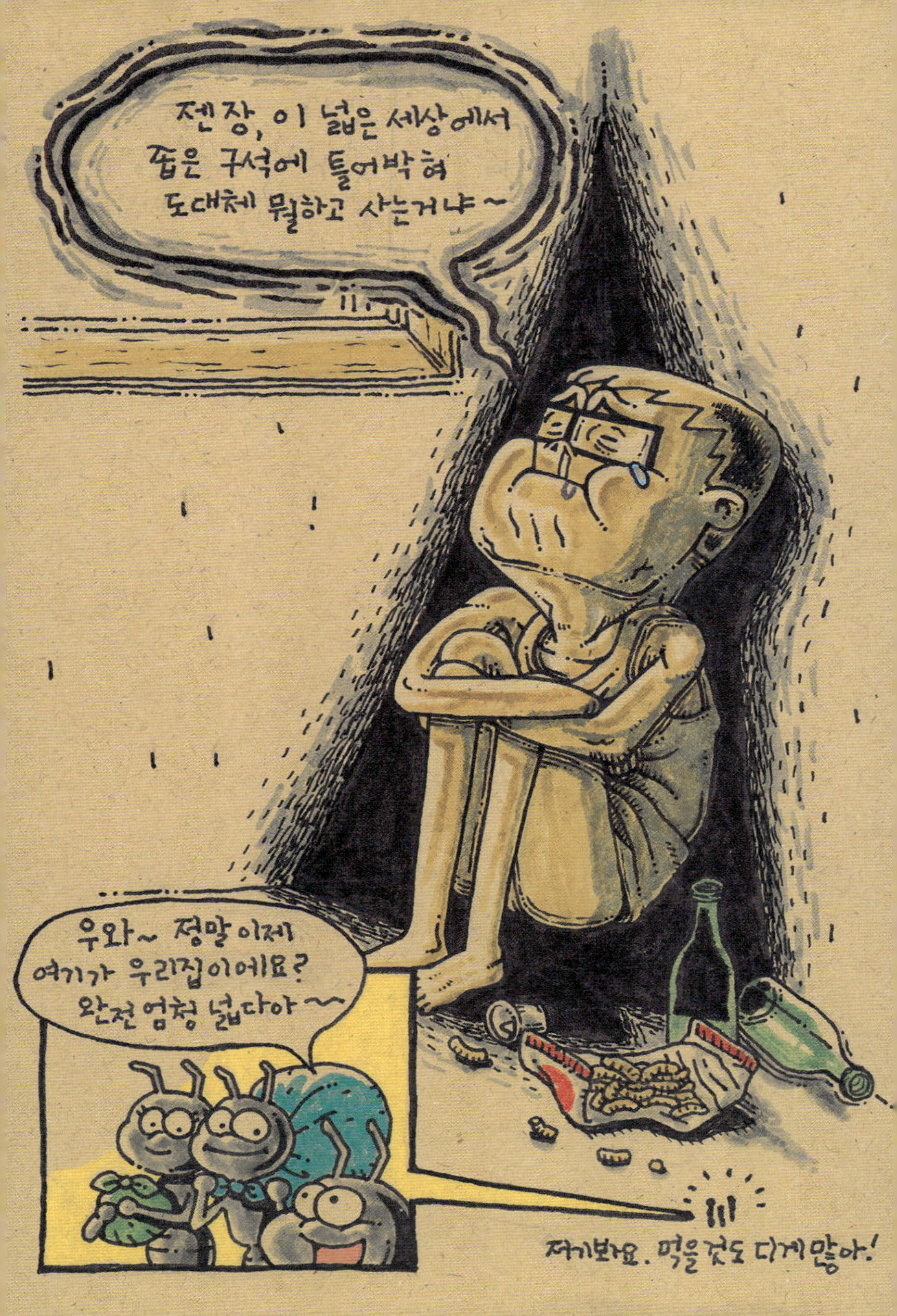
젠장, 이 넓은 세상에서
좁은 구석에 틀어박혀
도대체 뭘하고 사는거냐~
우와~ 정말 이제
여기가 우리집이에요?
완전 엄청 넓다아~
저기보요. 먹을것도 디게많아!

살아간다는 것,
누군가에게는 인생
누군가에게는 게임

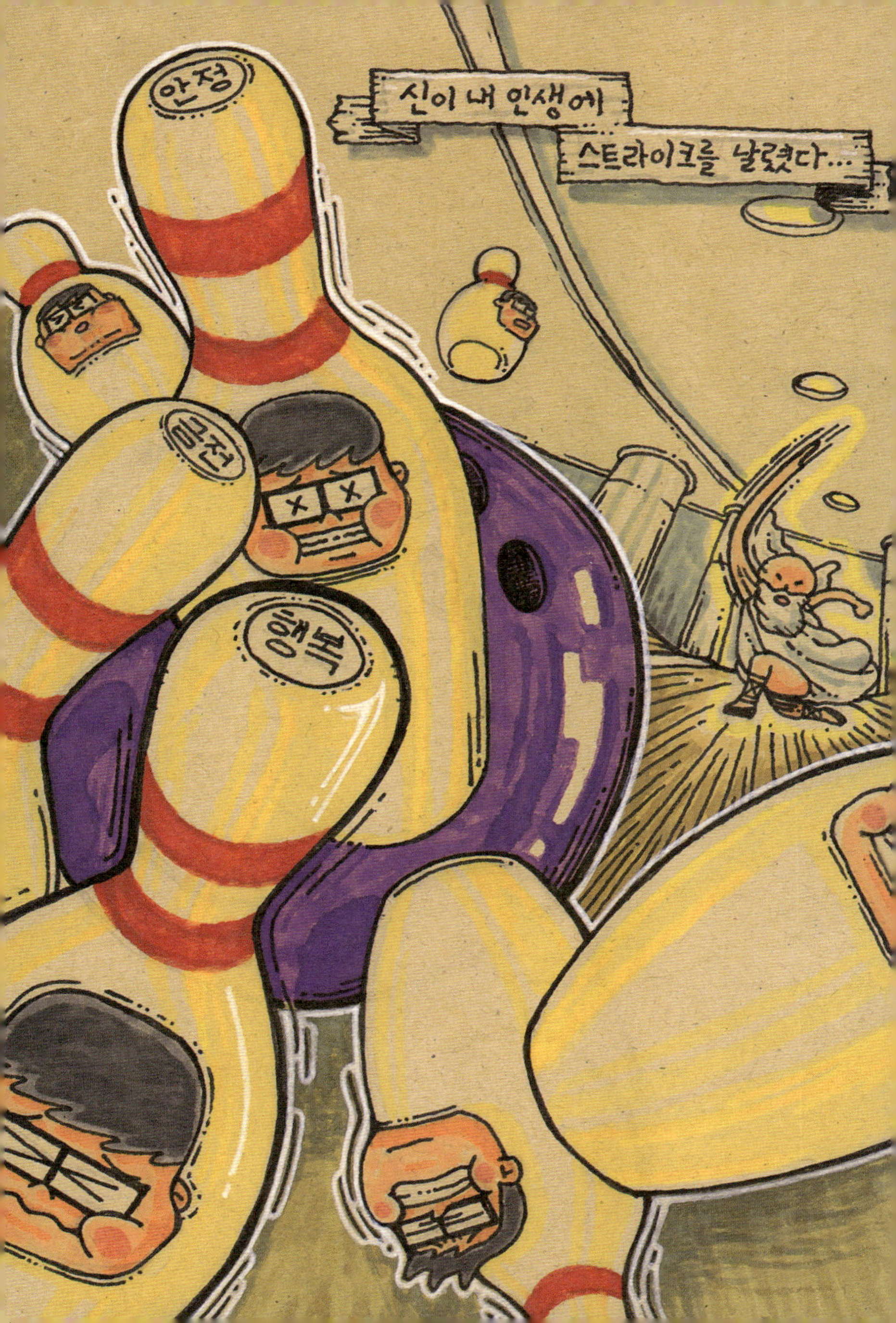

신이 내 인생에
스트라이크를 날렸다...
안정
공정
행복

" 나는 일주일에
절대로 걱정하지 않는
두 날이 있다.

바로
어제와 오늘이다. "

- 로버트 존스 버뎃 -

깊은 밤..
　　　문득..

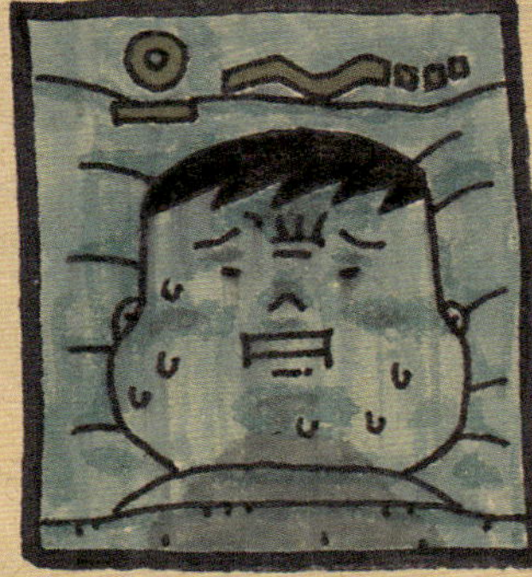

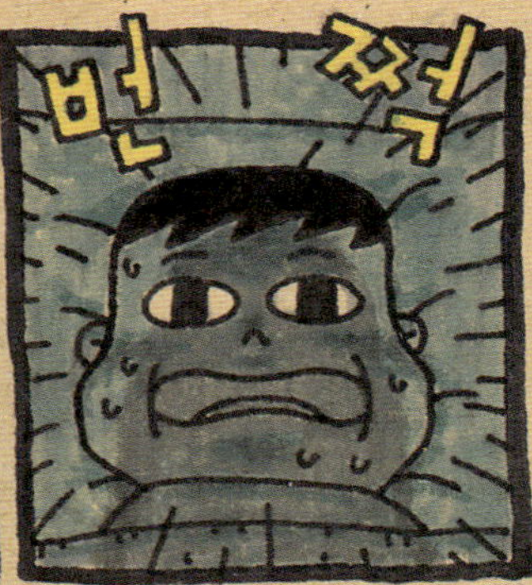

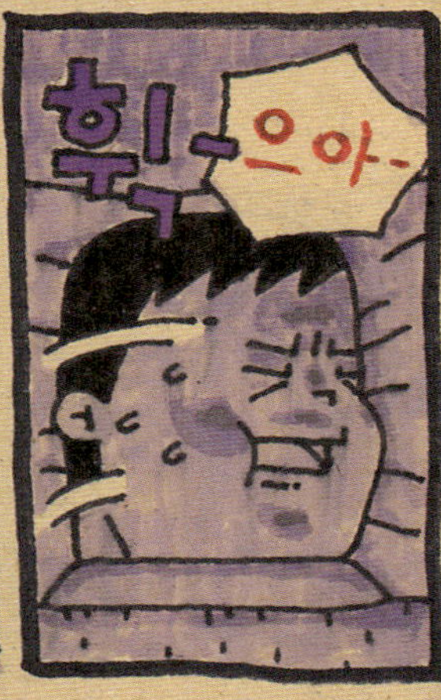

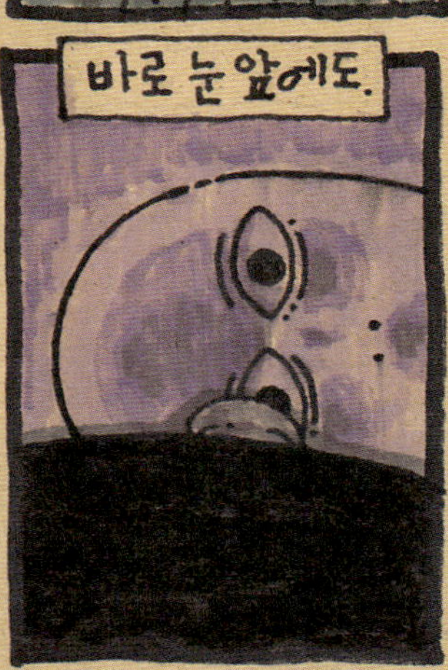

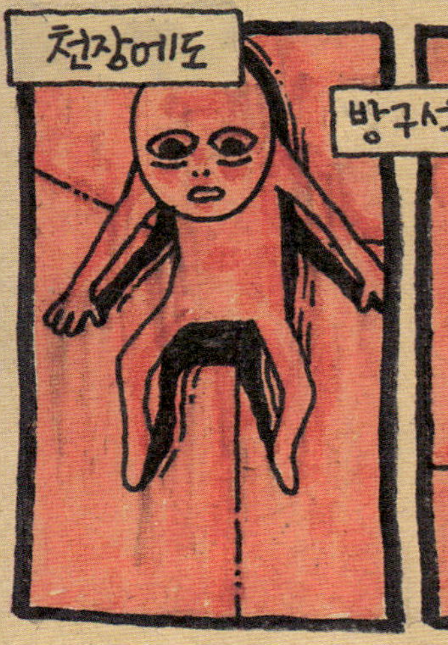

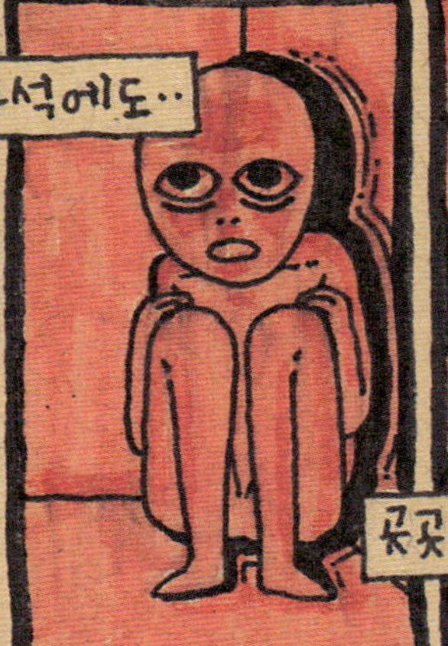

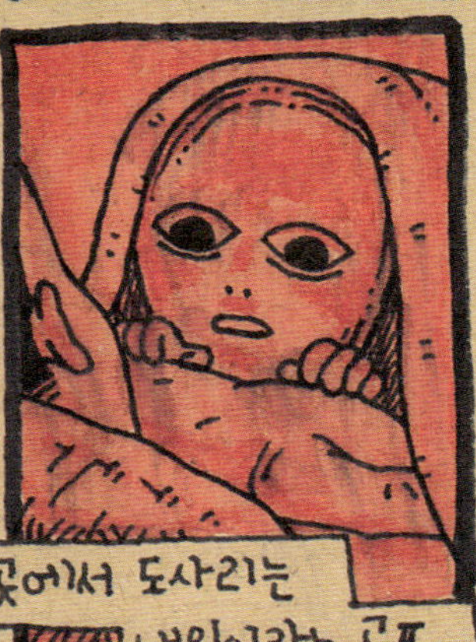

잠에서 깨어난 제자가 울고 있자,
기이하게 여긴 스승이 물었다.

"무서운 꿈을 꾸었느냐?"
"아닙니다."
"슬픈 꿈을 꾸었느냐?"
"아닙니다. 달콤한 꿈을 꾸었습니다."
"그런데 왜 그리 슬피 우느냐?"

"그 꿈은 이루어질 수 없기 때문입니다."

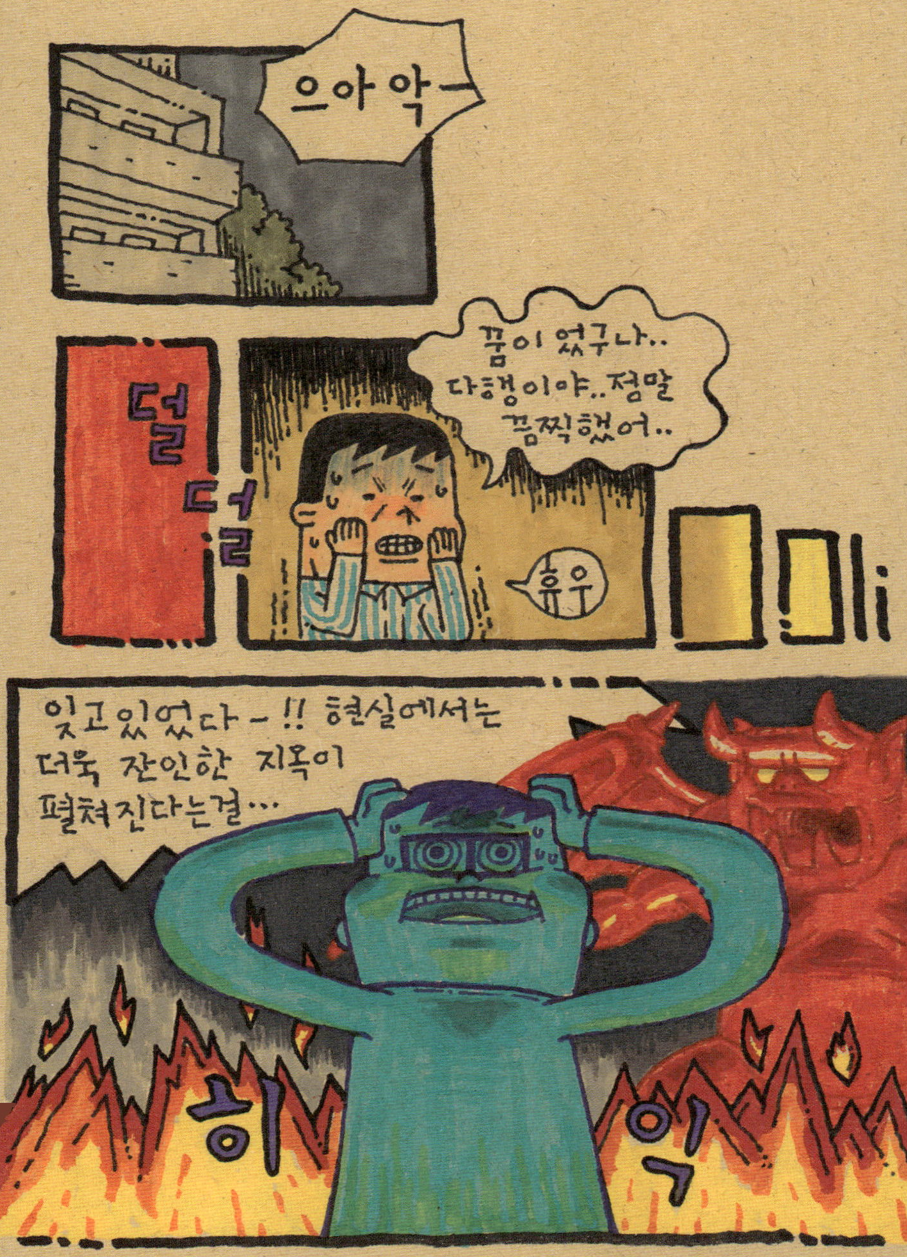

으아악~

꿈이었구나..
다행이야.. 정말
끔찍했어..

덜
덜

휴우

잊고있었다 -!! 현실에서는
더욱 잔인한 지옥이
펼쳐진다는걸…

흥

익

.. 아쉽지만 ..
사실을 인정하는 것
현실을 받아들이는 것이

필요할 때가 있어

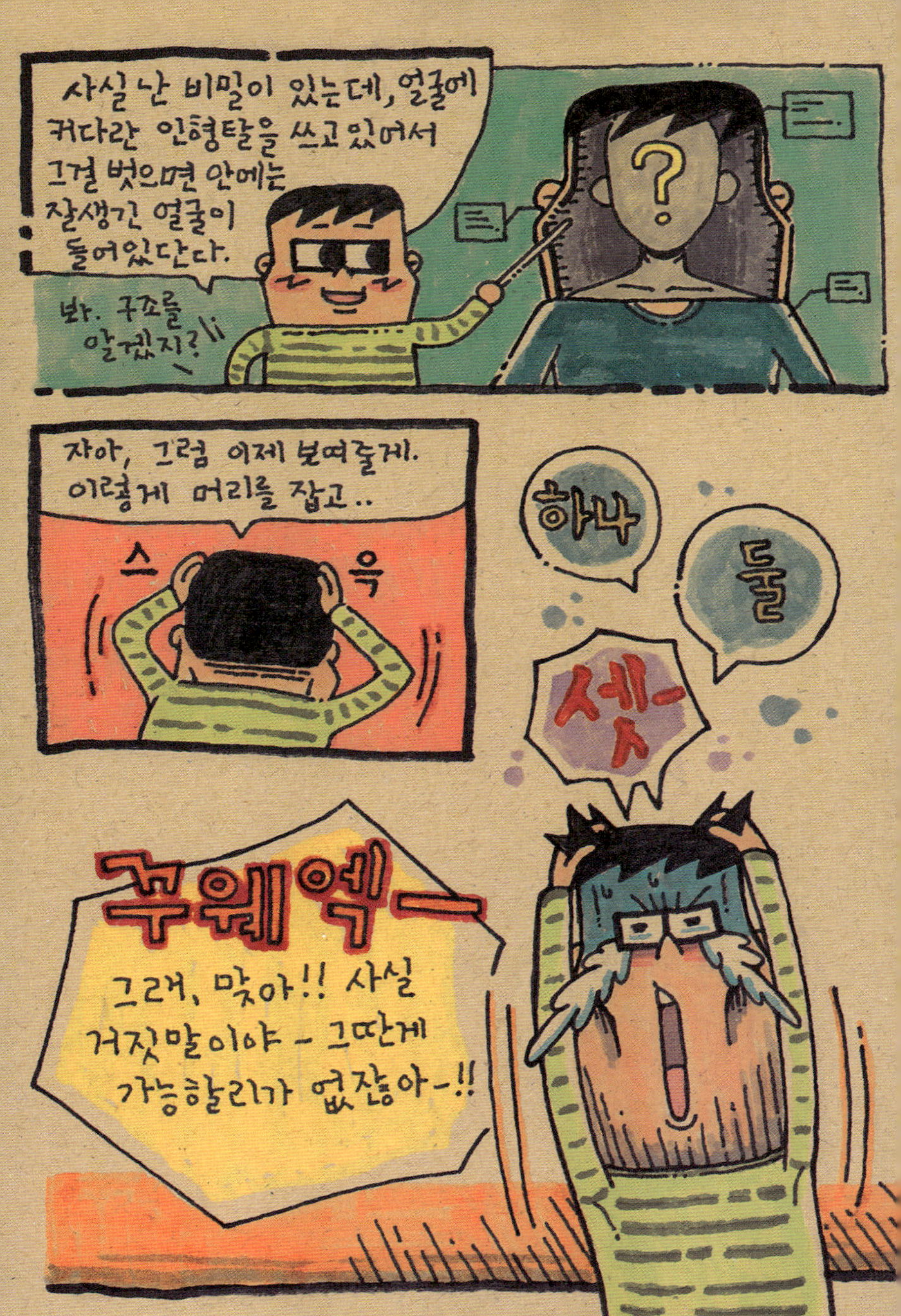

사실 난 비밀이 있는데, 얼굴에 커다란 인형탈을 쓰고 있어서 그걸 벗으면 안에는 잘생긴 얼굴이 들어있단다.
봐. 구조를 알겠지?
자아, 그럼 이제 보여줄게. 이렇게 머리를 잡고..
스
윽
하나
둘
셋
꾸웨엑-
그거, 맞아!! 사실 거짓말이야- 그딴게 가능할리가 없잖아-!!

그 놈은
마끼를 던져분 것이고,

자네는 고것을
확 물어분 것이여

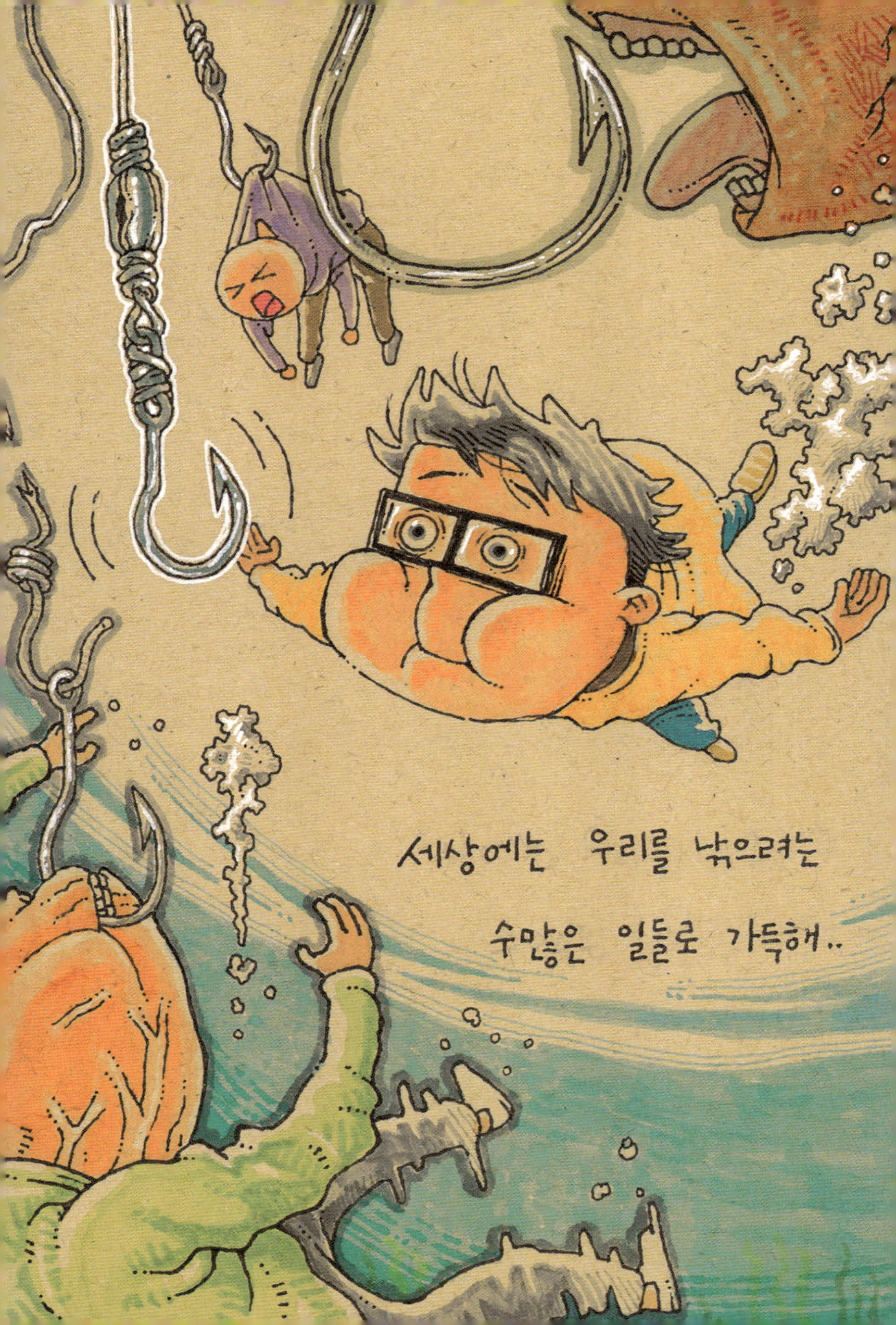

세상에는 우리를 낚으려는
수많은 일들로 가득해..

변하지 않는다는 건..
어쩌면 성장이 멈춘 것일까?

마음과 정신은 그대로인데...
껍데기만 낡아가고 있어...

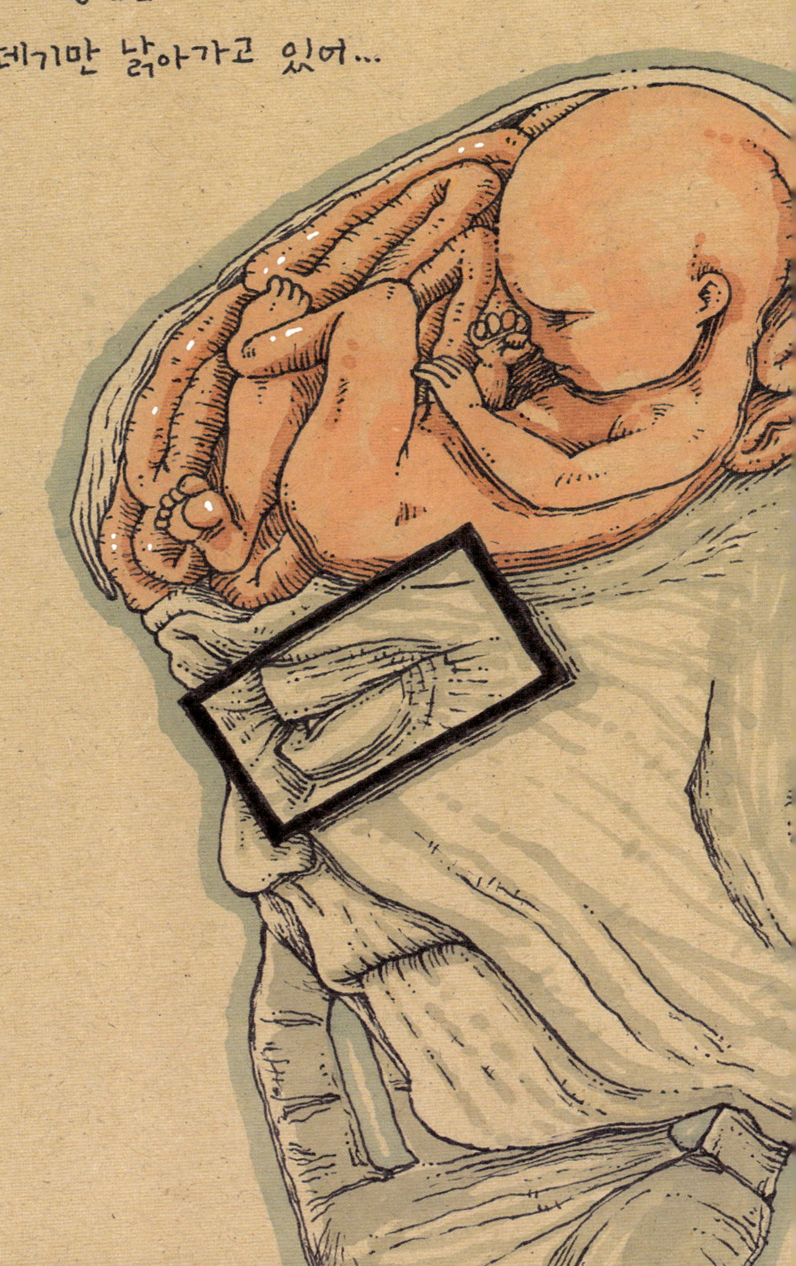

'삽질하다'
쓸모없는 혹은 헛된 일을 하다

삽질은...
아무리 열심히 해도..
결국 삽질일 뿐.

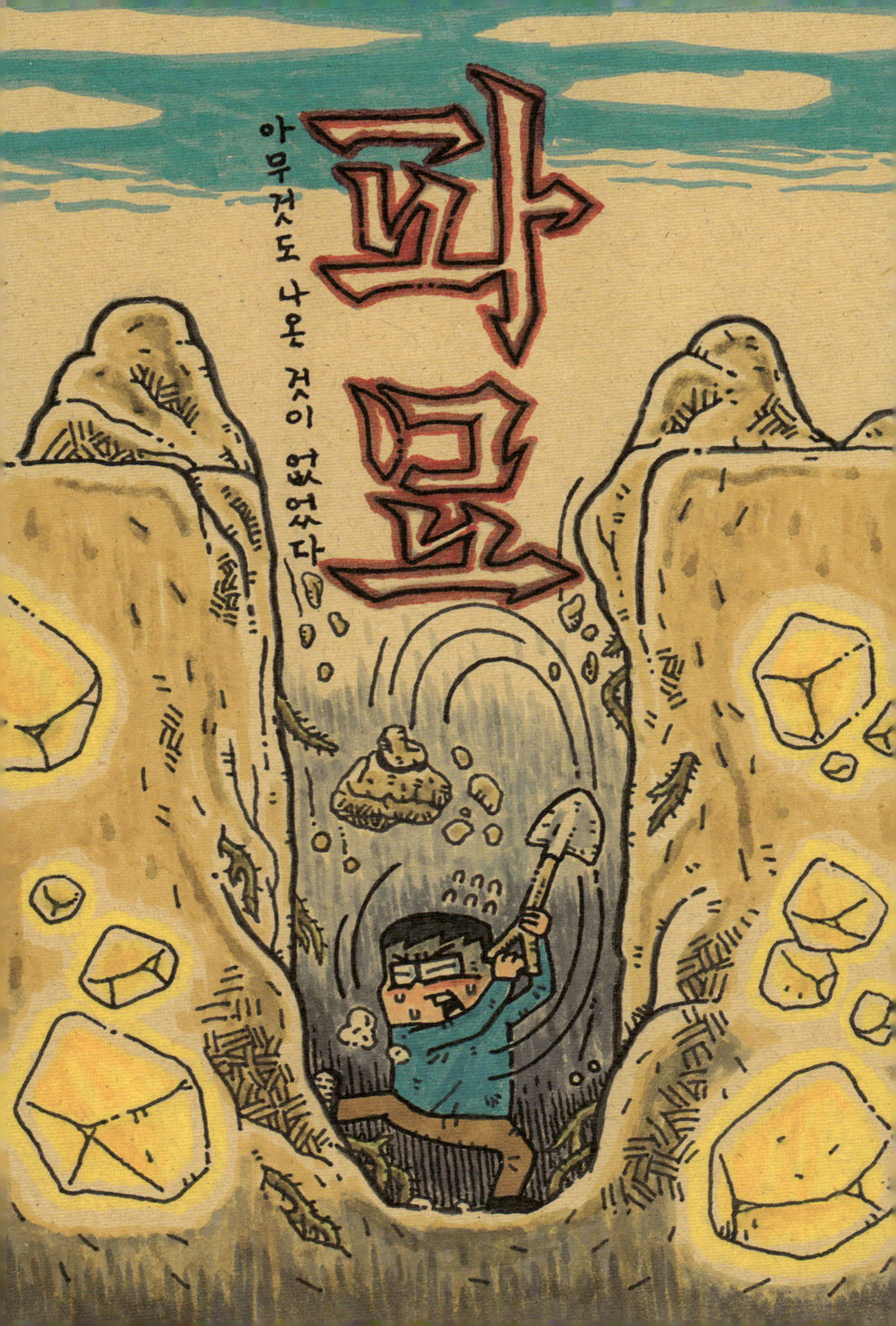
파묘
아무것도 나온 것이 없었다

세월이 흐를수록
크고 무거워지는 그것,
삶이란 이름의 무게

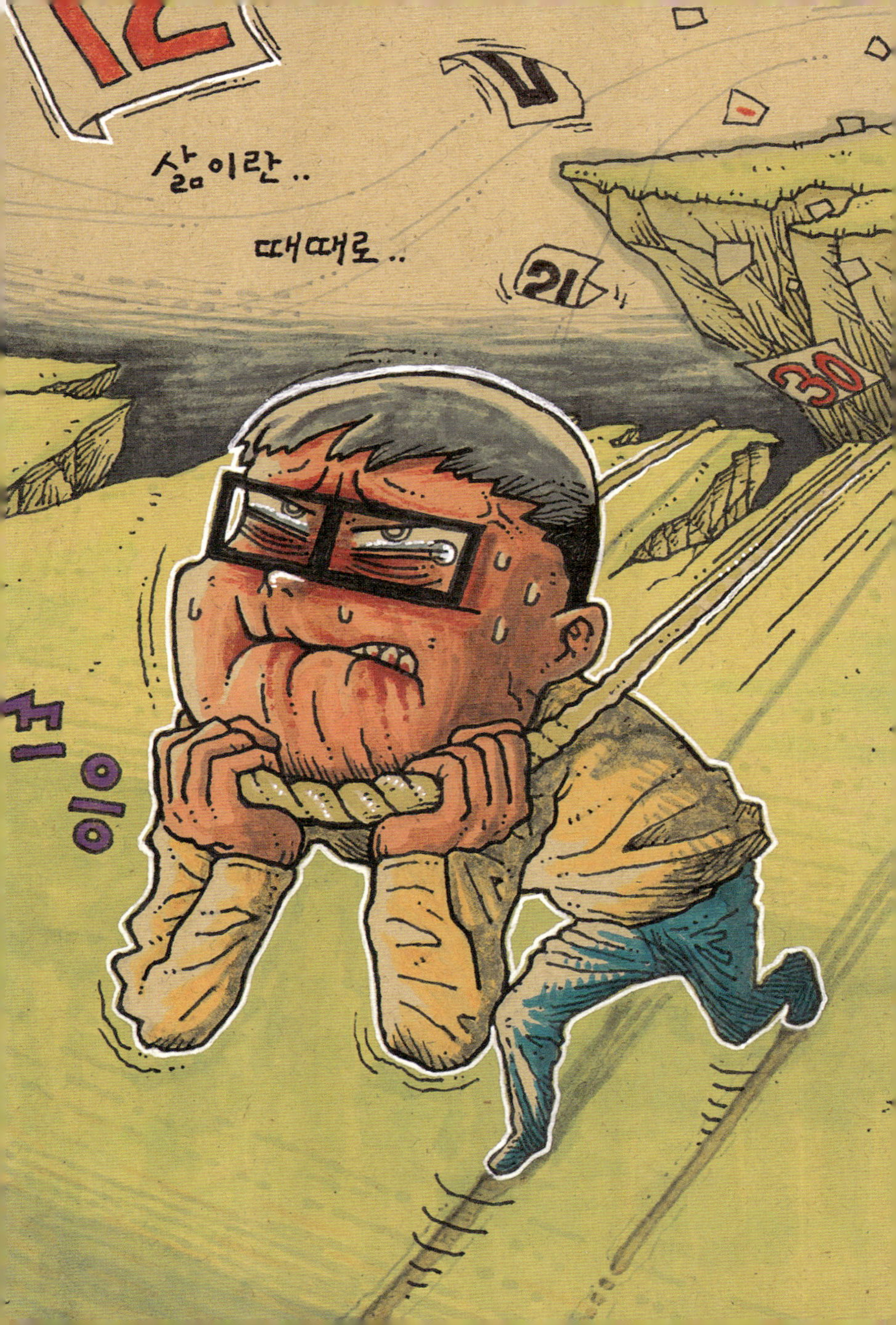

삶이란..
때때로..
12
1
21
30

..불감증..

행복한 순간
소중한 순간들만
존재하게 되면

행복도, 소중함도
느끼지 못한 채
살게 되지 않을까?

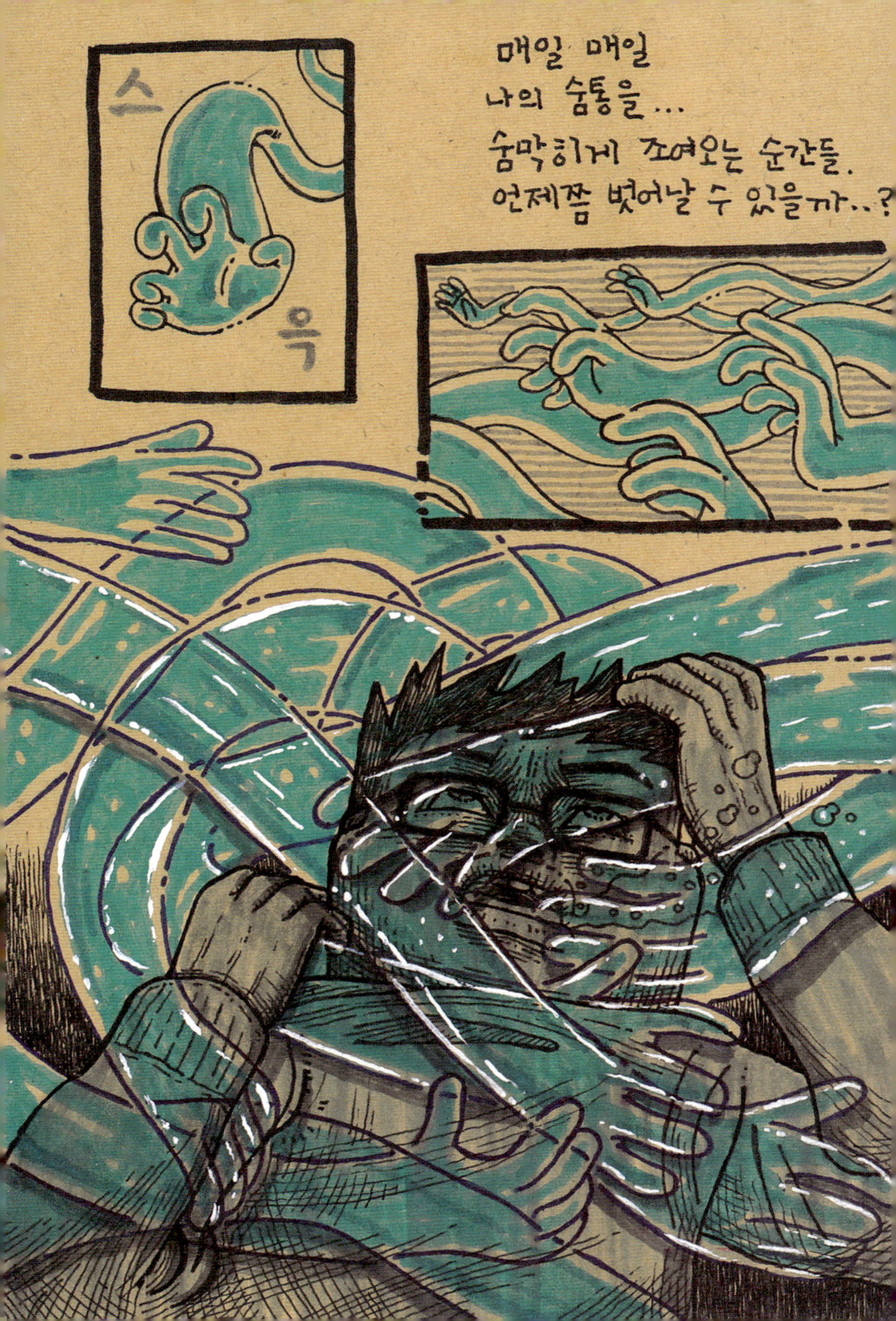
스
옥
매일 매일
나의 숨통을...
숨막히게 조여오는 순간들.
언제쯤 벗어날 수 있을까..?

지금 필요한 건
타이레노..ㄹ

아니, 자신을
타이르는 법

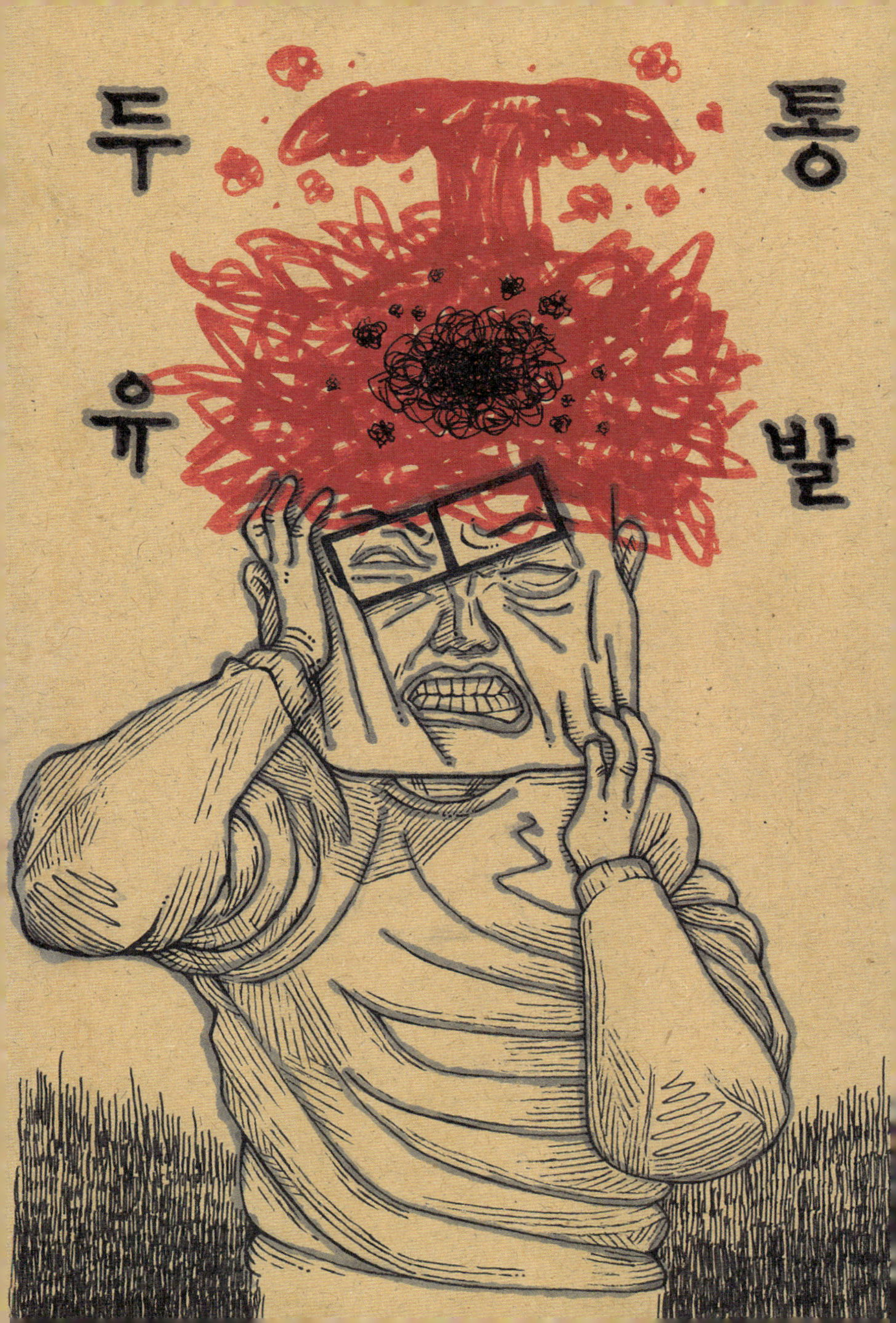
두
통
유
발

부끄러움은
마음을 치유하기 위한
준비운동과 같아

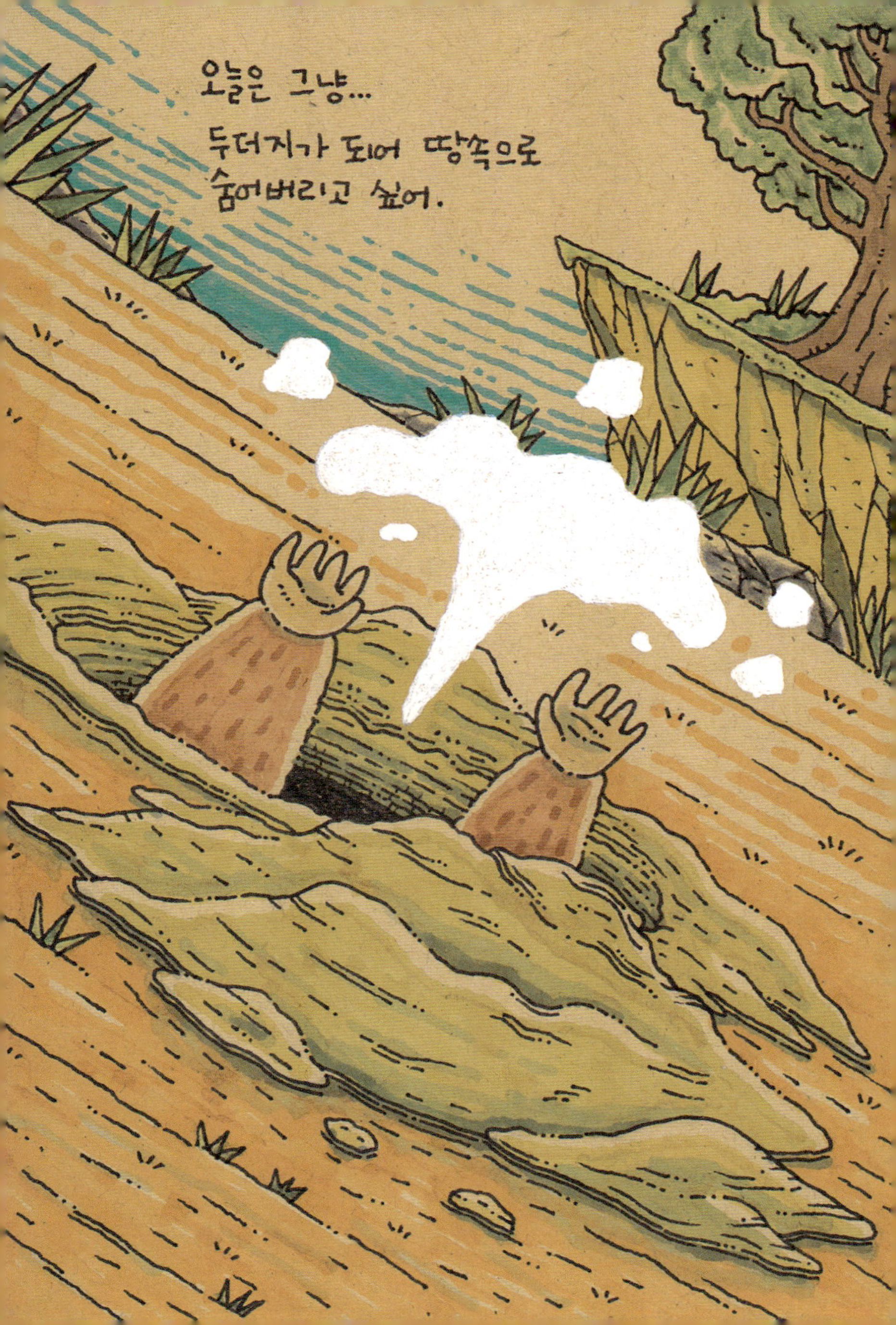

오늘은 그냥...
두더지가 되어 땅속으로
숨어버리고 싶어.

우물 밖의 우물의 내부의
우물 밖의 우물의 내부의 우물

하늘을 덮고있는 하늘의
하늘 위로 하늘을 덮고 있는
하늘의 하늘 위의 하늘

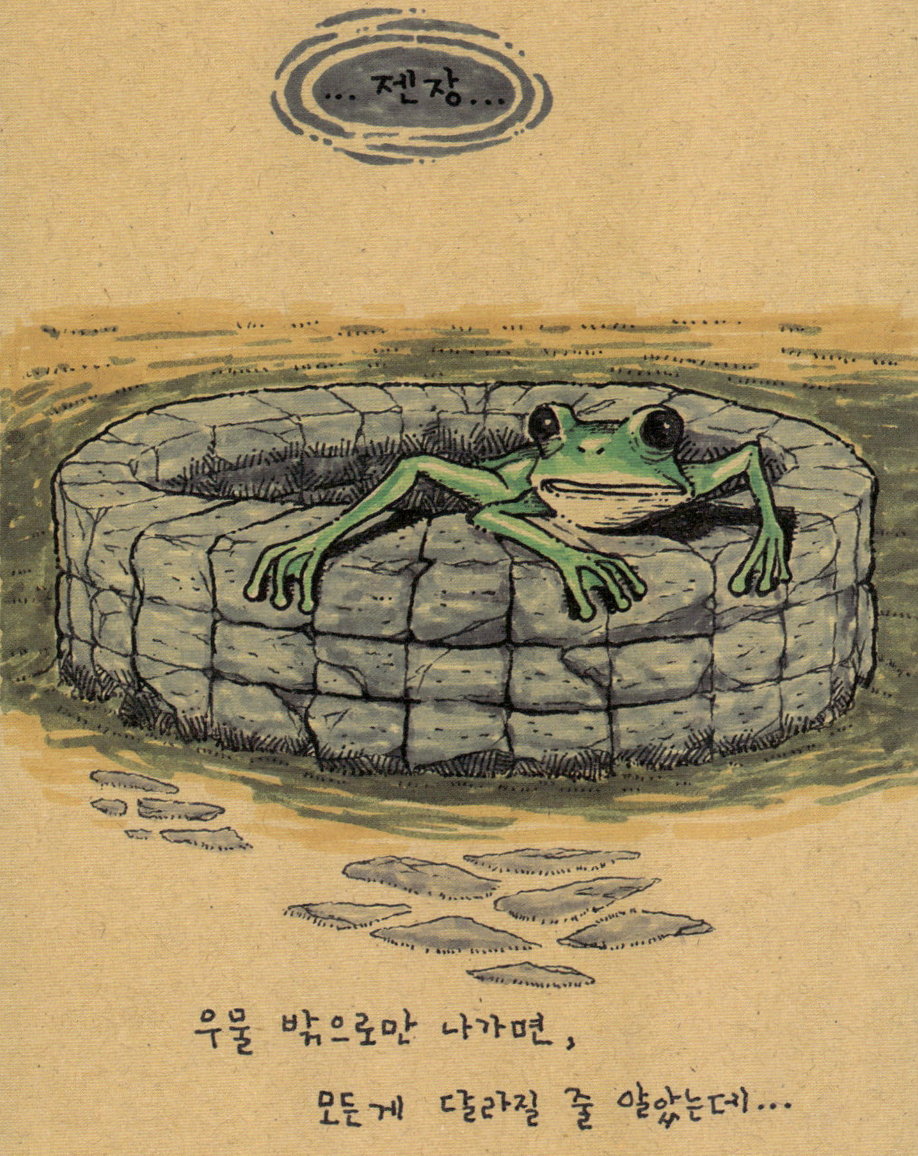

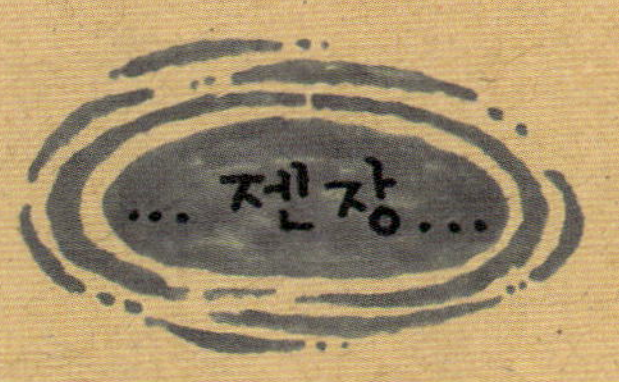

우물 밖으로만 나가면,

모든게 달라질 줄 알았는데...

휴식이 필요한 순간

오늘도 난..
머릿 속에서 너무나 많은 생각과 감정들이
제멋대로 솟구쳐 올라.. 정리가 안돼.

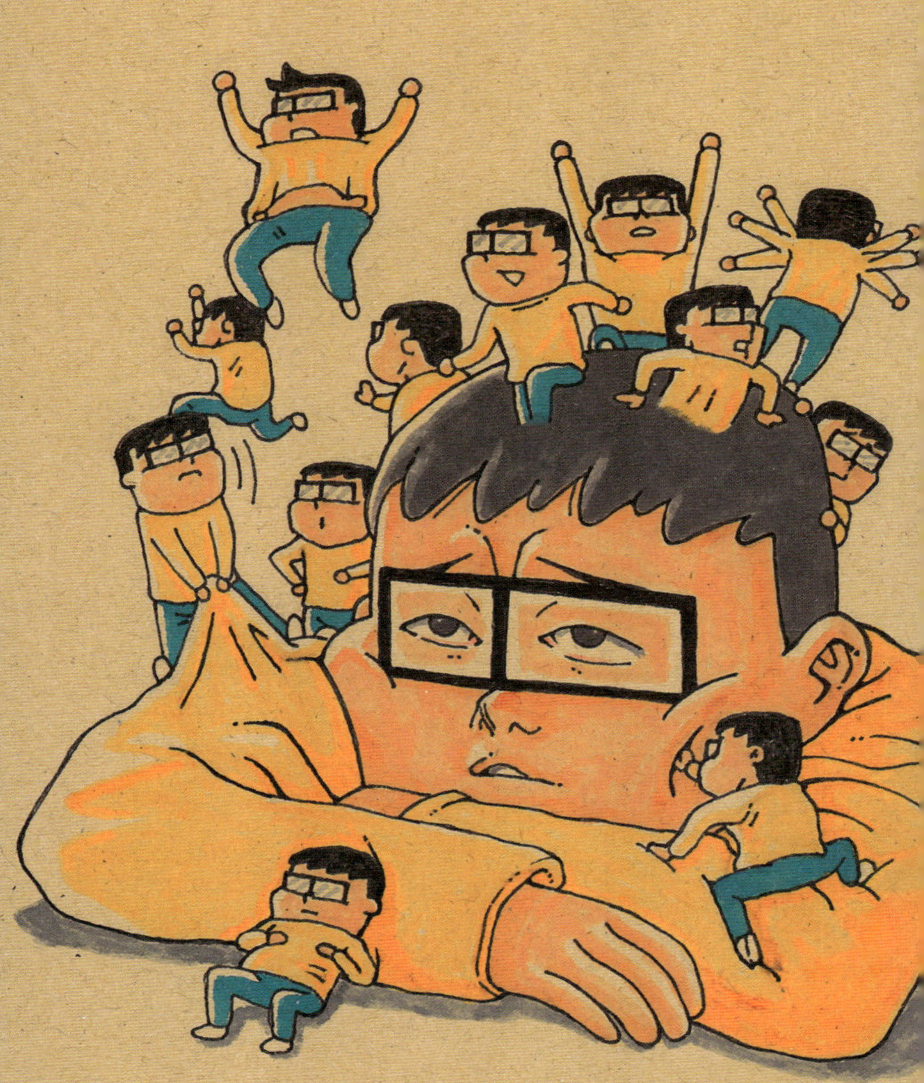

희망..
그것은
내 것이
아닐 땐
절망..

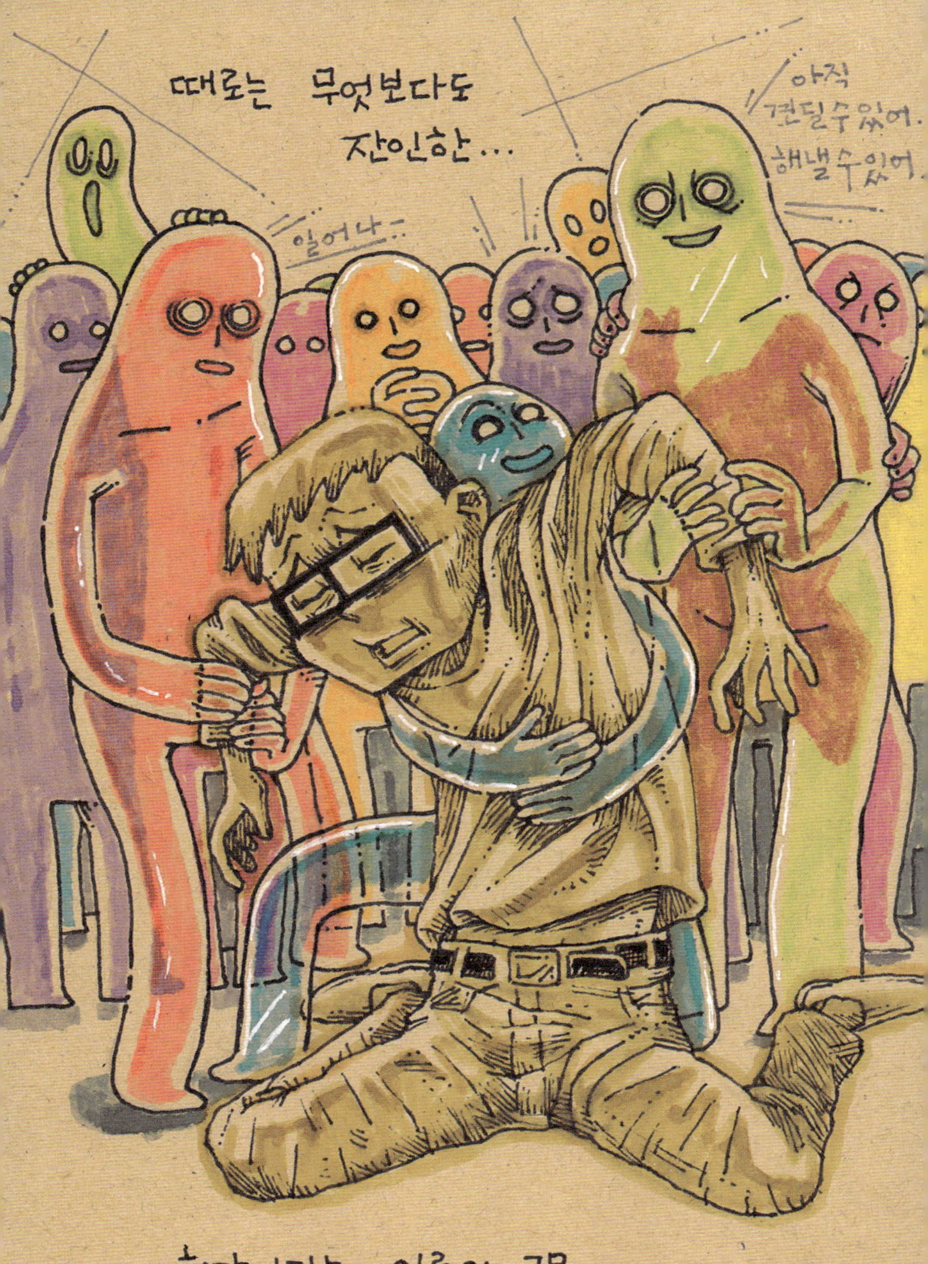
때로는 무엇보다도
잔인한...
아직
견딜수있어.
해낼수있어...
일어나...
...희망이라는 이름의 고문...

예측불가

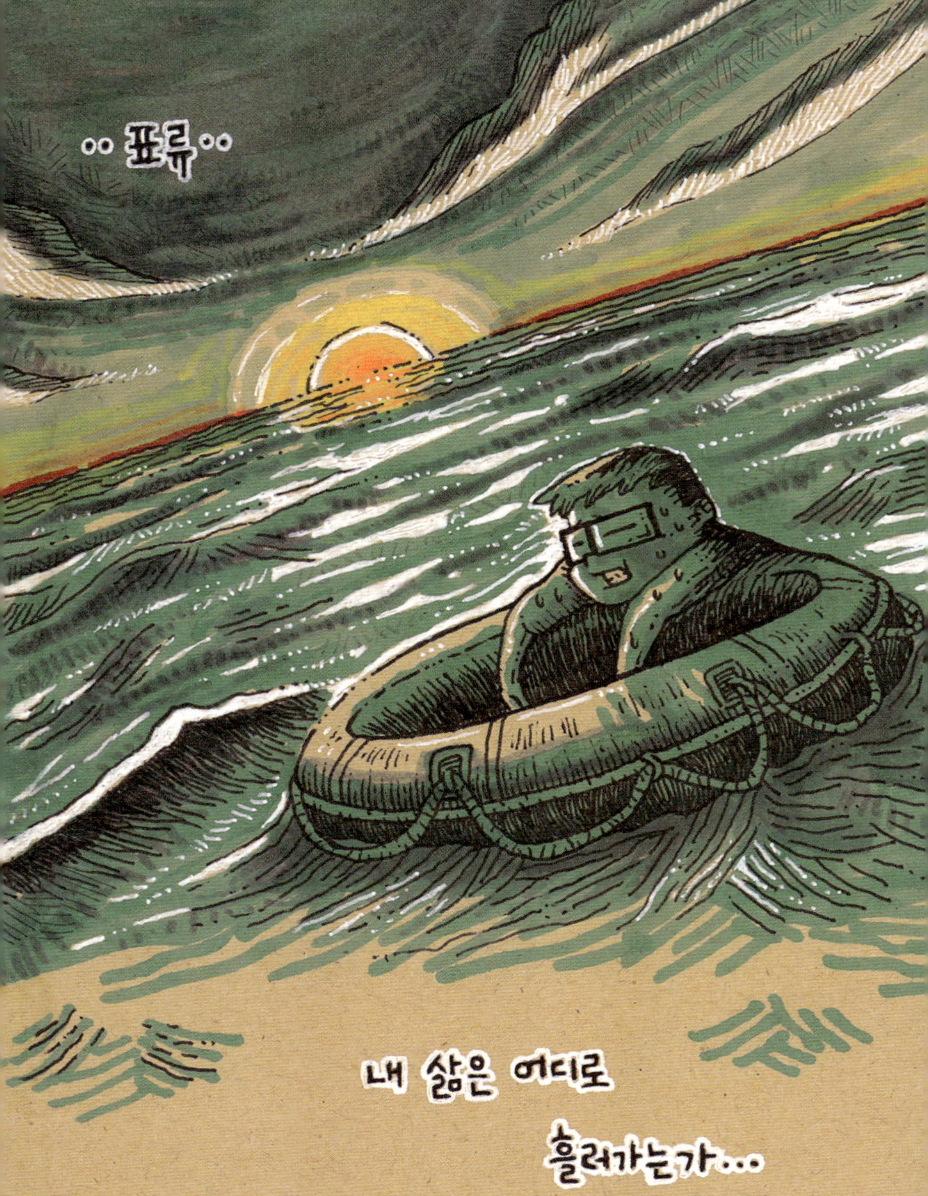

∞ 표류 ∞
내 삶은 어디로
흘러가는가…

이 세상에
내가 아니면 안 되는 일은
존재하지 않아요.

하지만

자신의 일에
최선을 다하는 일은
오직 당신만 할 수 있어요

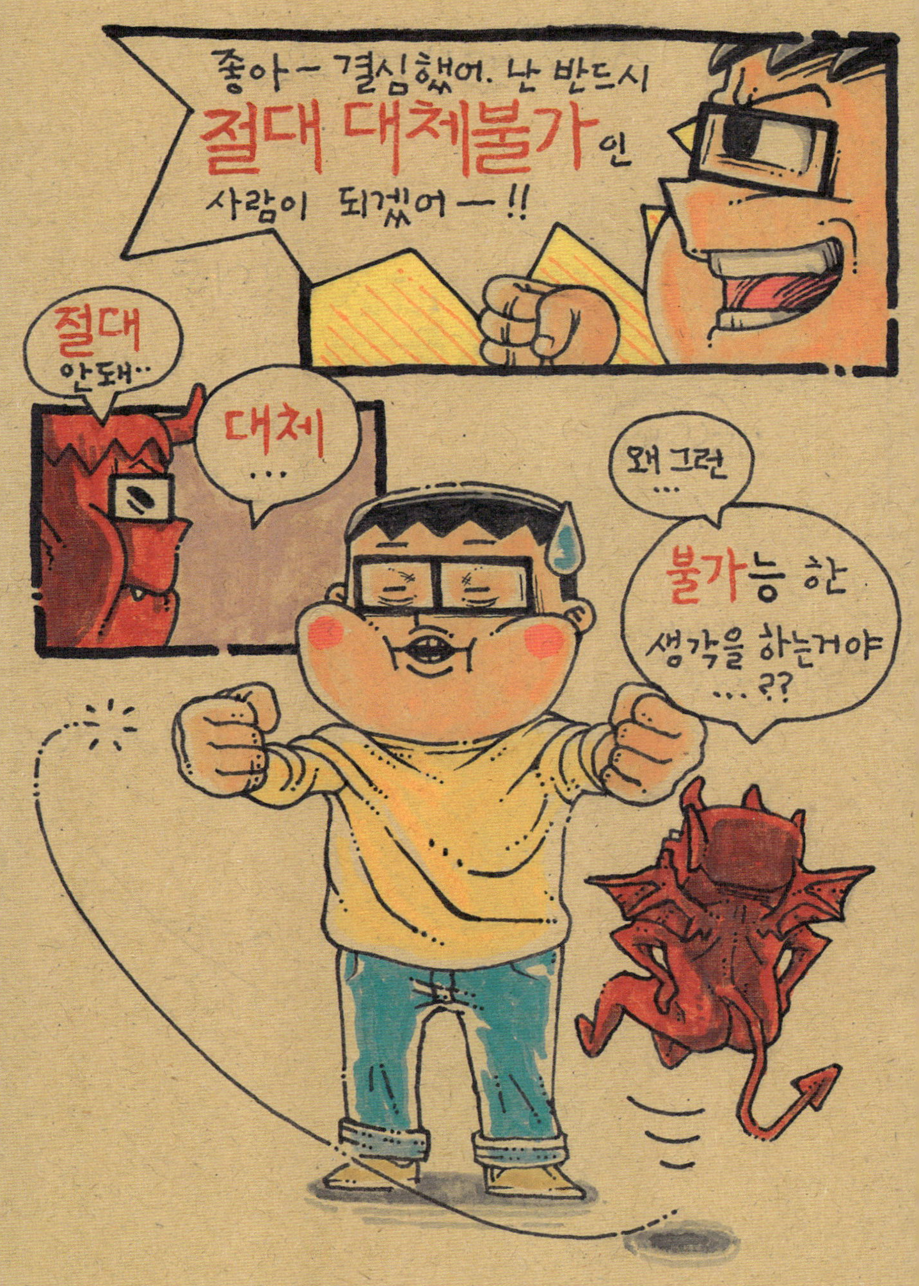

좋아- 결심했어. 난 반드시
절대 대체불가 인
사람이 되겠어-!!
절대
안돼…
대체
…
왜 그런
…
불가능 한
생각을 하는거야
…??

Q.
후회를 행동하기 전에
미리 하는 방법은 없을까요?

A.
그냥 후회할 짓을
하지 마요.

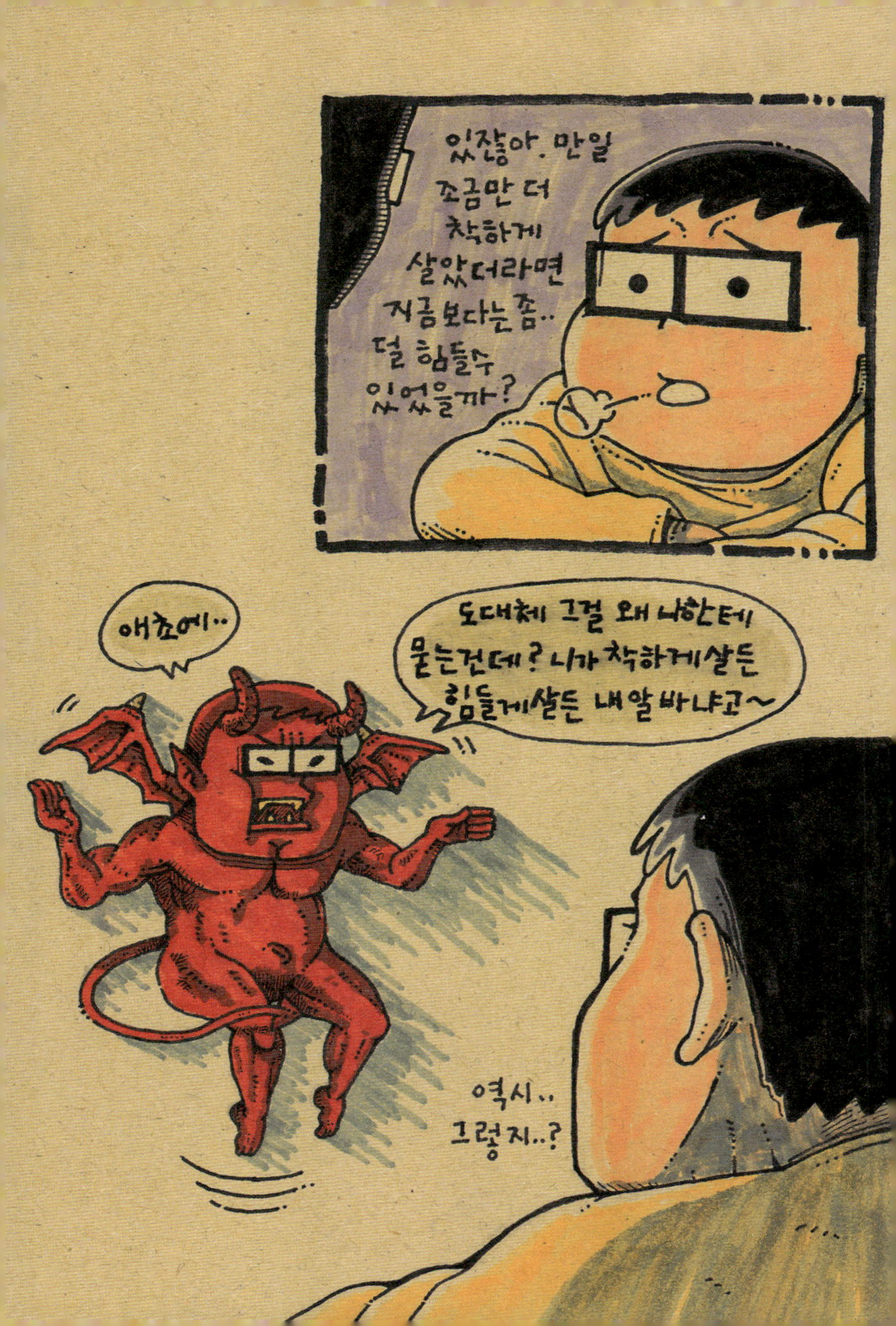

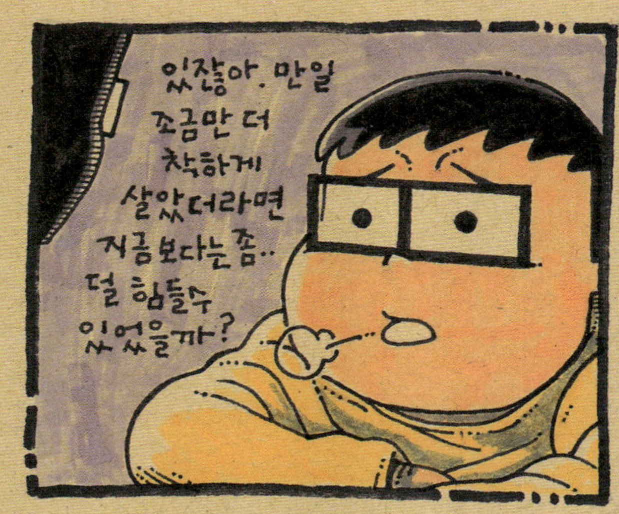

있잖아. 만일
쪼금만 더
착하게
살았더라면
지금보다는좀..
덜 힘들수
있었을까?

애초에..

도대체 그걸 왜 나한테
묻는건데? 니가 착하게살든
힘들게살든 내알 바냐고~

역시..
그렇지..?

현실 부정

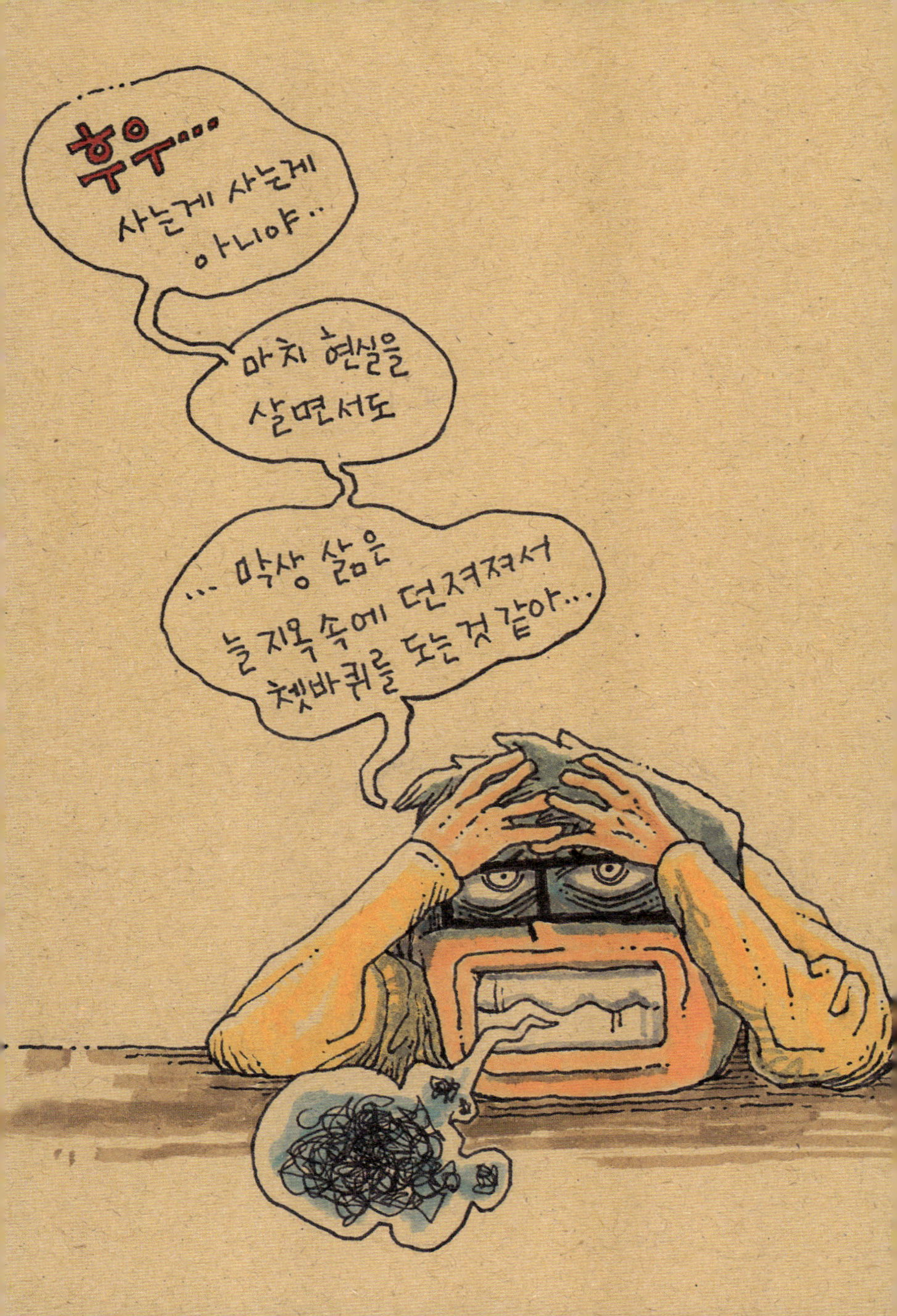

후우···
사는게 사는게 아니야··
마치 현실을 살면서도
··· 막상 삶은 늘 지옥 속에 던져져서 쳇바퀴를 도는 것 같아···

현실 도피

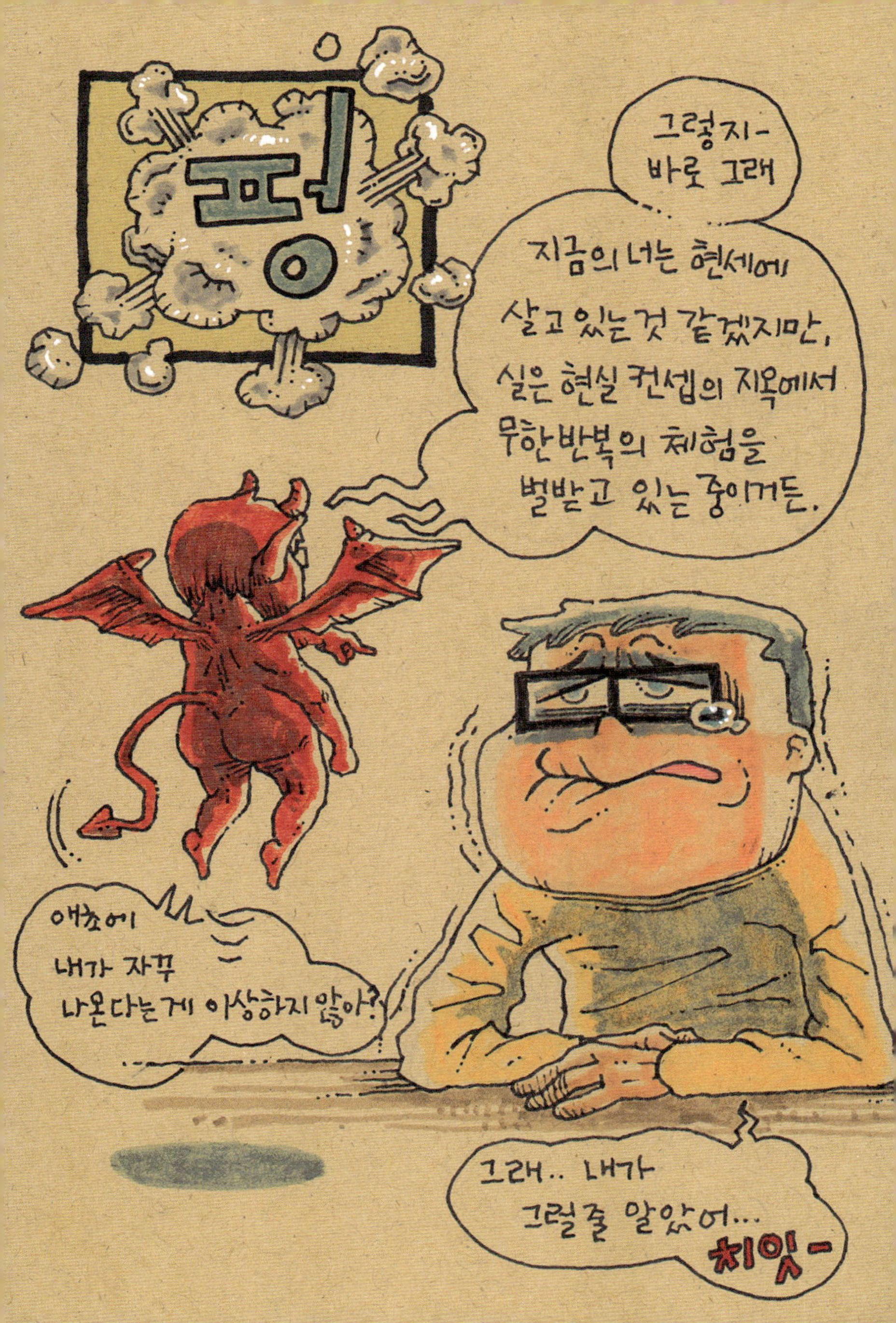

펑
그렇지-
바로 그래
지금의 너는 현세에 살고 있는것 같겠지만, 실은 현실 컨셉의 지옥에서 무한반복의 체험을 벌받고 있는 중이거든.
애초에 내가 자꾸 나온다는게 이상하지 않아?
그래.. 내가 그럴줄 알았어...
치잇-

악몽이 찾아온 순간

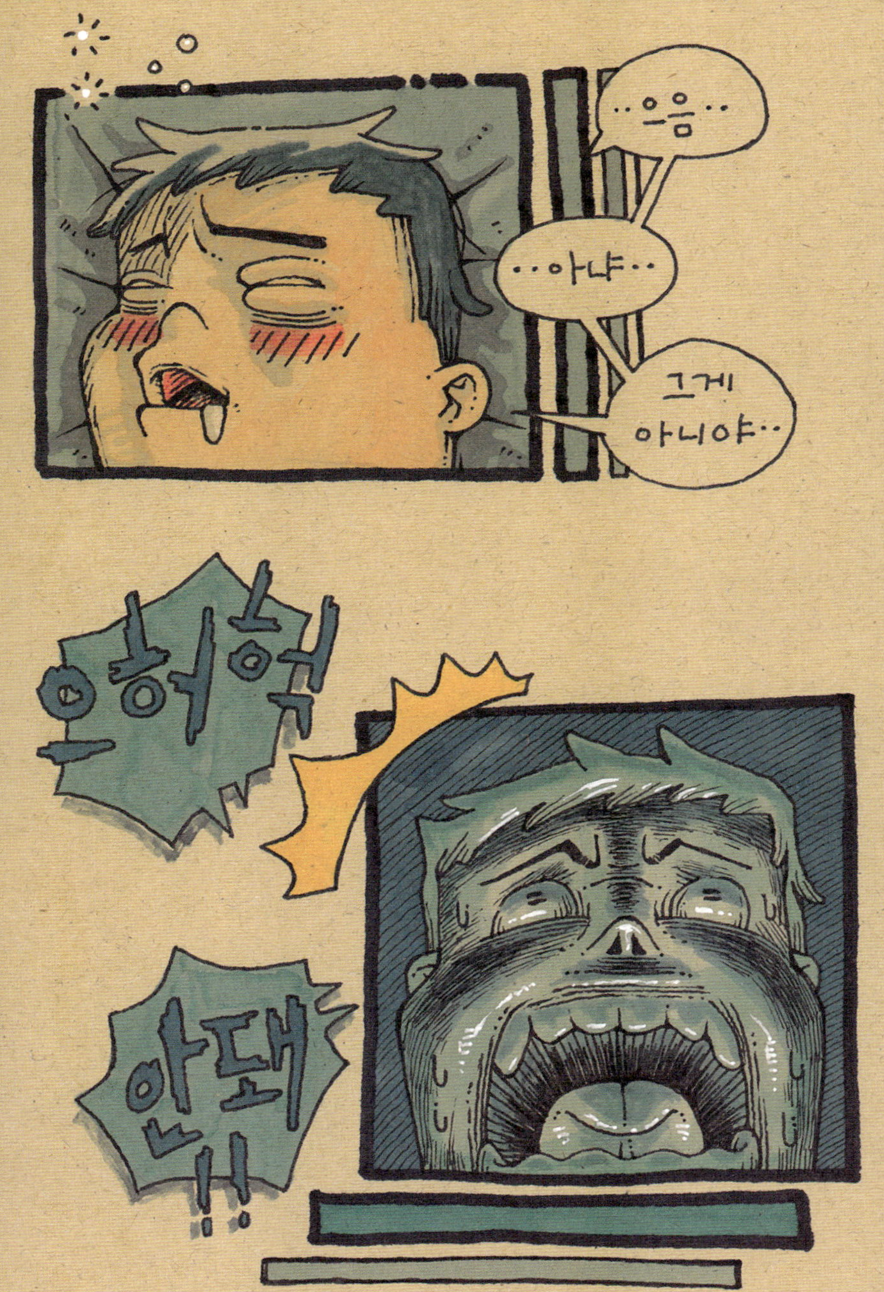

ㅇㅡㅁ
…아냐…
그게
아니야…
으앙어엉
안돼!!

잠에서 깨어도
깬 것 같지 않은 기분

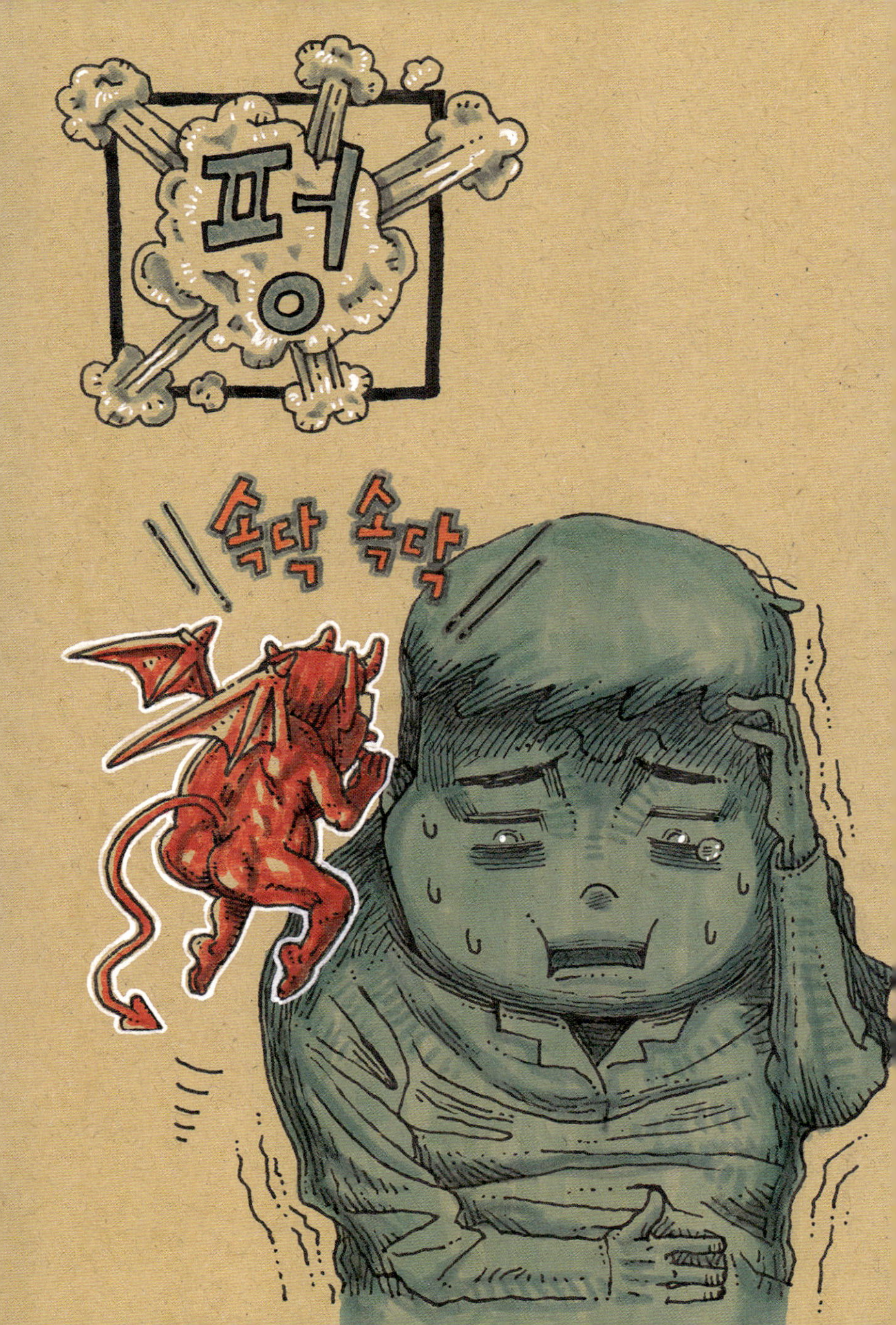
퍼엉
속닥 속닥

들려오는 목소리는
상상인지 현실인지
구분하기도 어렵고

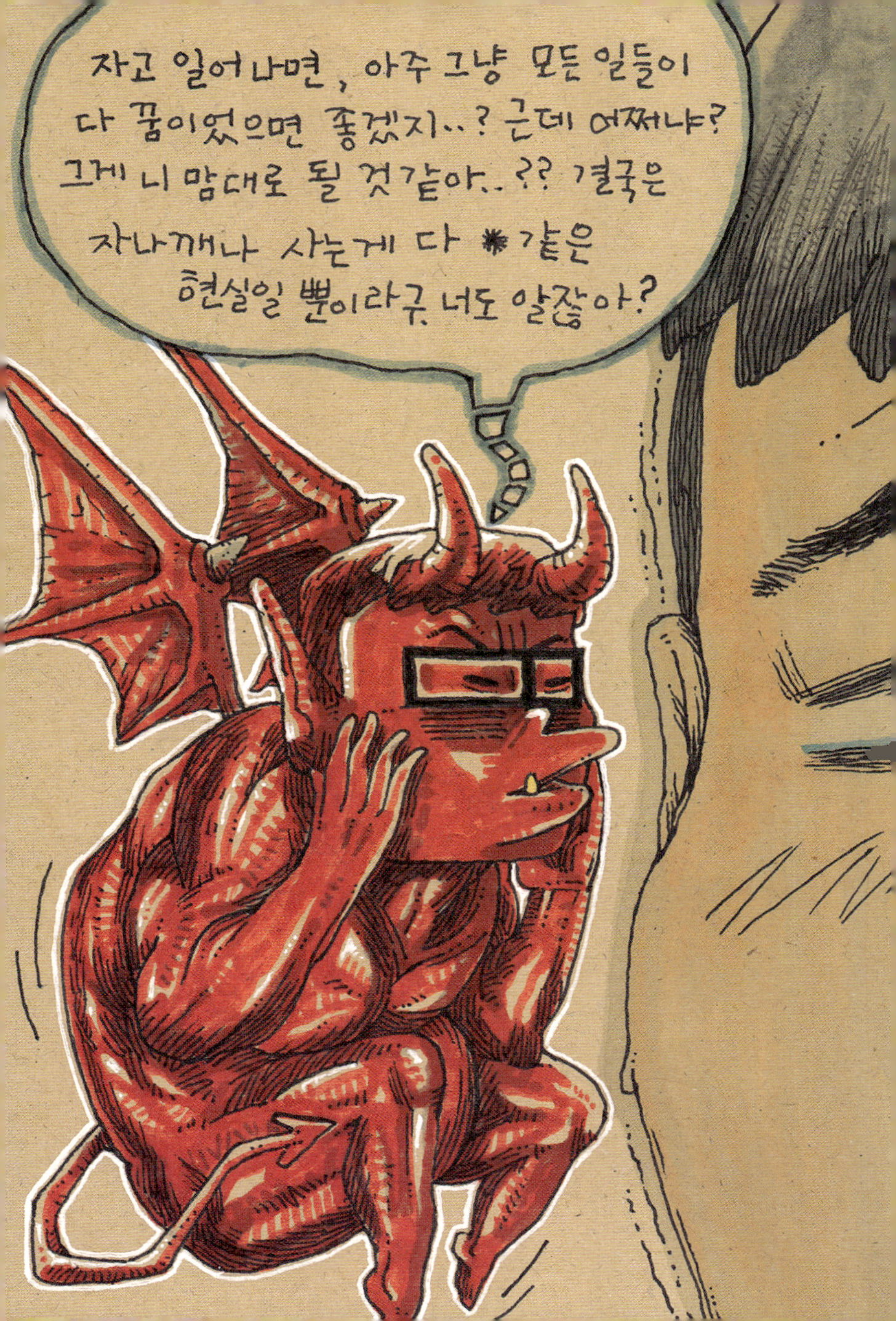

자고 일어나면, 아주 그냥 모든 일들이 다 꿈이었으면 좋겠지..? 근데 어쩌냐? 그게 니 맘대로 될 것같아.. ?? 결국은 자나깨나 사는게 다 ❋같은 현실일 뿐이라구. 너도 알잖아?

상상이든 현실이든
인생은 살아가는 이들의 몫

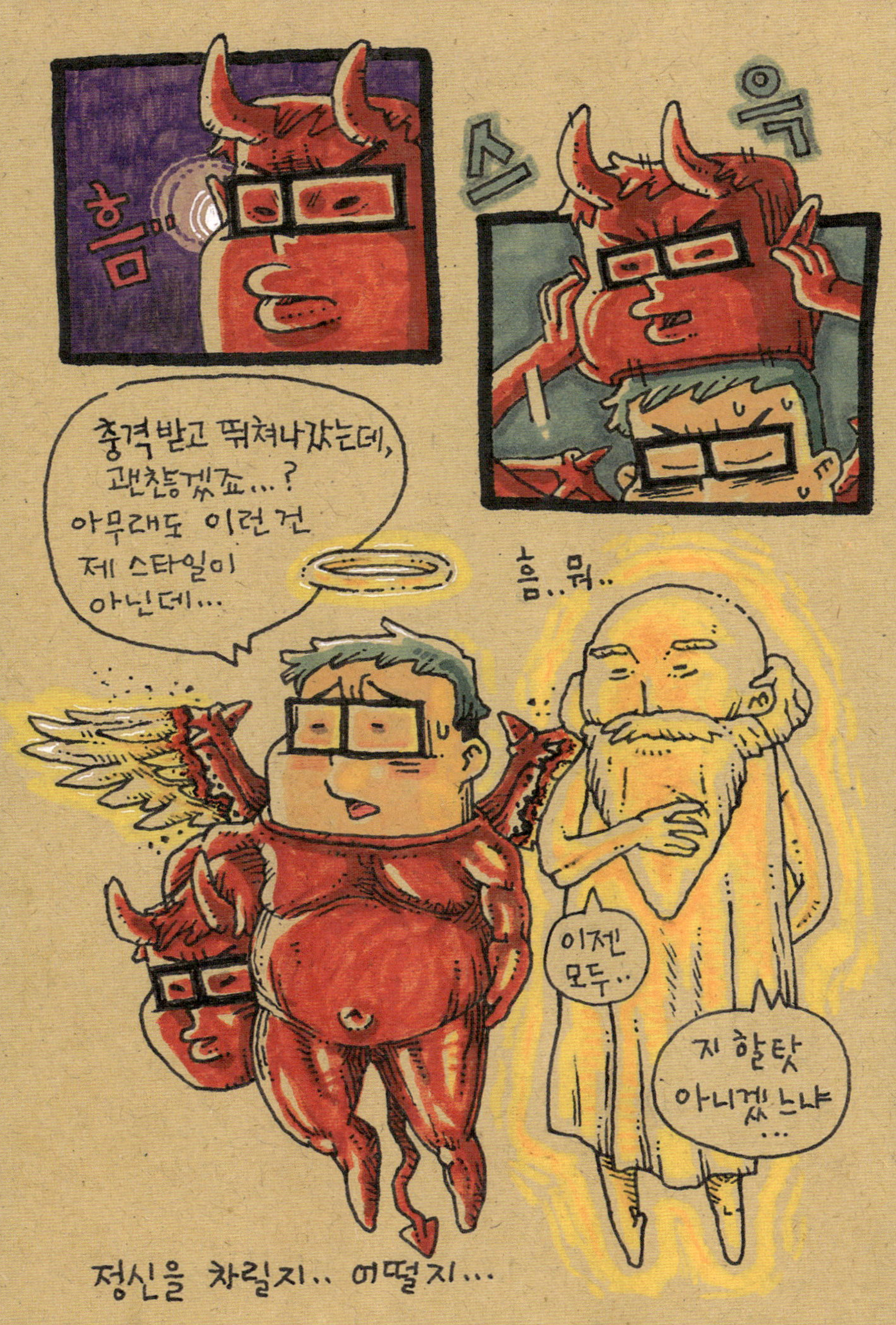

흠ㅁ
스
윽
충격 받고 뛰쳐나갔는데,
괜찮을겠죠...?
아무래도 이런건
제 스타일이
아닌데...
흠..뭐..
이건
모두..
지 할탓
아니겠느냐
...
정신을 차릴지.. 어떨지...

잊지 마.
변화는 늘 일어나고 있어.
단지.
보이고 안 보이고 차이일 뿐

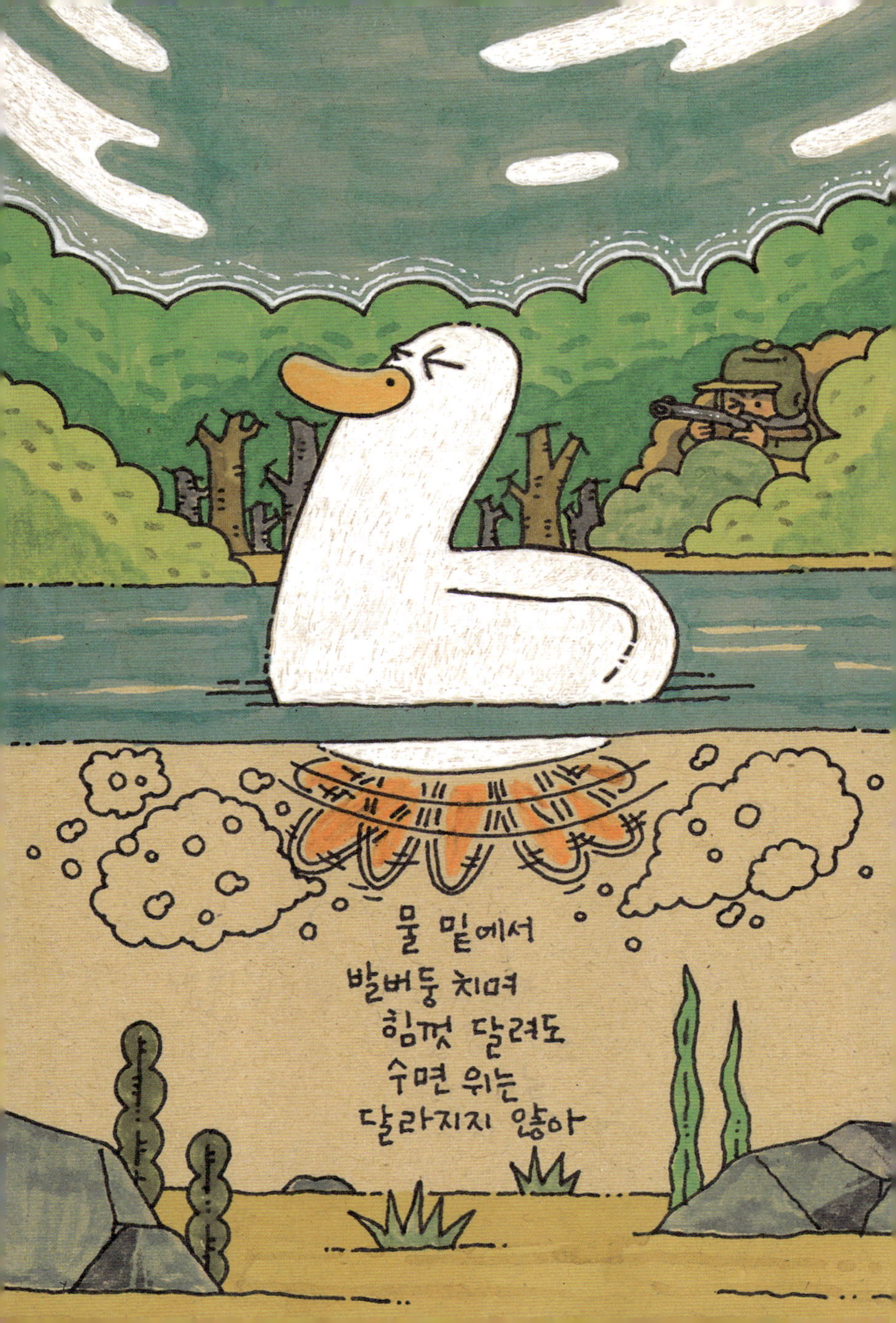

물 밑에서
발버둥 치며
힘껏 달려도
수면 위는
달라지지 않아

··인생이란 모험··
당신의 시선 끝에는
어떤 목표가 존재하나요?

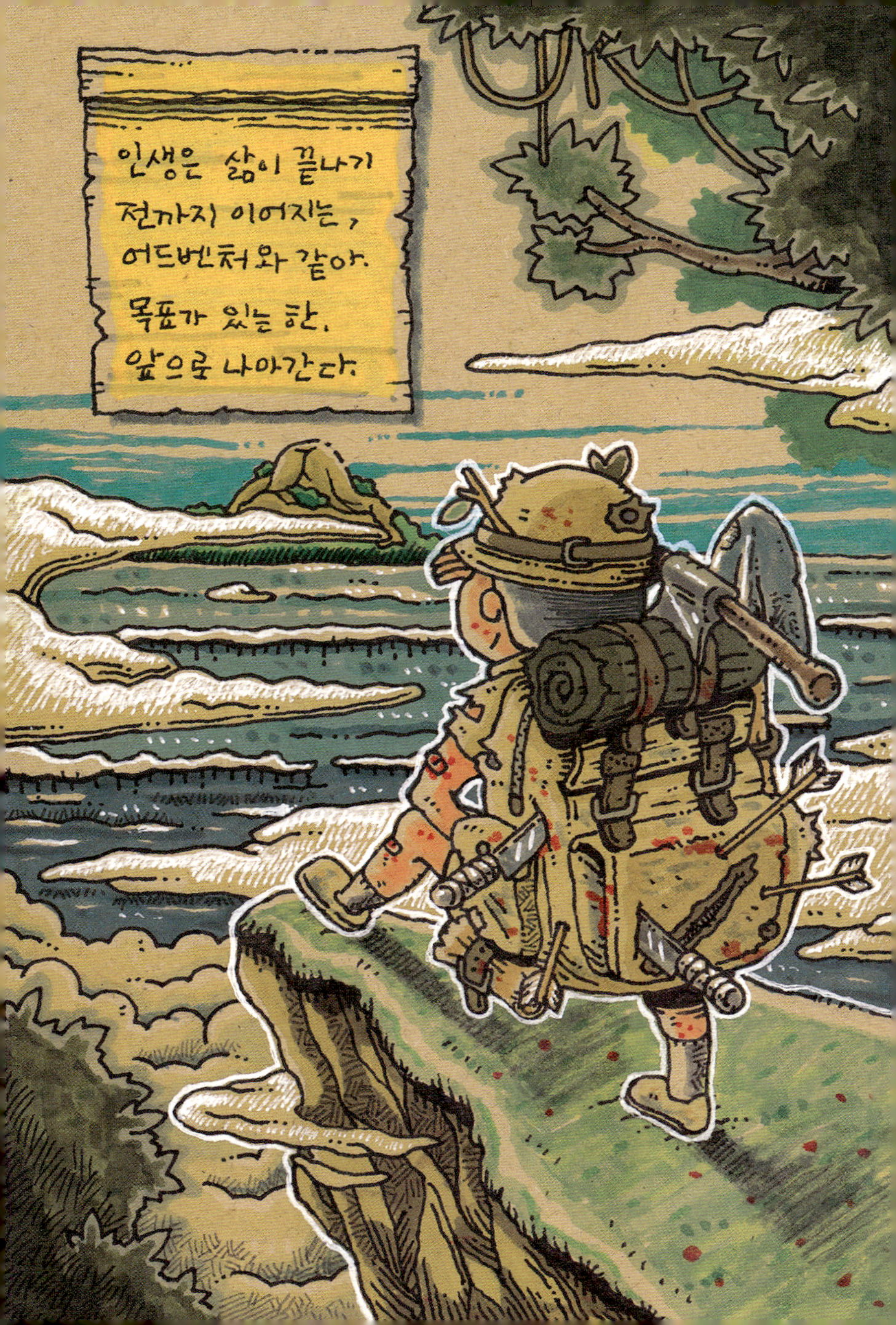

인생은 삶이 끝나기
전까지 이어지는,
어드벤처와 같아.
목표가 있는 한,
앞으로 나아간다.

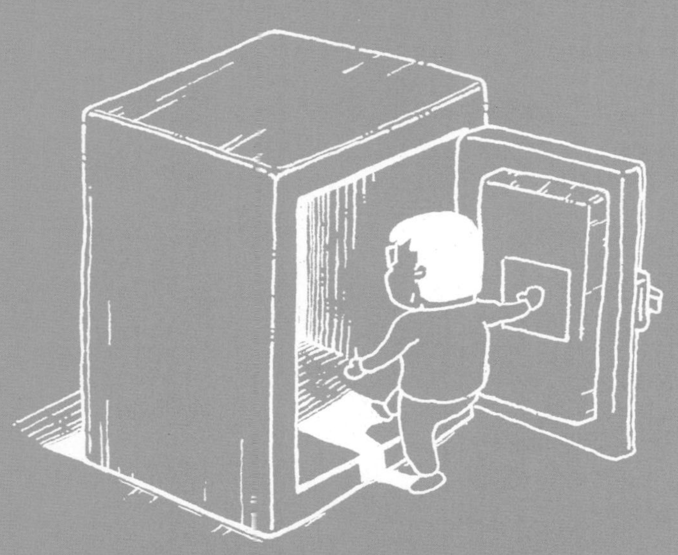

3장

인생 재충전은 셀프랍니다

힘든가요?
많이 지치나요?

당신을
위로하고 도울 순 있지만

잊지마요,
가장 중요한 건

자기 자신의
‘의지‘란 것을

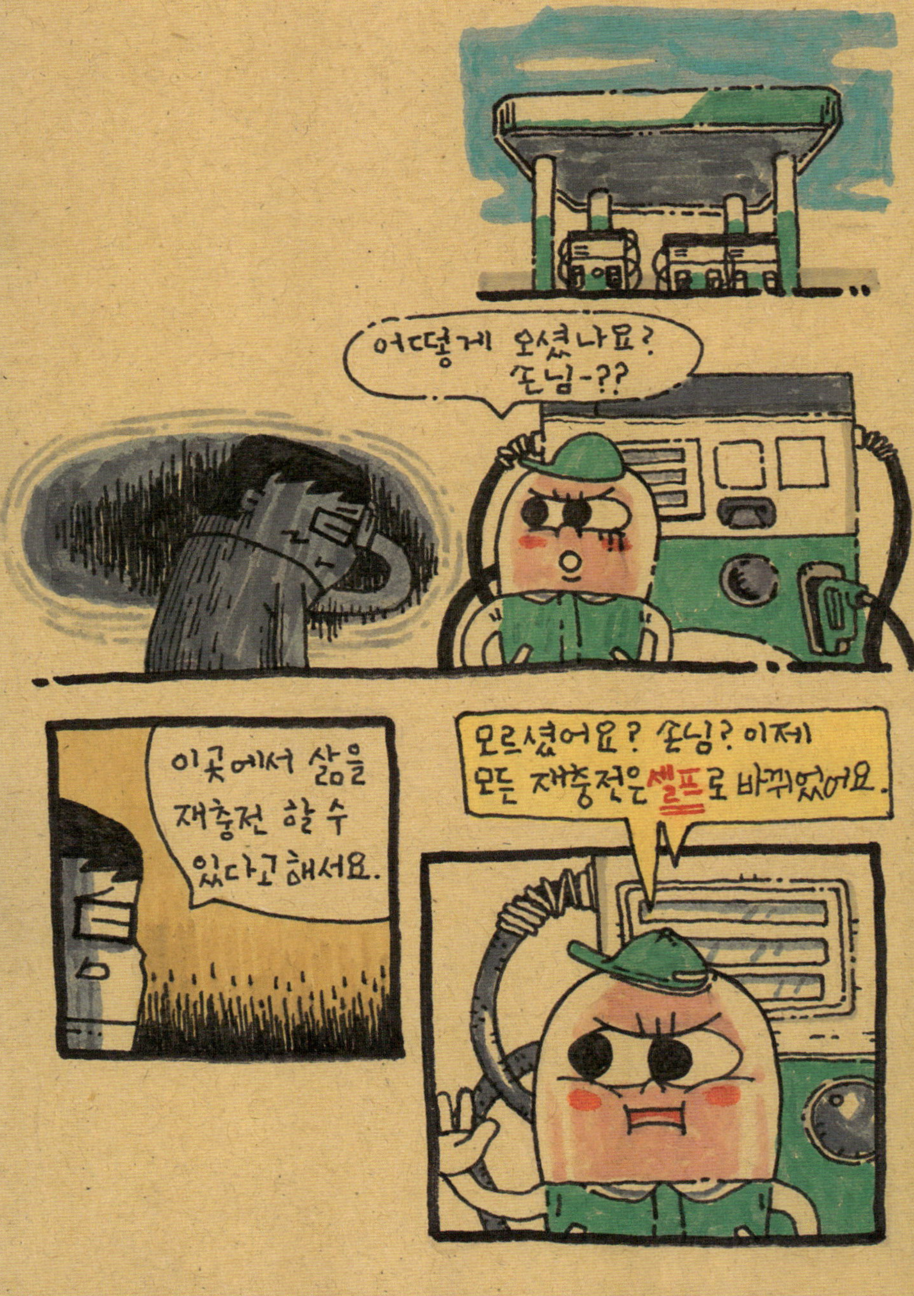

어떻게 오셨나요?
손님-??

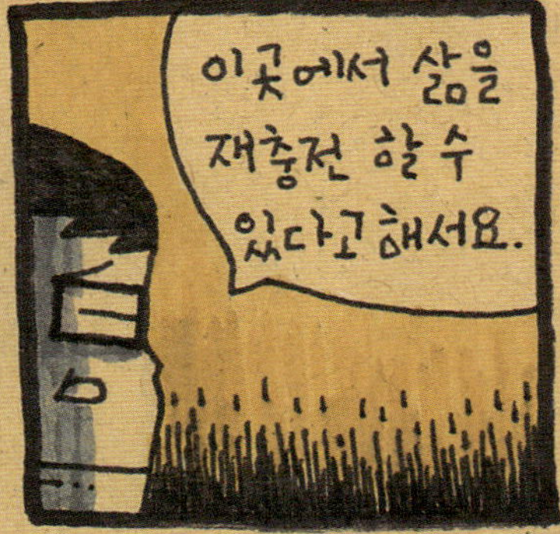

이곳에서 삶을
재충전 할 수
있다고 해서요.

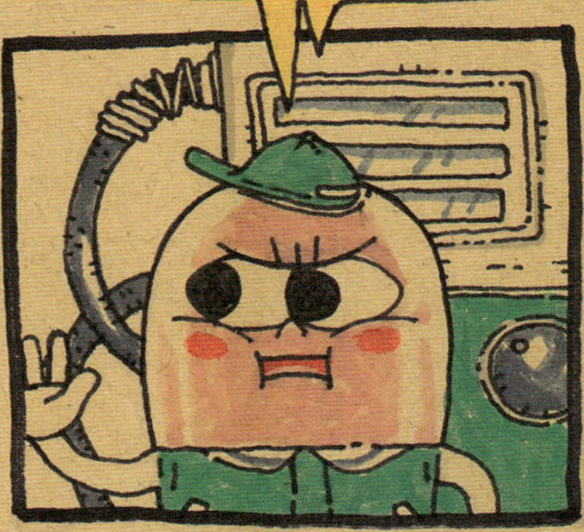

모르셨어요? 손님? 이제
모든 재충전은 셀프로 바뀌었어요.

어쩌면 세상은..
행동하는 사람과
결정하는 사람이
따로 있는 것일까?

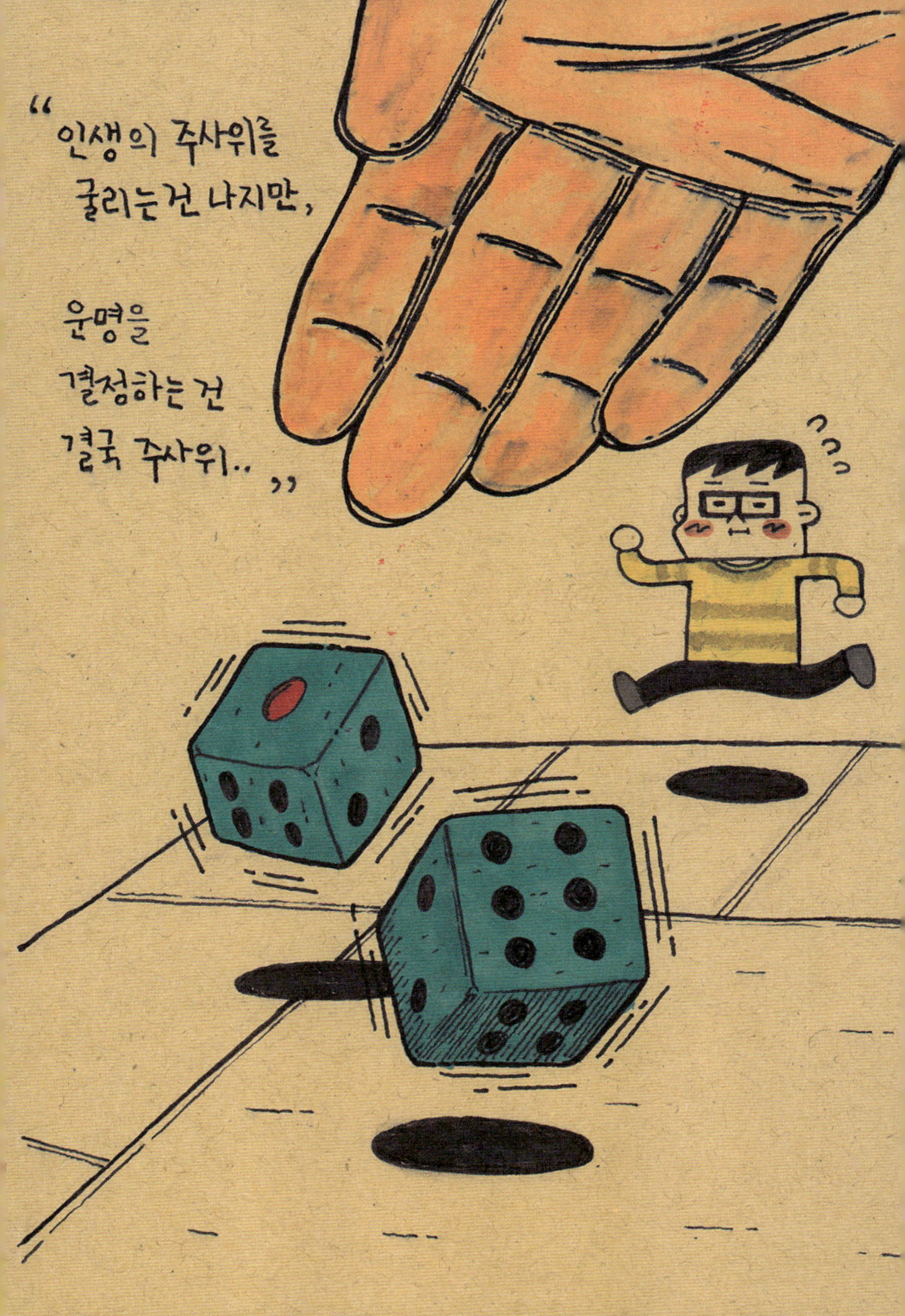
" 인생의 주사위를
굴리는건 나지만,

운명을
결정하는 건
결국 주사위.. "

SNS의 타임라인을
채우면 채울수록,

마음은 자꾸만 비워지는
기분이 들어

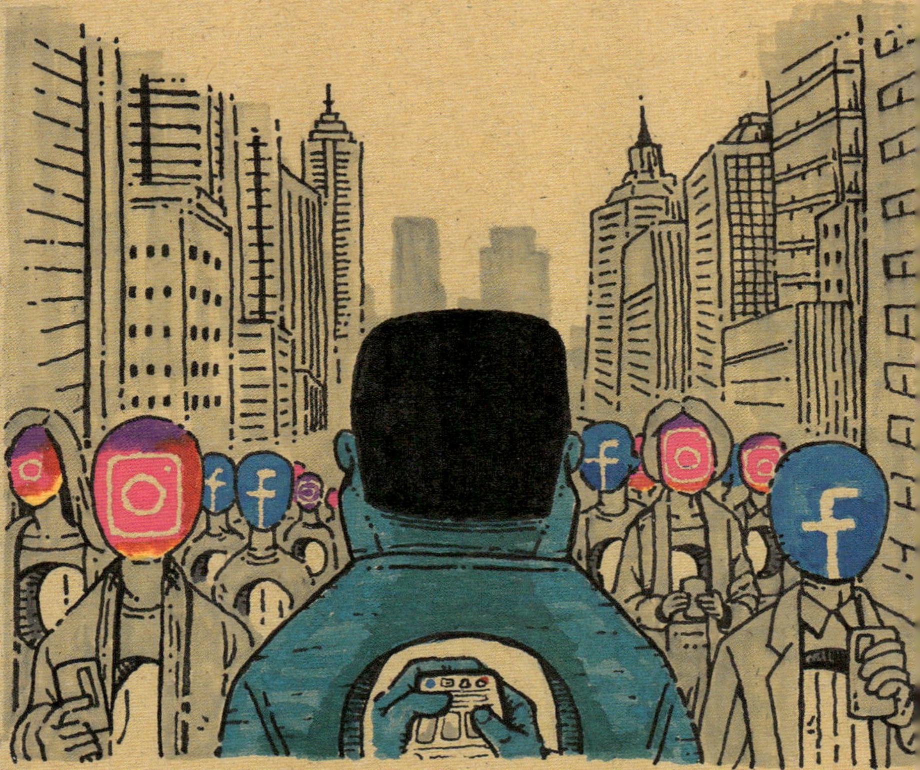

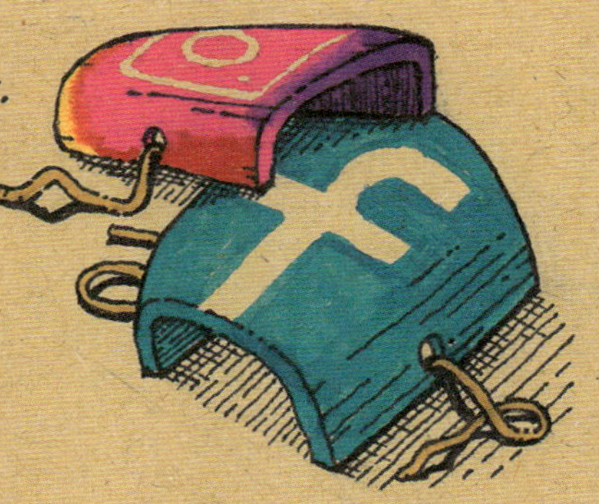

우리는 현실의 내가 아닌
또 다른 나를 지니고 살아간다.

매일 매일 끊임없이
머릿 속을 채워넣지만,
현실의 나로 돌아오는 순간...
가슴은 텅비어있는 나를 본다.

잊지 마.
과거의 너보다
미래의 너보다

지금 이 순간,

현재의
네가 중요하단 걸

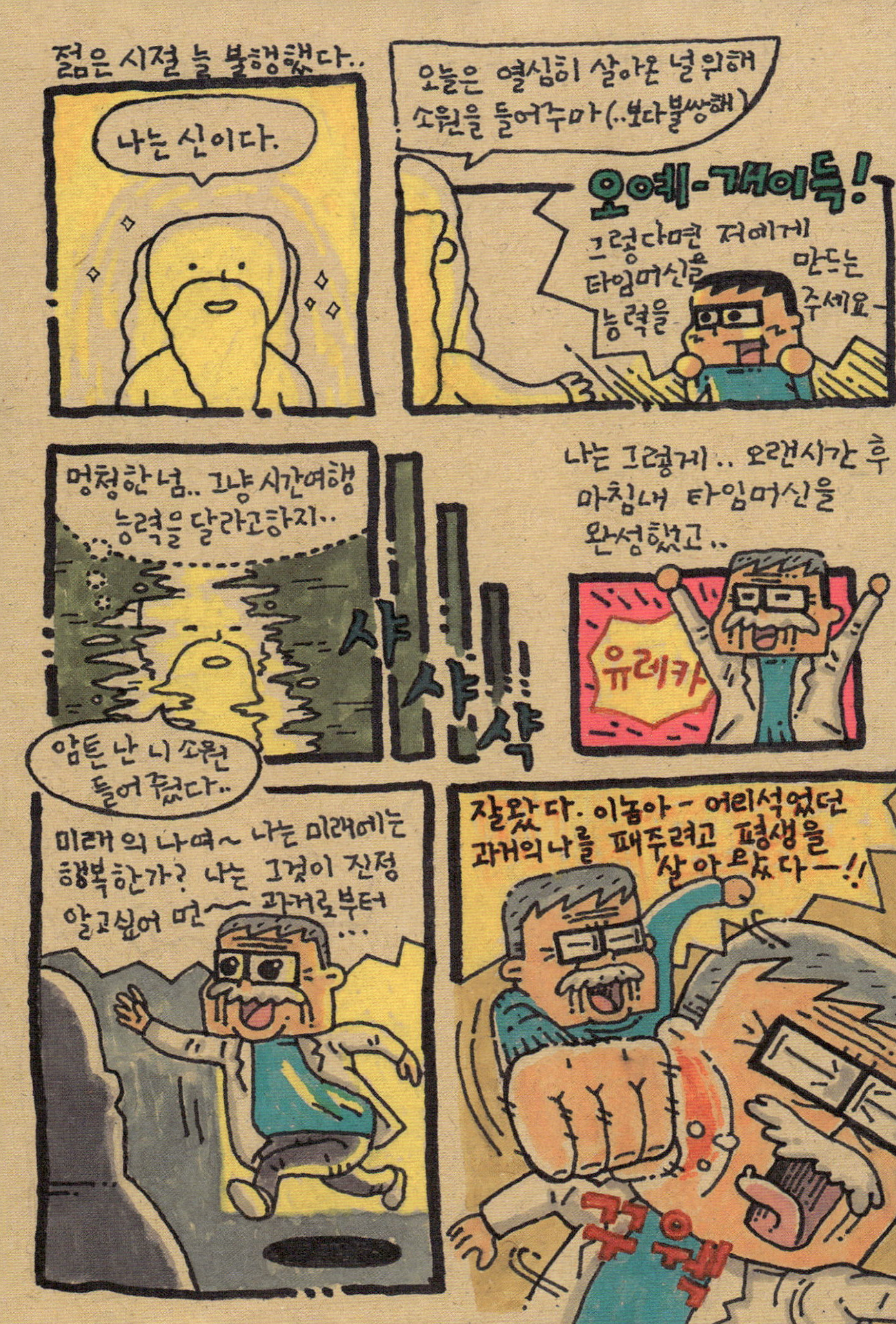

젊은 시절 늘 불행했다..
나는 신이다.
오늘은 열심히 살아온 널 위해 소원을 들어주마 (..보다 불쌍해)
오예-개이득!
그렇다면 저에게 타임머신을 만드는 능력을 주세요~
멍청한 넘.. 그냥 시간여행 능력을 달라고하지..
샤 샤 삭
암튼 난 니 소원 들어줬다..
나는 그렇게.. 오랜시간 후 마침내 타임머신을 완성했고..
유레카
미래의 나여~ 나는 미래에는 행복한가? 나는 그것이 진정 알고싶어 먼~~ 과거로부터 ...
잘왔다. 이놈아~ 어리석었던 과거의나를 패주려고 평생을 살아왔다~!!
꾸욱

중요하다고 느끼는 것과
내게 필요하다고 느끼는 것

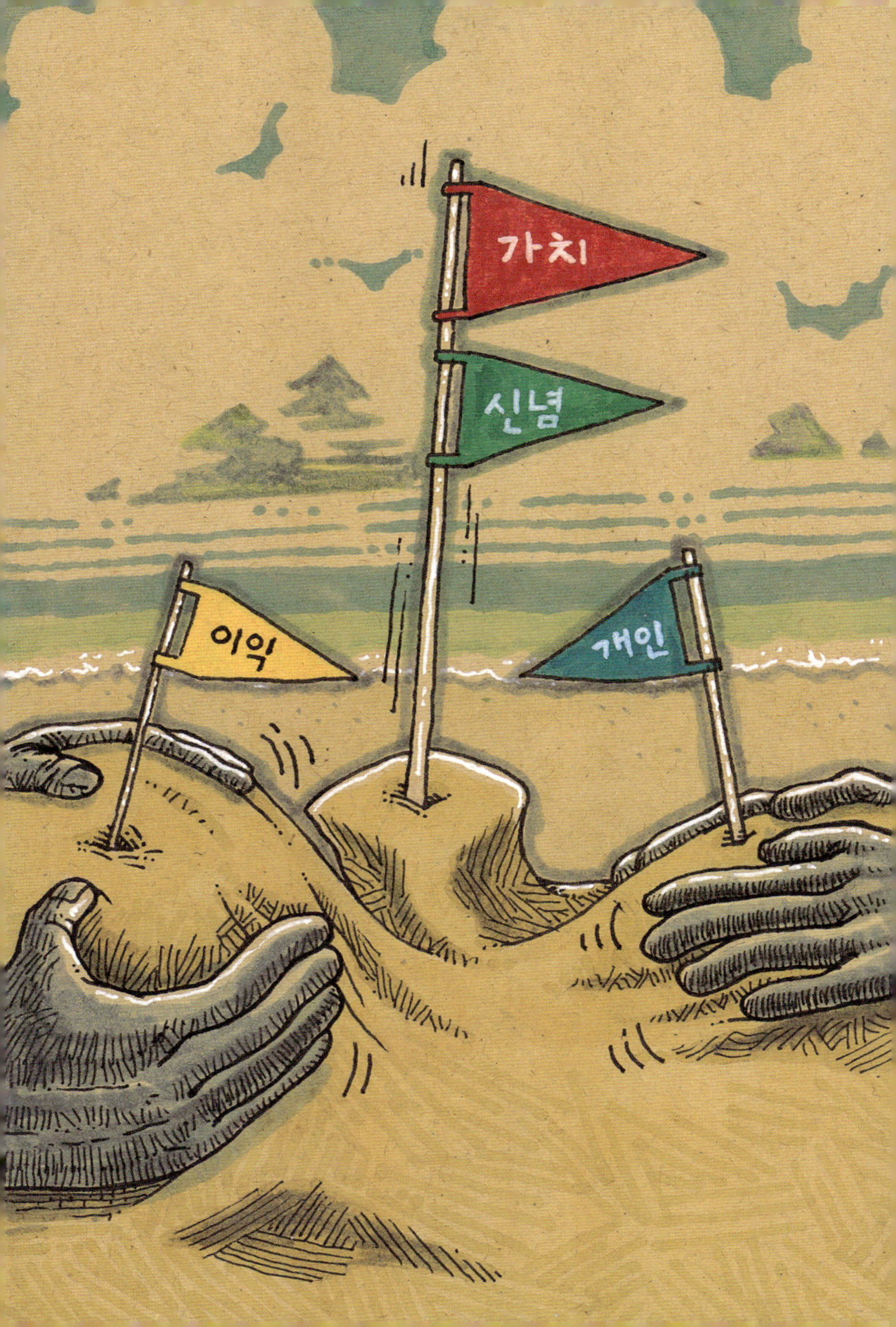
가치
신념
이익
개인

지금
필요한 것은
마음의 소리

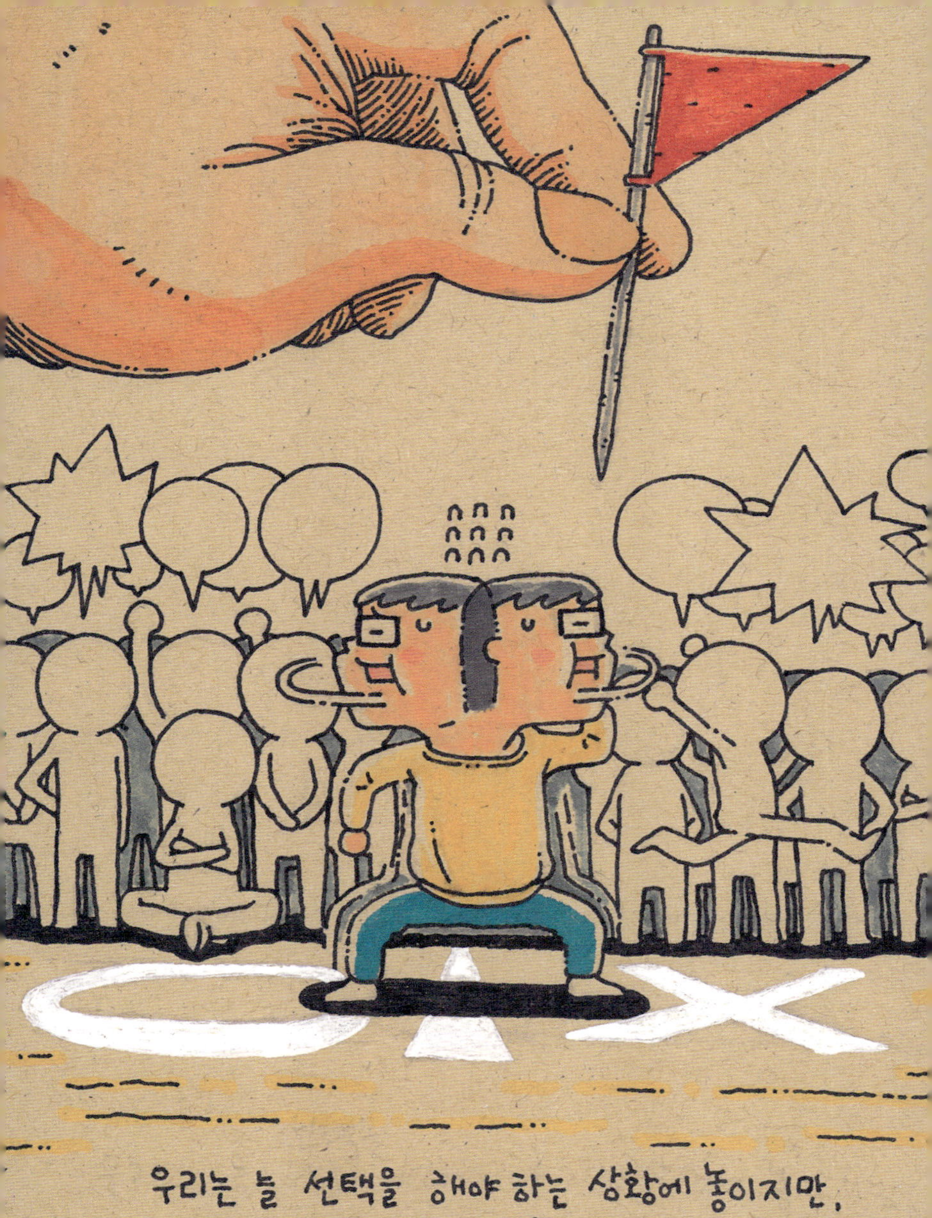

우리는 늘 선택을 해야 하는 상황에 놓이지만,
사실 정답은 없어. 기준을 어디에 세우느냐에 따라
답이 바뀌게 되기도 하니까 말이야.

과잉공급
세상은 이미
지나치게 많은 정보들로
재난의 시대를 맞고있어

잠시 생각을 정리했으면 싶어.

가끔은 세상과 격리된 공간이 있어서

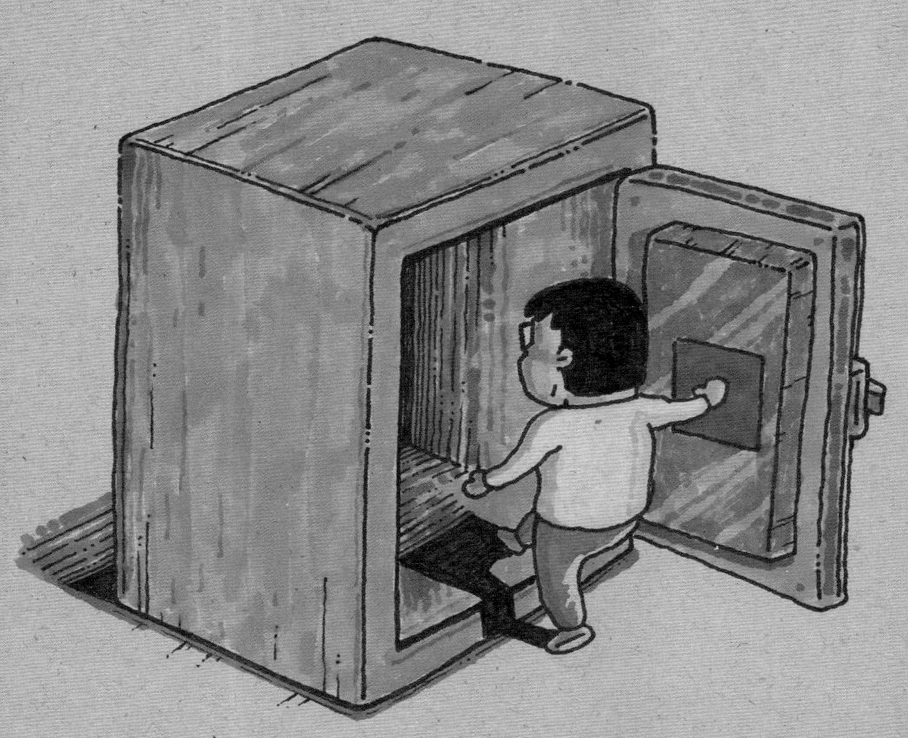

그 안에 들어가

잠시 생각을 정리했으면 싶어.

신은 어째서
인간 세상을 창조했을까?

그리고,

인간은 어째서
게임 세상을 창조했을까?

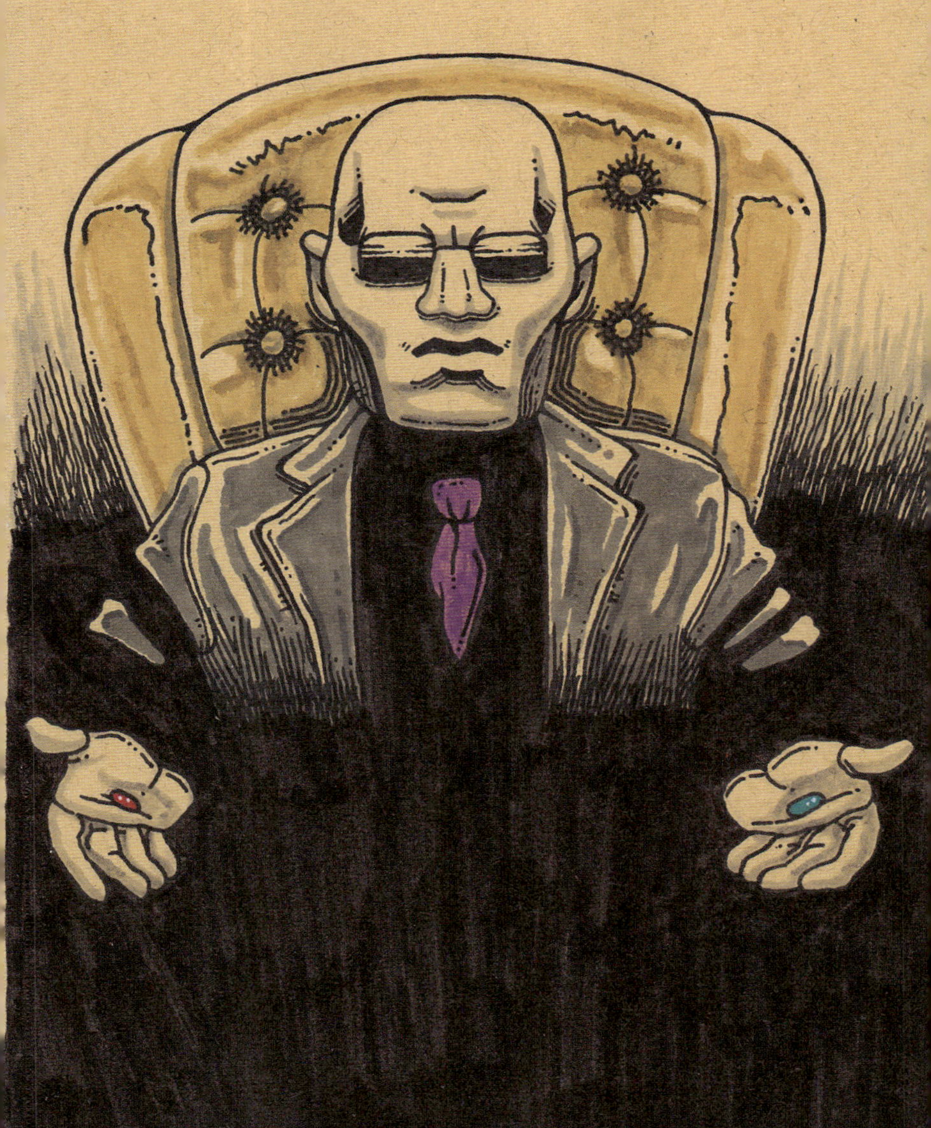

가끔은 .. 내가 살고있는 지금이 현실일까..?
나는 과연 실체인가 .. 하는 생각이 들곤해.

'자기만족'이란,
차기만 족하면 된다는 뜻이래

너, 말해두겠는데
계속 스스로 실망을 시키게 되면
진짜 경고야!!

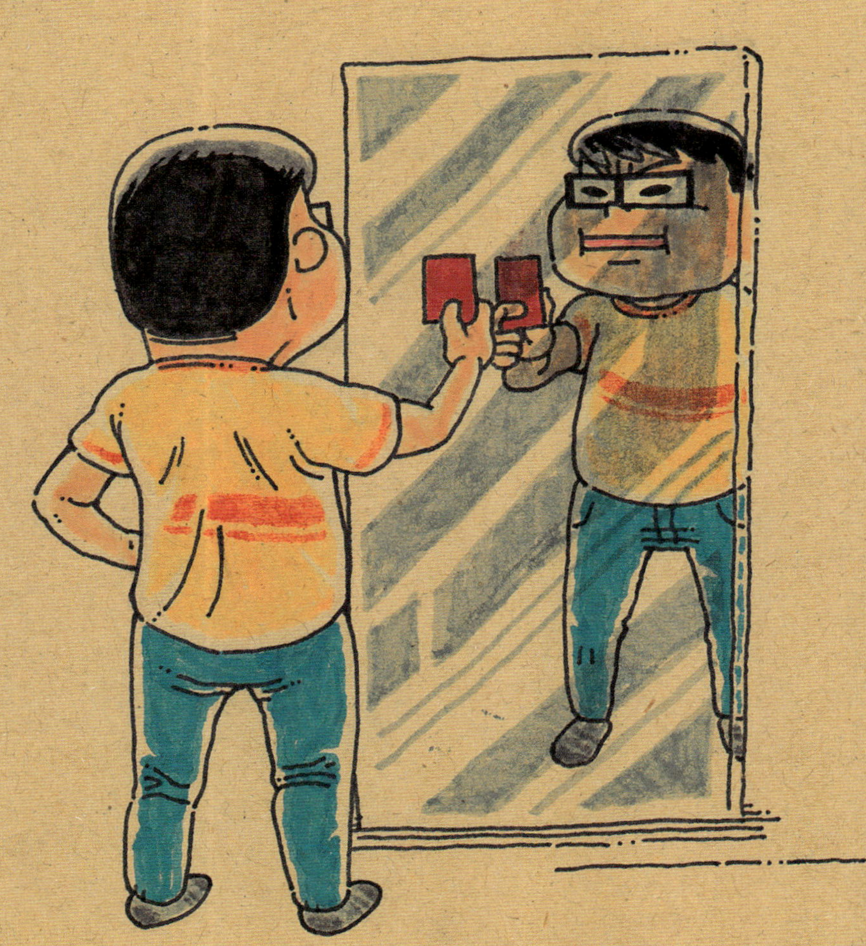

정답은
도대체 어디에..?
정말
답답하죠?

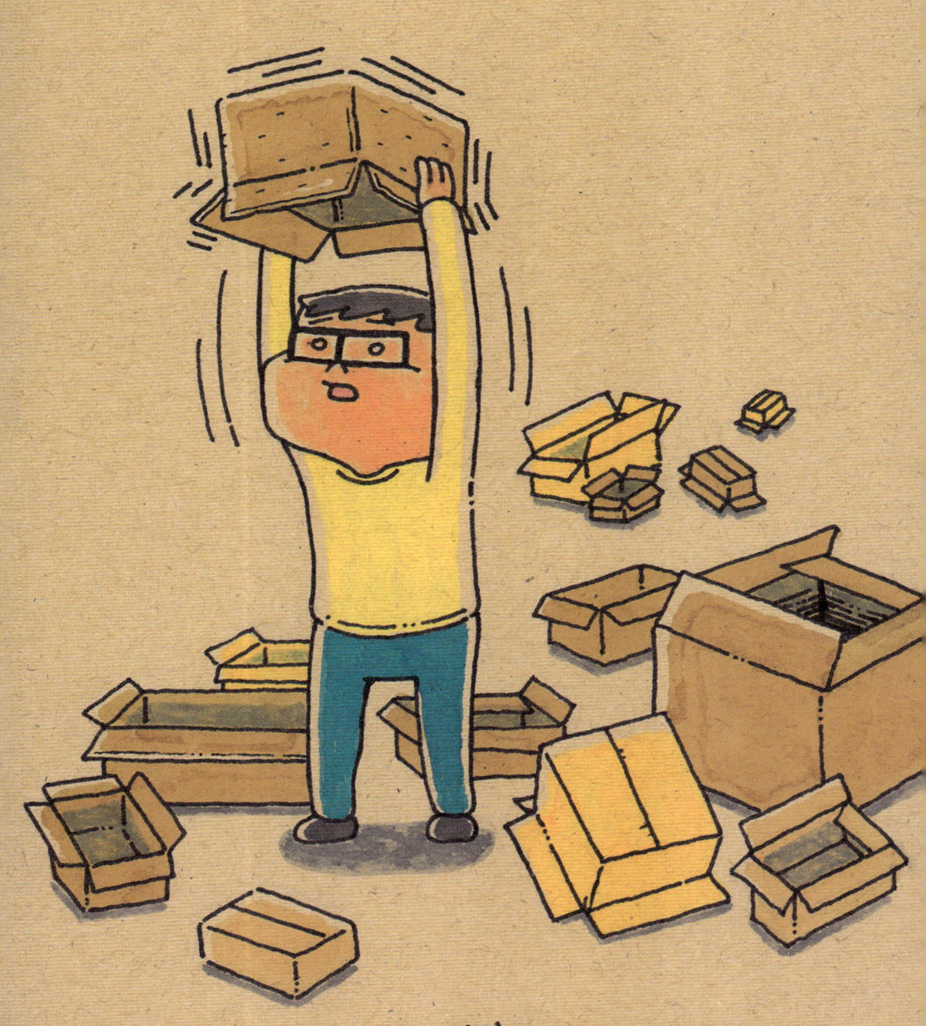

정답을 찾으려고 애쓰지마.
어차피 정답은 어디에도 없으니까.

그것은
마치
:
냉정과
열정사이

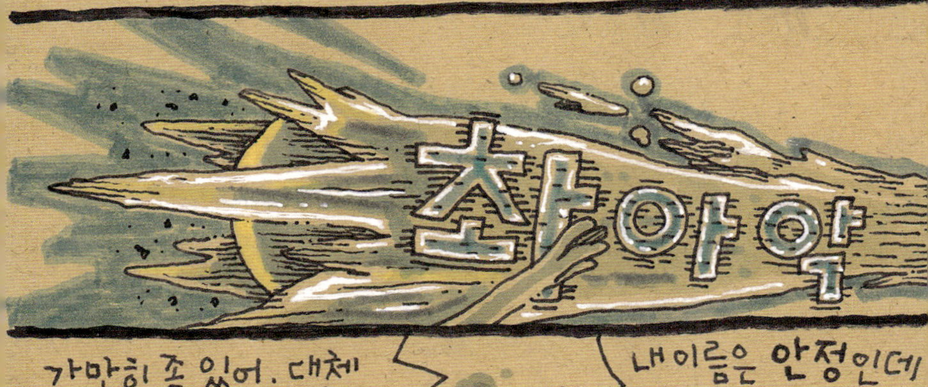

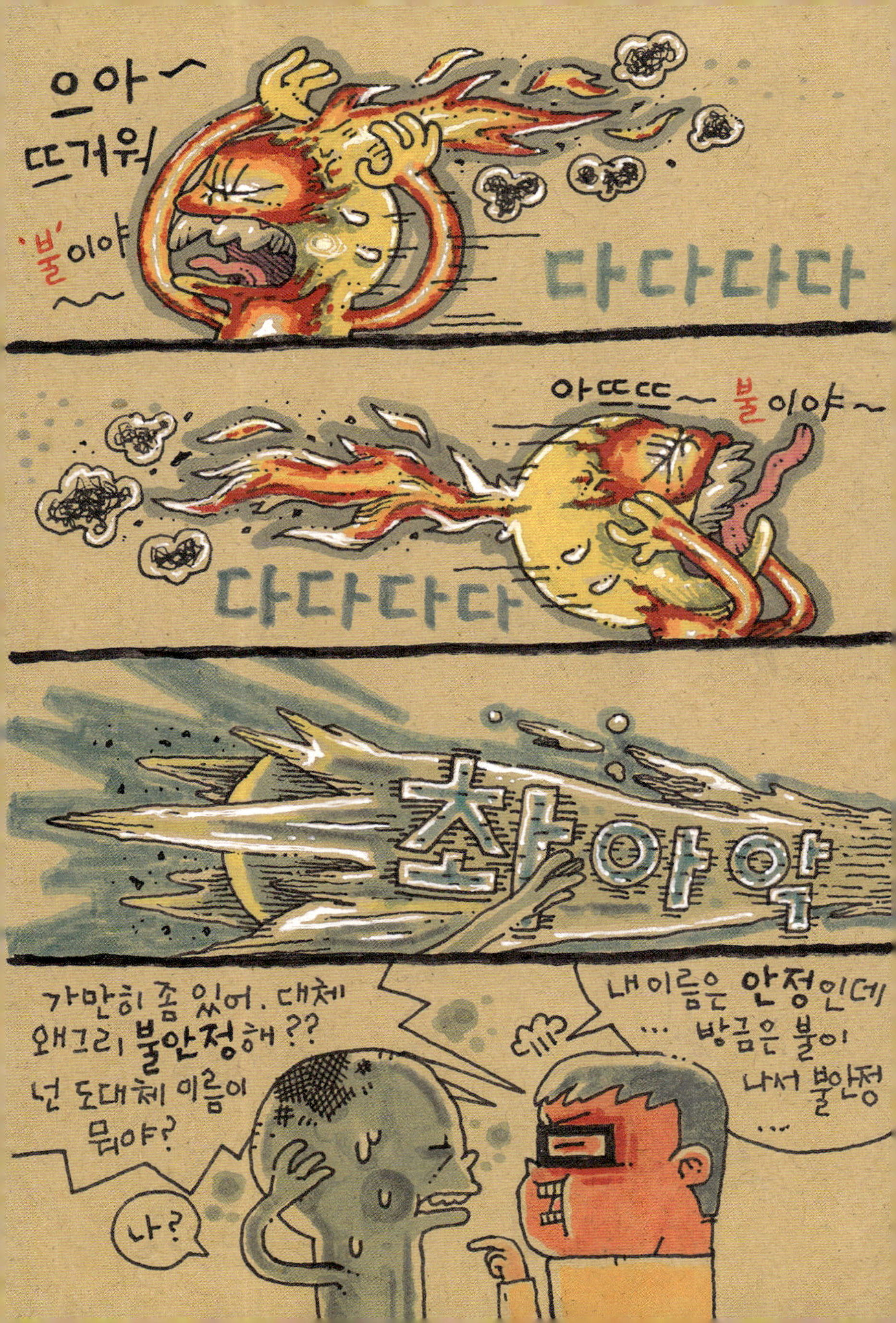

으아~
뜨거워
'불'이야~
다다다다
아뜨뜨~ 불이야~
다다다다
샤아악
가만히 좀 있어. 대체 왜그리 불안정해?? 넌 도대체 이름이 뭐야?
나?
내이름은 안정인데 ... 방금은 불이 나서 불안정 ...

시험문제 풀이보다
어려운 문제가 존재했다니..

감정들이 뭉치고 단단하게 쌓여서 감정덩어리가
되지않도록, 한 가닥 한 가닥 풀어내 보려 하지만..
어째서인지 풀면 풀수록 자꾸 엉켜버리기만 해…

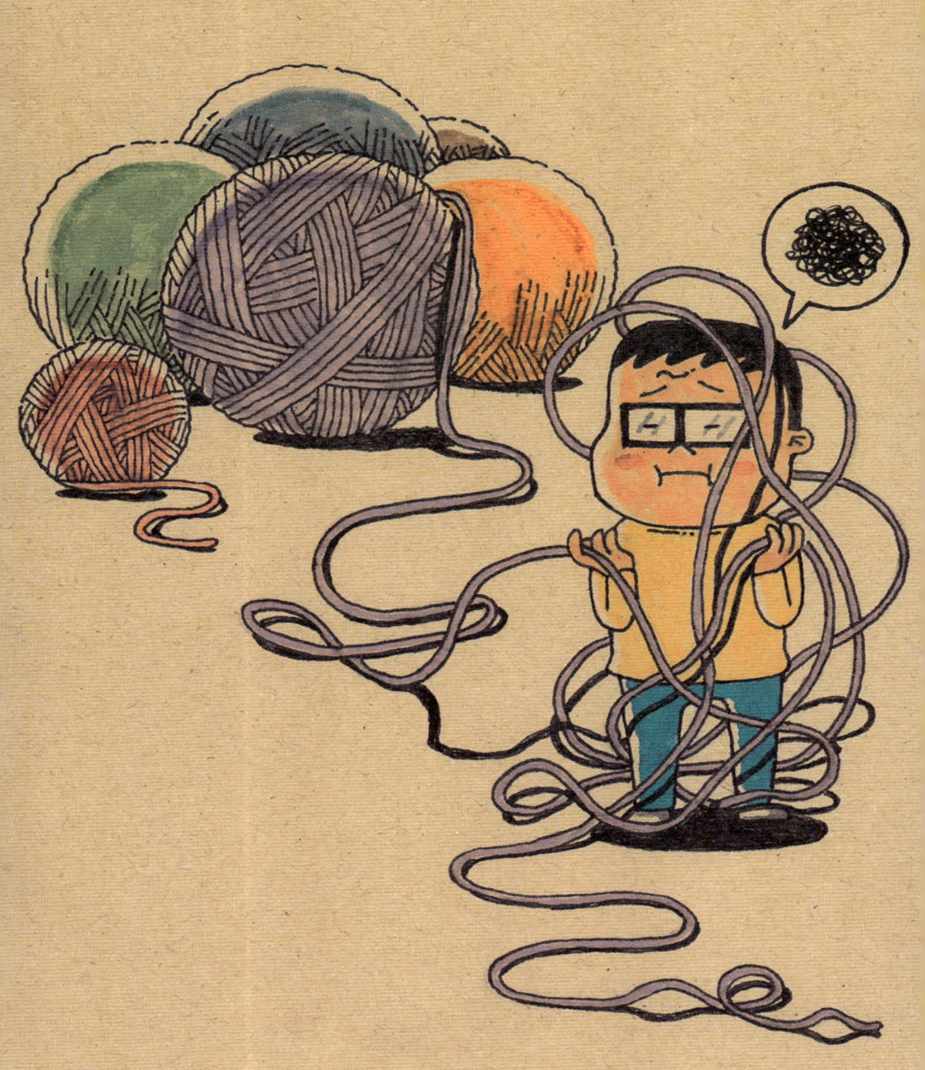

인생의 현명함은
때와 장소를 가리는 것

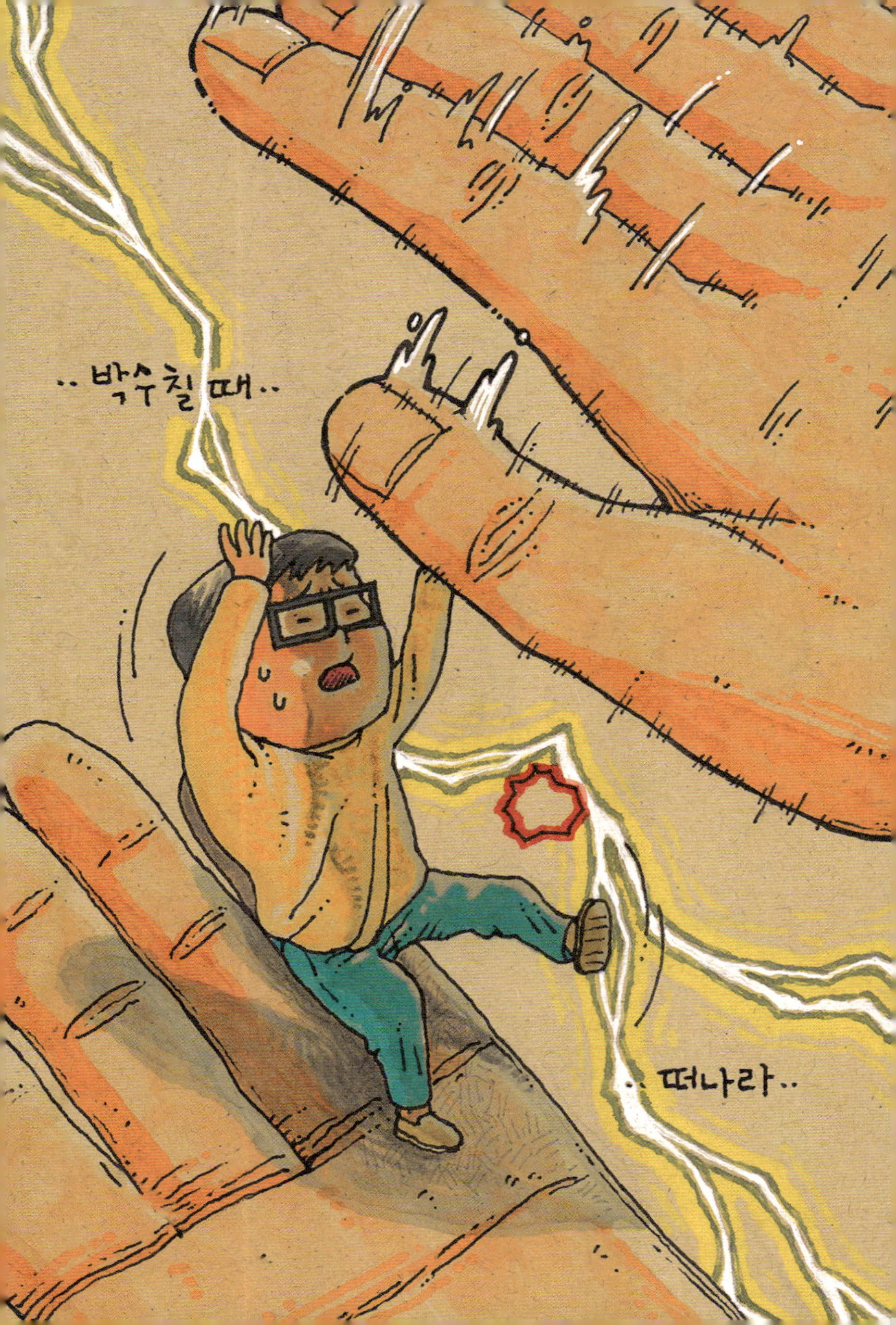

..박수칠 때..
..떠나라..

세상으로부터
도망치는 일은 불가능해.

어느 곳에 있든 그 곳이
당신의 세상이기 때문이야.

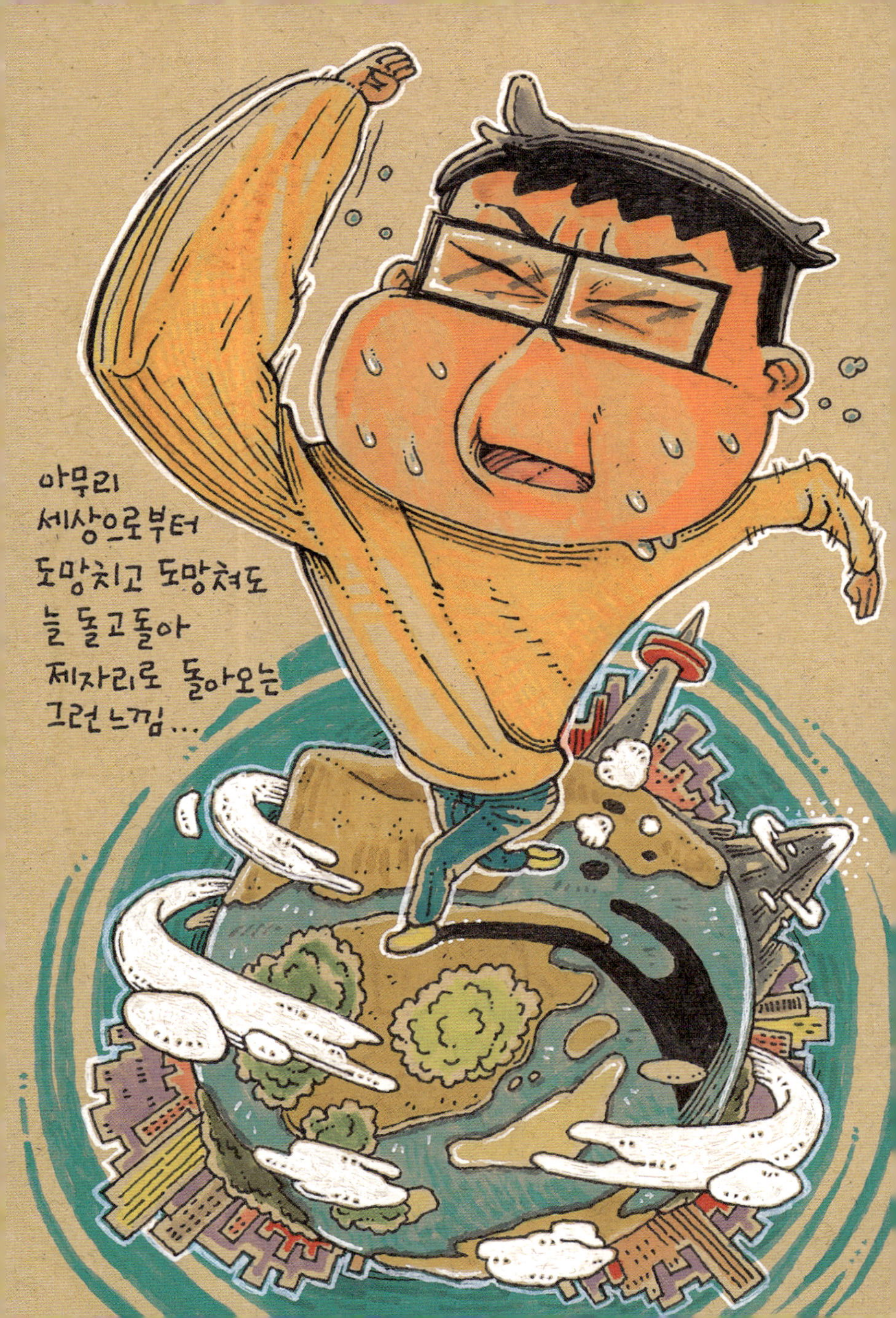

아무리
세상으로부터
도망치고 도망쳐도
늘 돌고돌아
제자리로 돌아오는
그런 느낌…

오늘 나의 충동적인 행동이
남은 인생을 결정할 수도 있다

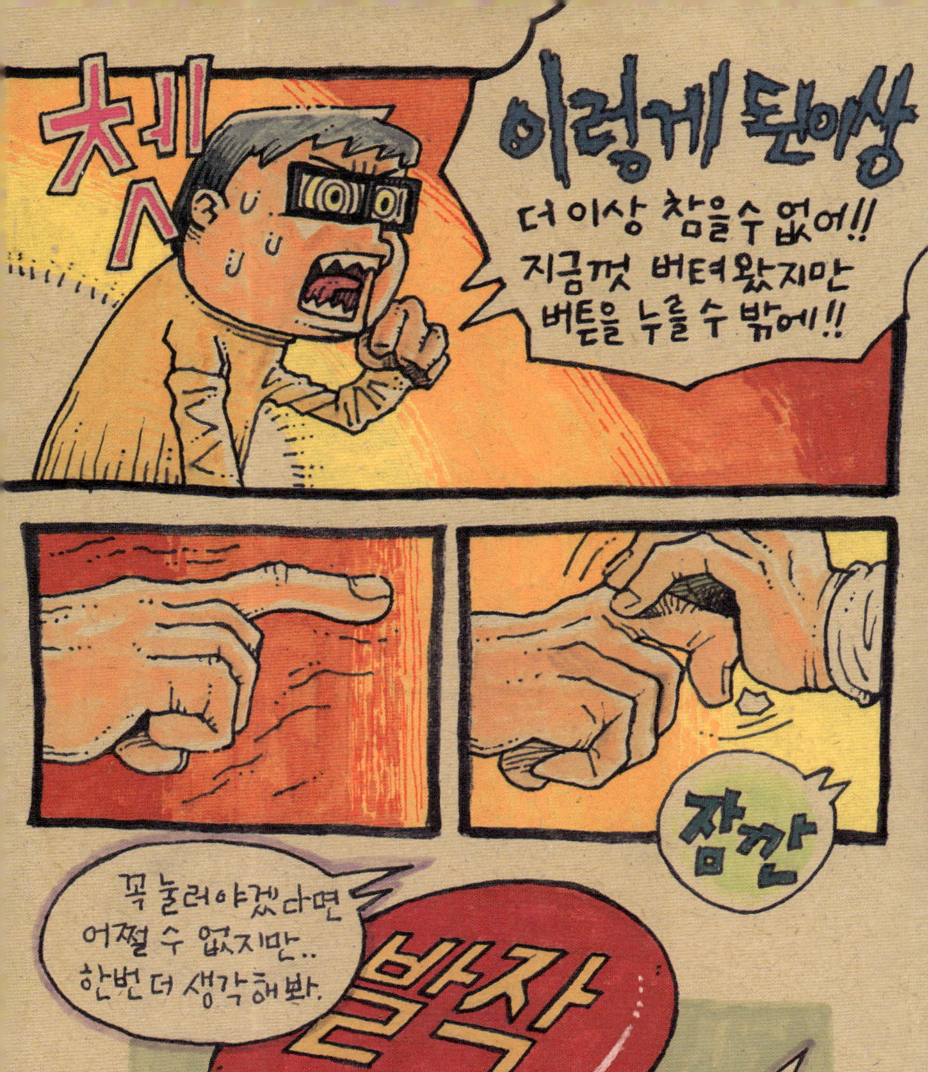
체
이렇게 된 이상
더 이상 참을 수 없어!!
지금껏 버텨왔지만
버튼을 누를 수 밖에!!
잠깐
꼭 눌러야겠다면
어쩔 수 없지만..
한번 더 생각해봐.
빌쩍
저 버튼을
누르고, 후회하는
사람을 많이 봤거든..

아직은 세상에
남아야 할 이유

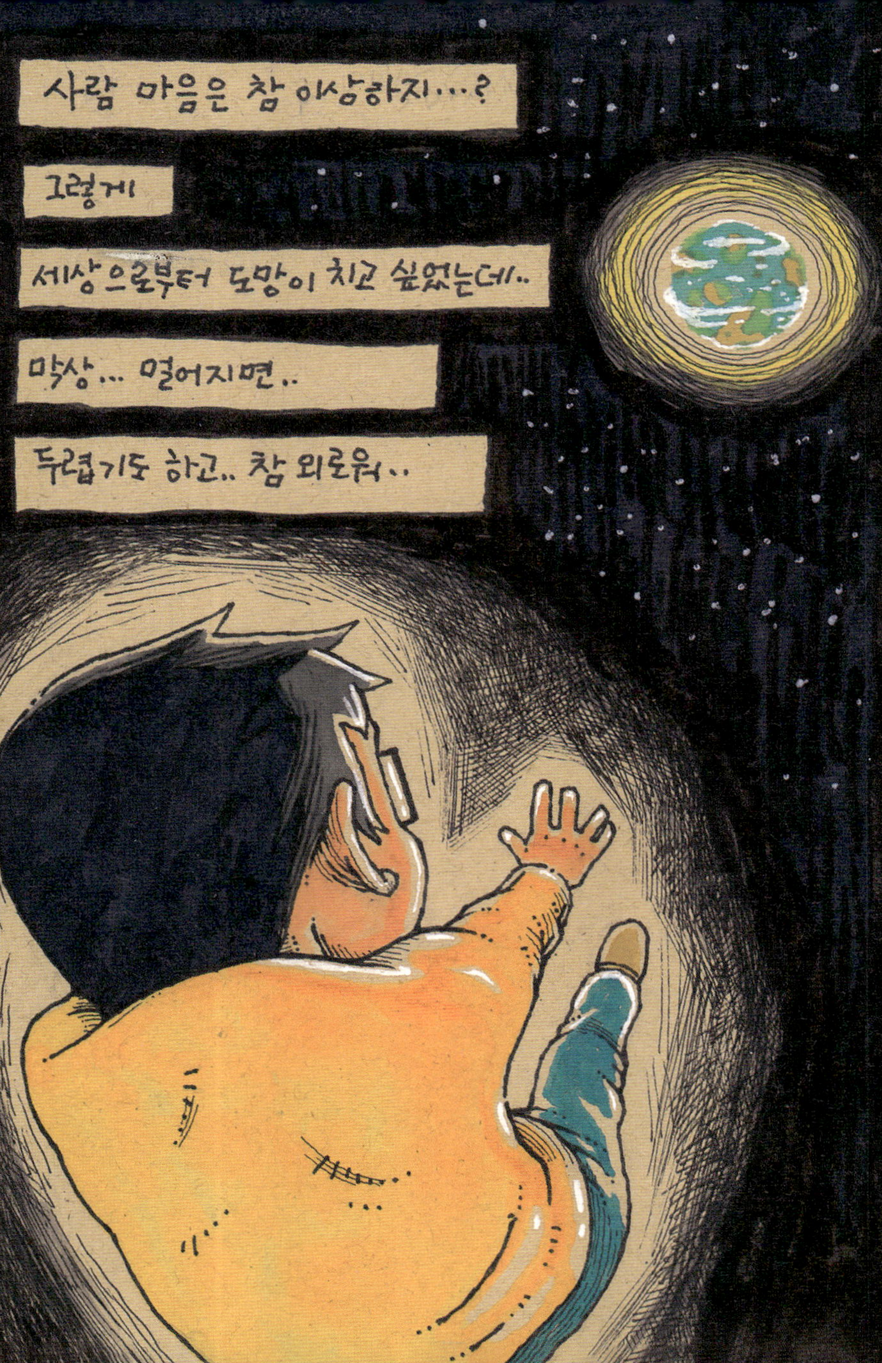

사람 마음은 참 이상하지…?
그렇게
세상으로부터 도망이 치고 싶었는데..
막상… 멀어지면..
두렵기도 하고.. 참 외로워..

등가교환의 법칙

신·이·시·여

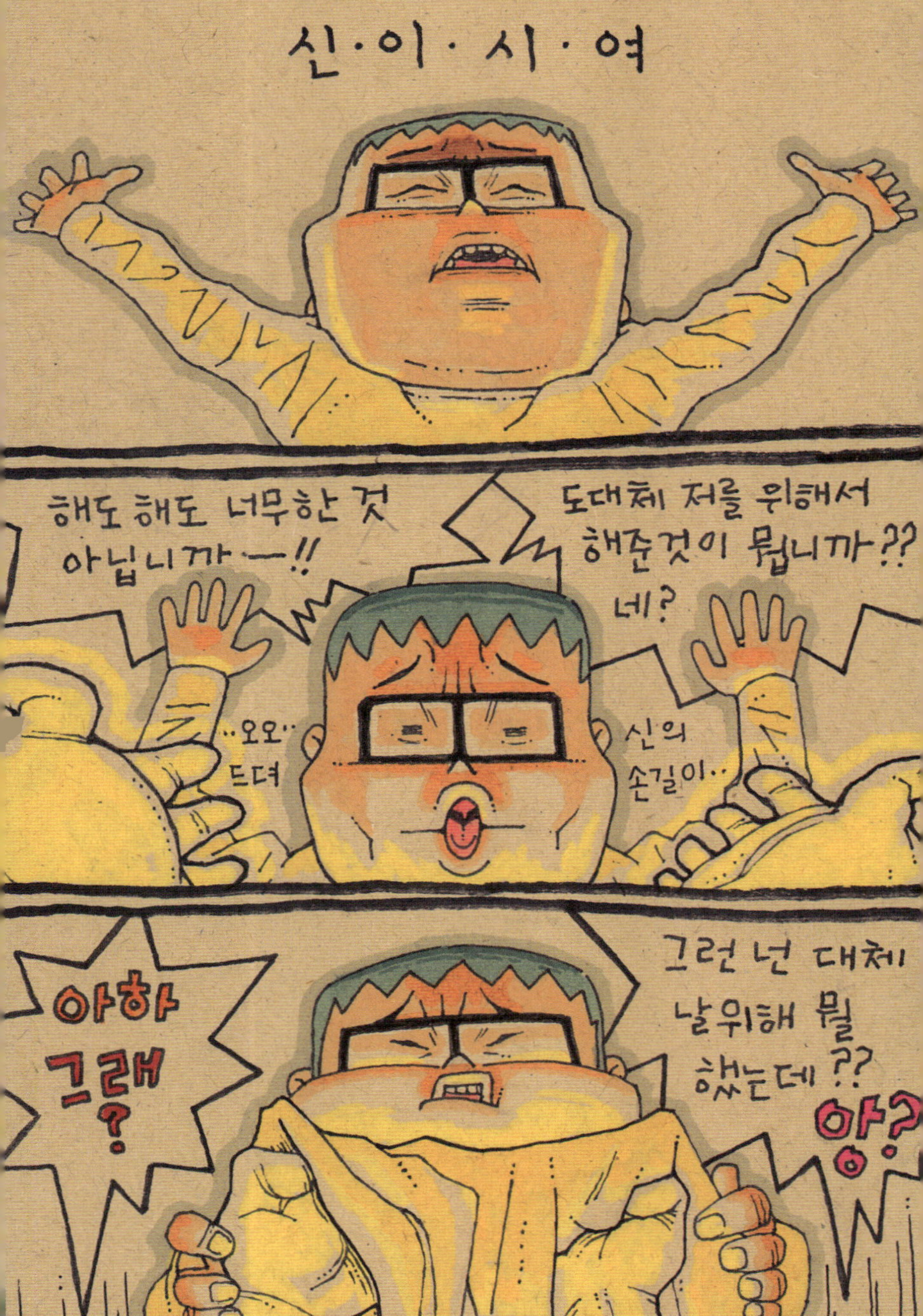
해도 해도 너무한 것 아닙니까ㅡ!!
도대체 저를 위해서 해준것이 뭡니까?? 네?
..오오.. 드뎌
신의 손길이..
아하 그래?
그런 넌 대체 날위해 뭘 했는데??
앙?

선택의 순간

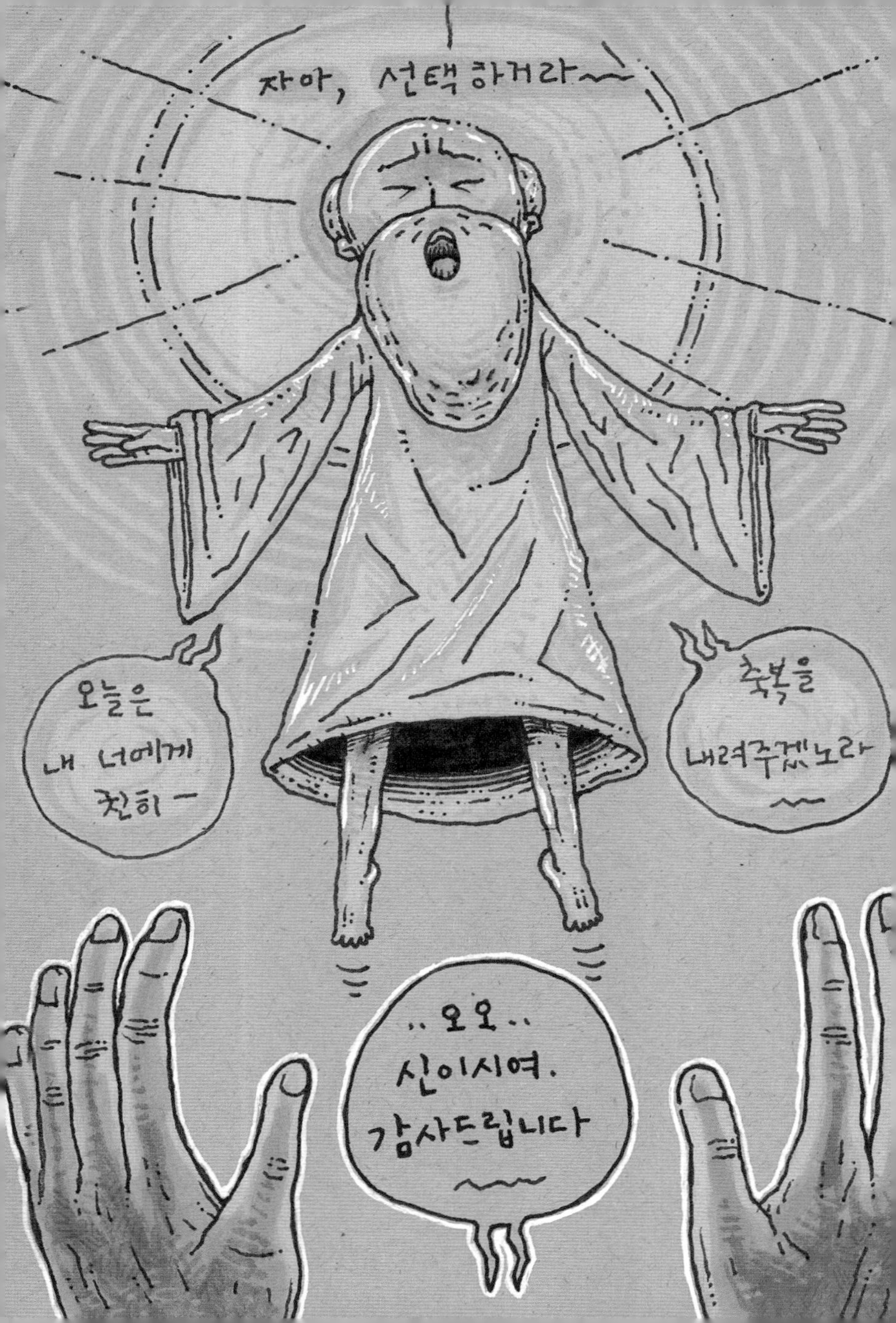

자아, 선택하거라
오늘은 내 너에게 친히 —
축복을 내려주겠노라
..오오.. 신이시여. 감사드립니다

.. 그리고 ..
선택은 자유

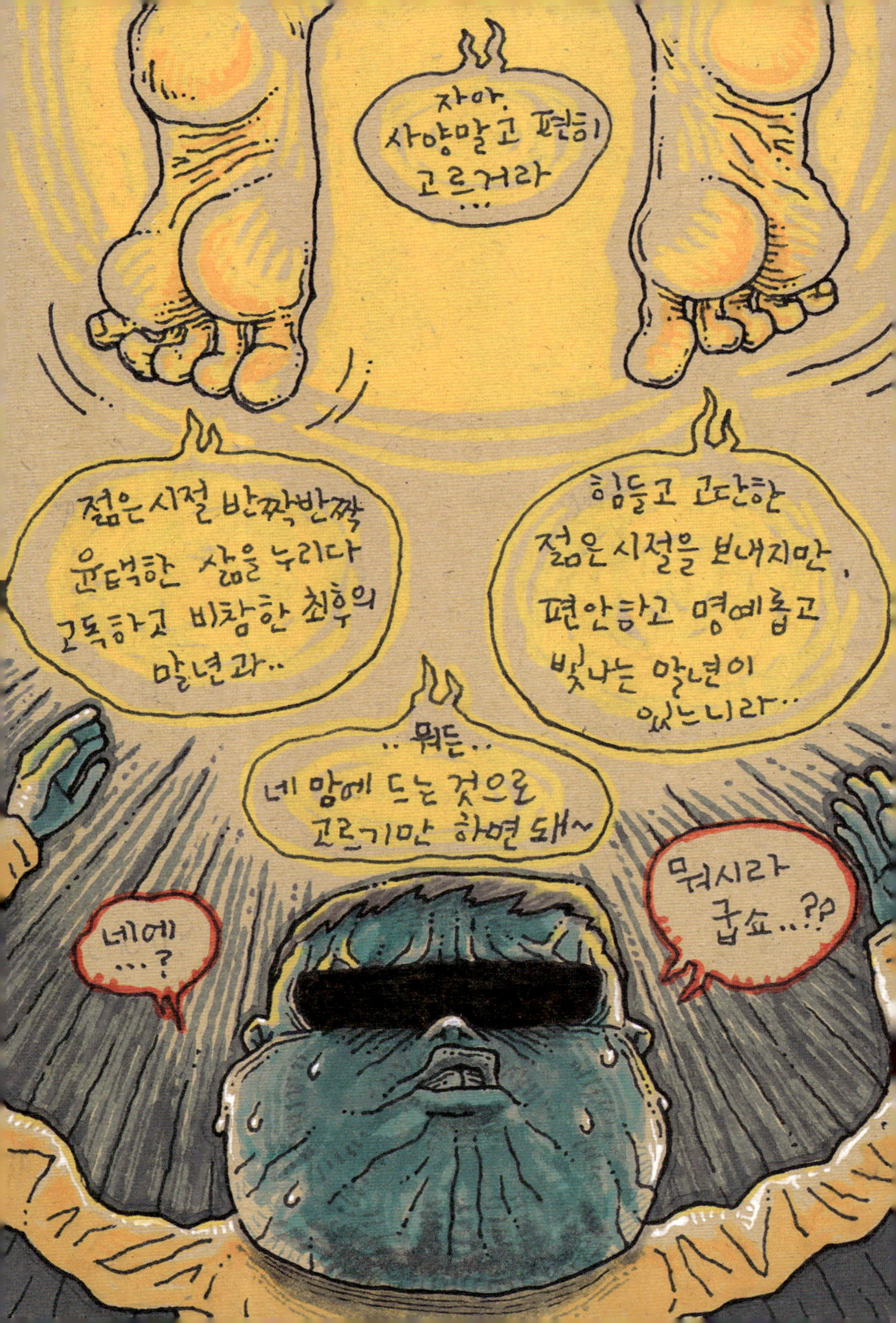

자아.
사양말고 편히
고르거라
...
젊은 시절 반짝반짝
윤택한 삶을 누리다
고독하고 비참한 최후의
말년과..
힘들고 고단한
젊은 시절을 보내지만,
편안하고 명예롭고
빛나는 말년이
있느니라..
..뭐든..
네 맘에 드는 것으로
고르기만 하면 돼~
네에
...?
뭐시라
굽쇼...??

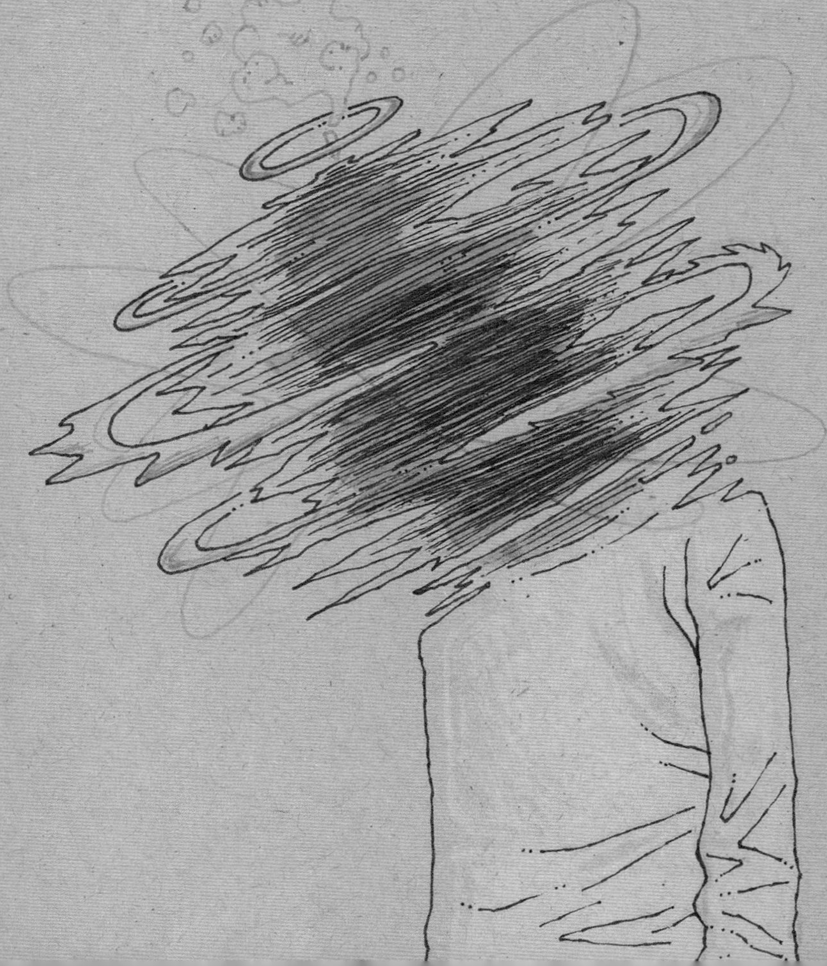
혼란,
예측불가.

당첨,

오늘의 기분.

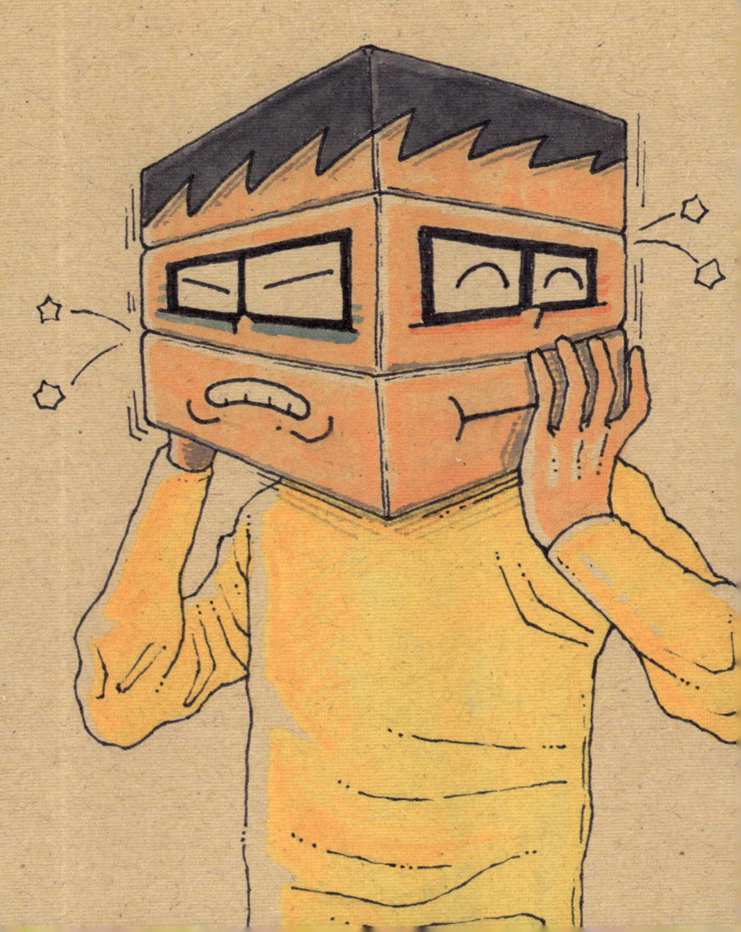

주체할 수 없는 분노 후에

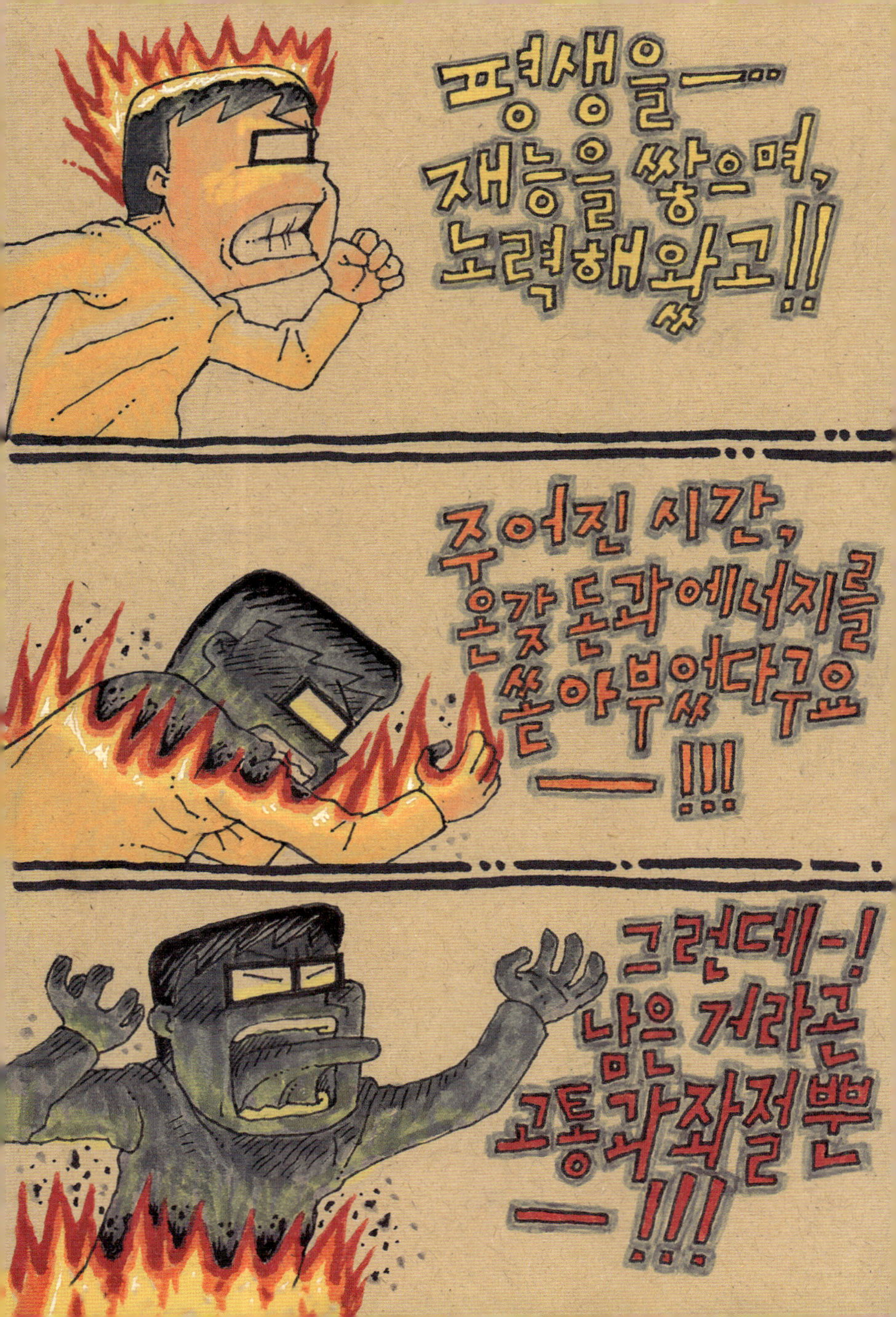

평생을ㅡ
재능을 쌓으며,
노력해왔고!!
주어진 시간,
온갖 돈과 에너지를
쏟아부었다구요
ㅡ!!!
그런데ㅡ!
남은 거라곤
고통과 좌절뿐
ㅡ!!!

문득 찾아오는
깨달음의 순간

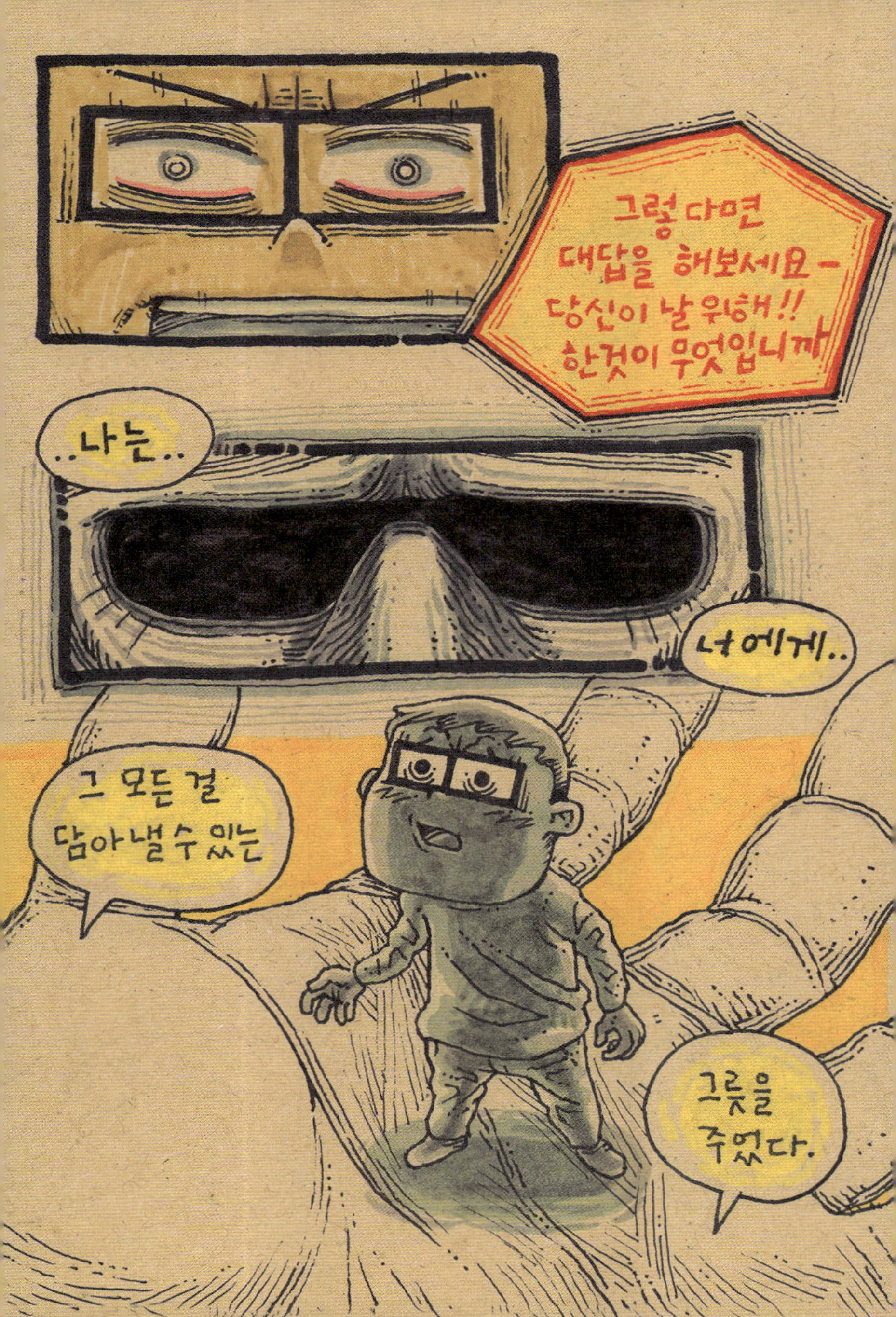
그렇다면 대답을 해보세요 —
당신이 날 위해!!
한것이 무엇입니까
..나는..
너에게..
그 모든 걸
담아낼수 있는
그릇을
주었다.

후회를..
반복하는 후회는 하지 말아요

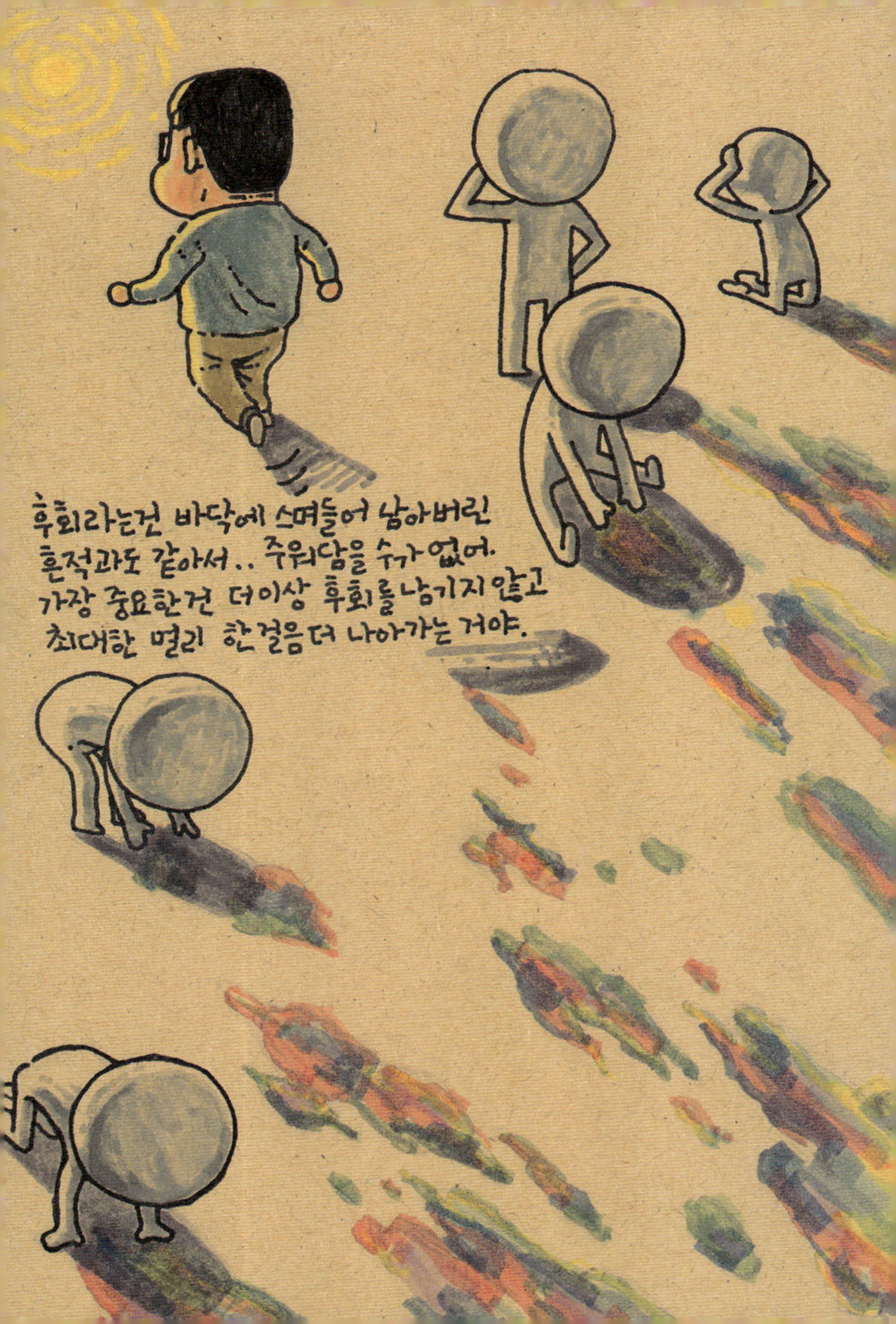

후회라는건 바닥에 스며들어 남아버린
흔적과도 같아서 .. 주워담을 수가 없어.
가장 중요한건 더이상 후회를 남기지 않고
최대한 멀리 한걸음 더 나아가는 거야.

4장

너와 나, 그리고 우리

아이컨택...
우리는 어느새 서로
눈을 맞추는 일이
몹시 수줍다

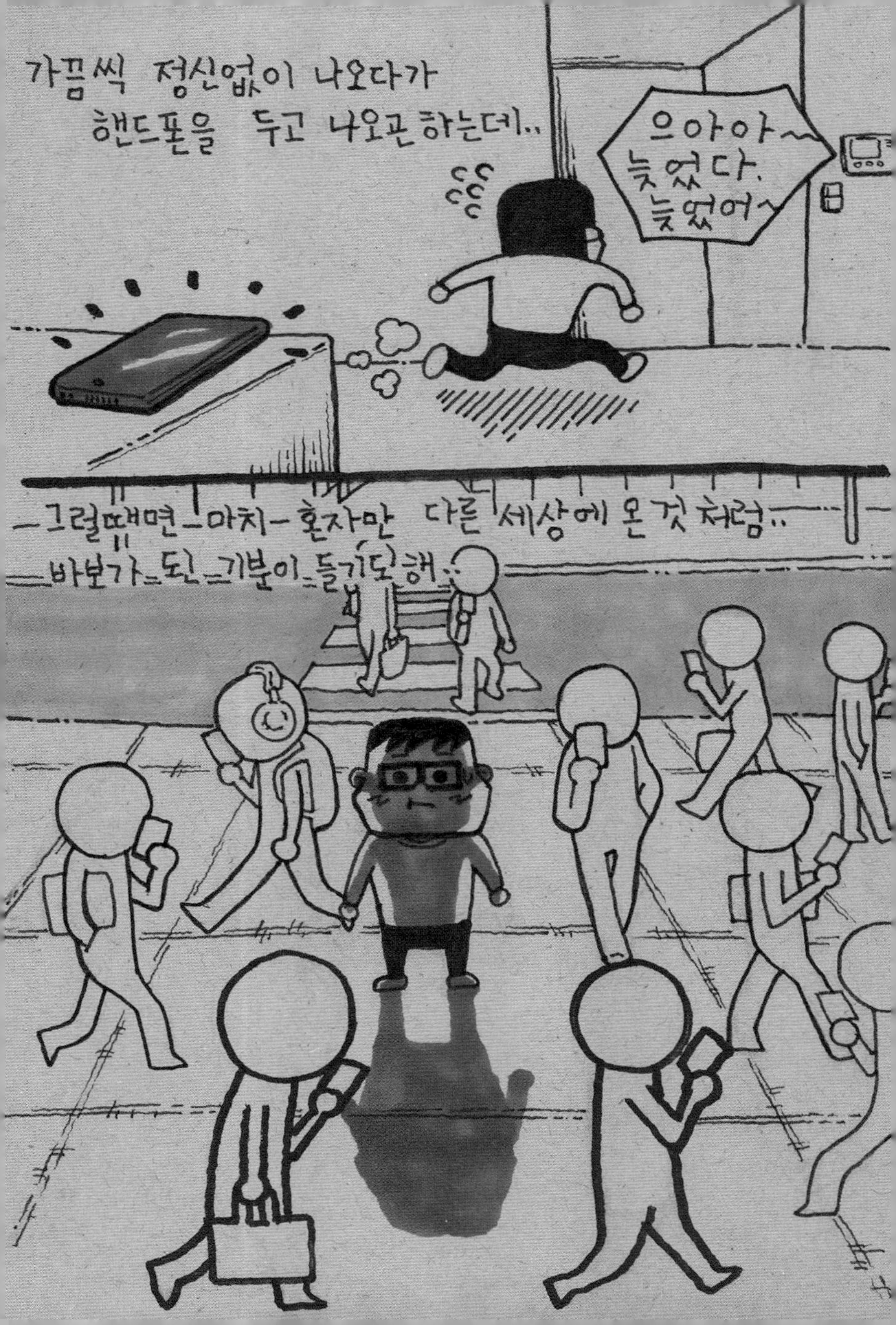

가끔씩 정신없이 나오다가
핸드폰을 두고 나오곤 하는데..

으아아~
늦었다.
늦었어~

그럴땐 마치 혼자만 다른 세상에 온것 처럼..
바보가 된 기분이 들기도해..

말이란 때로는
적당히 담아두고
적당히 꺼내는 것

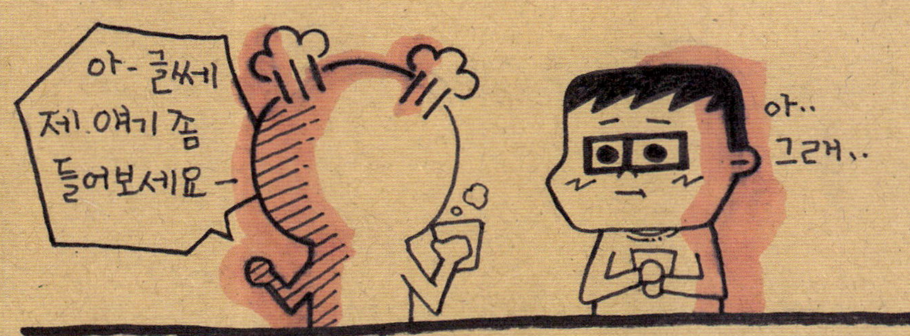

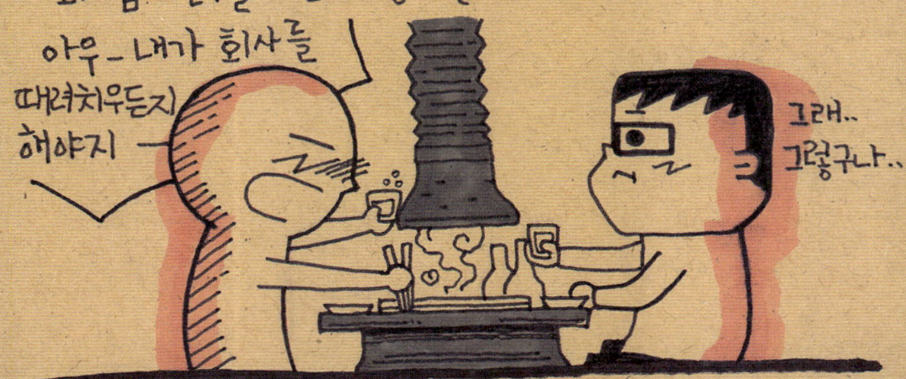

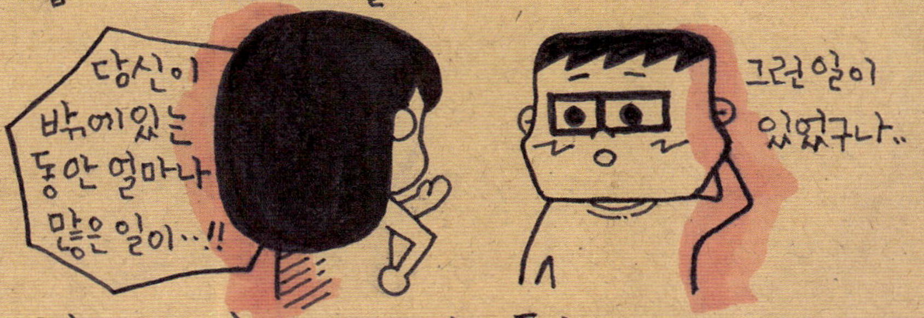

결국 내가 하고싶은 얘기는 포기하게돼..

무시란
처음에는 내가 하지만
나중엔 내가 당하는 법

그건 정말
무시무시한 일

가끔식 대화를 이어가기 어려운 상대가 있어.
예를들면 모든 대화의 대답을..

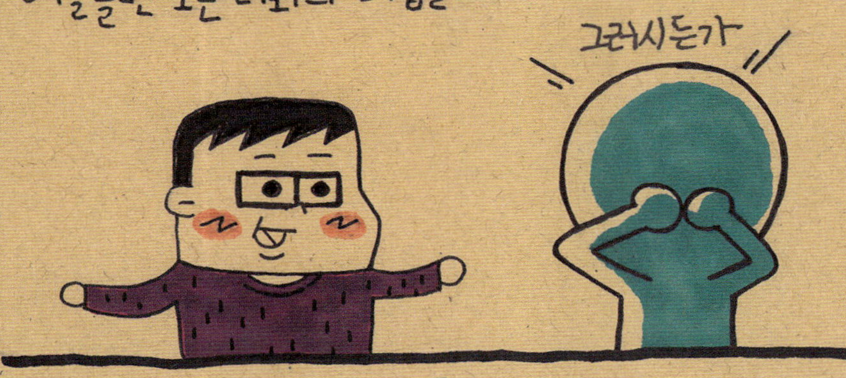

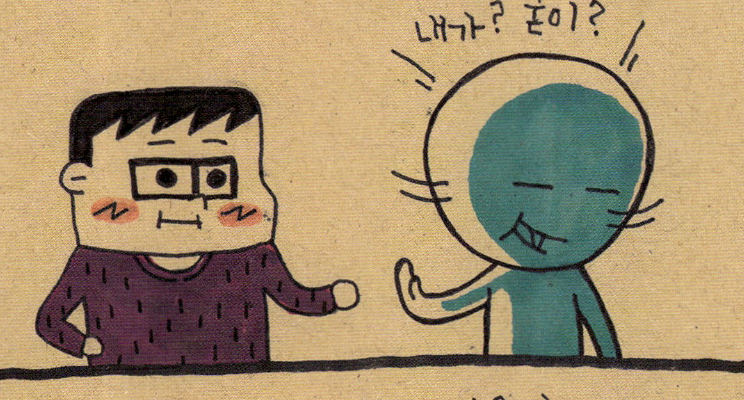

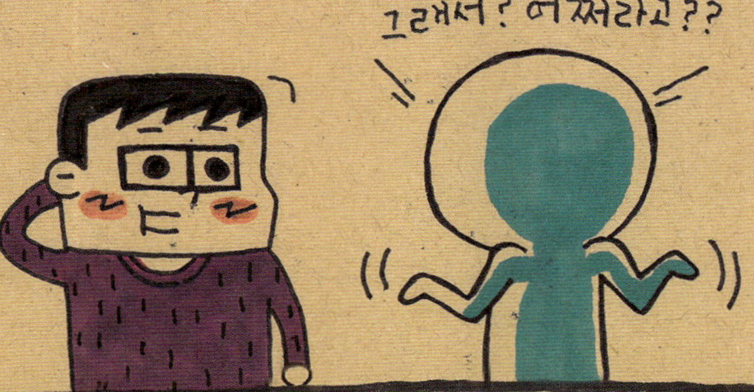

참고 참다 뀐 방귀가
냄새가 독하 듯

참고 참다 뱉은 말이
의미가 독한 법

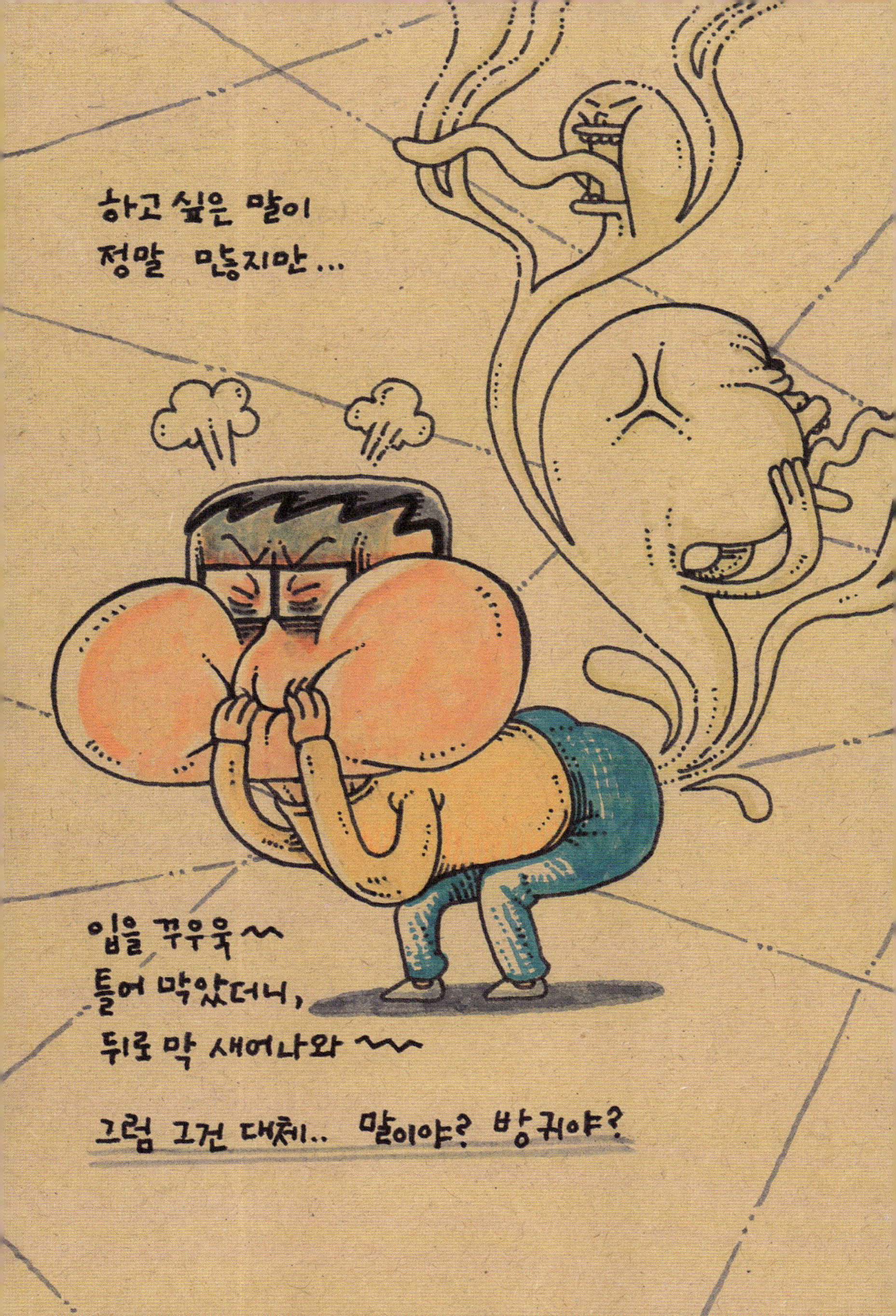

하고 싶은 말이
정말 많지만...
입을 꾸우욱〜
틀어 막았더니,
뒤로 막 새어나와 〜
그럼 그건 대체.. 말이야? 방귀야?

구취(口臭)

알고 있나요?
말은 마음에서 피어오르는
향기라는 걸‥

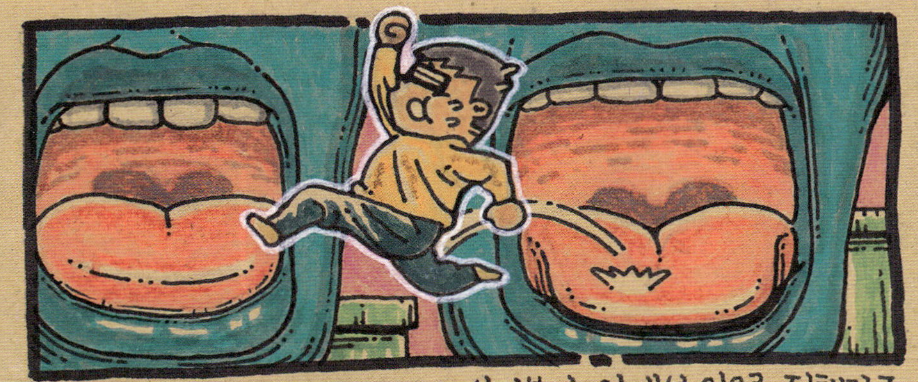

살다보면 입에서 입으로 전해지고..
입에 오르내리기도 하고..

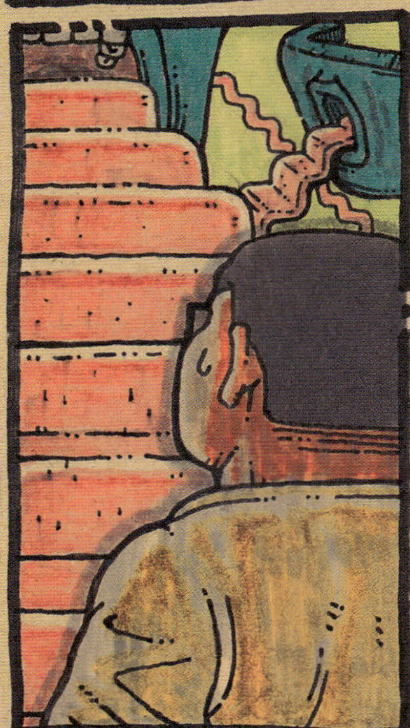

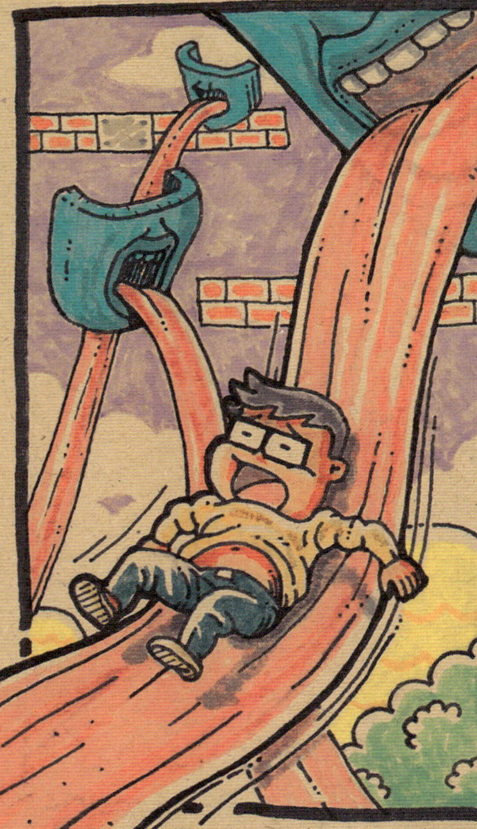

자신의 의지나 사실과 전혀
상관없이 타인의 입으로
미끄러져 내려
오기도혀..

말. 말. 말
..말은 쉽지..

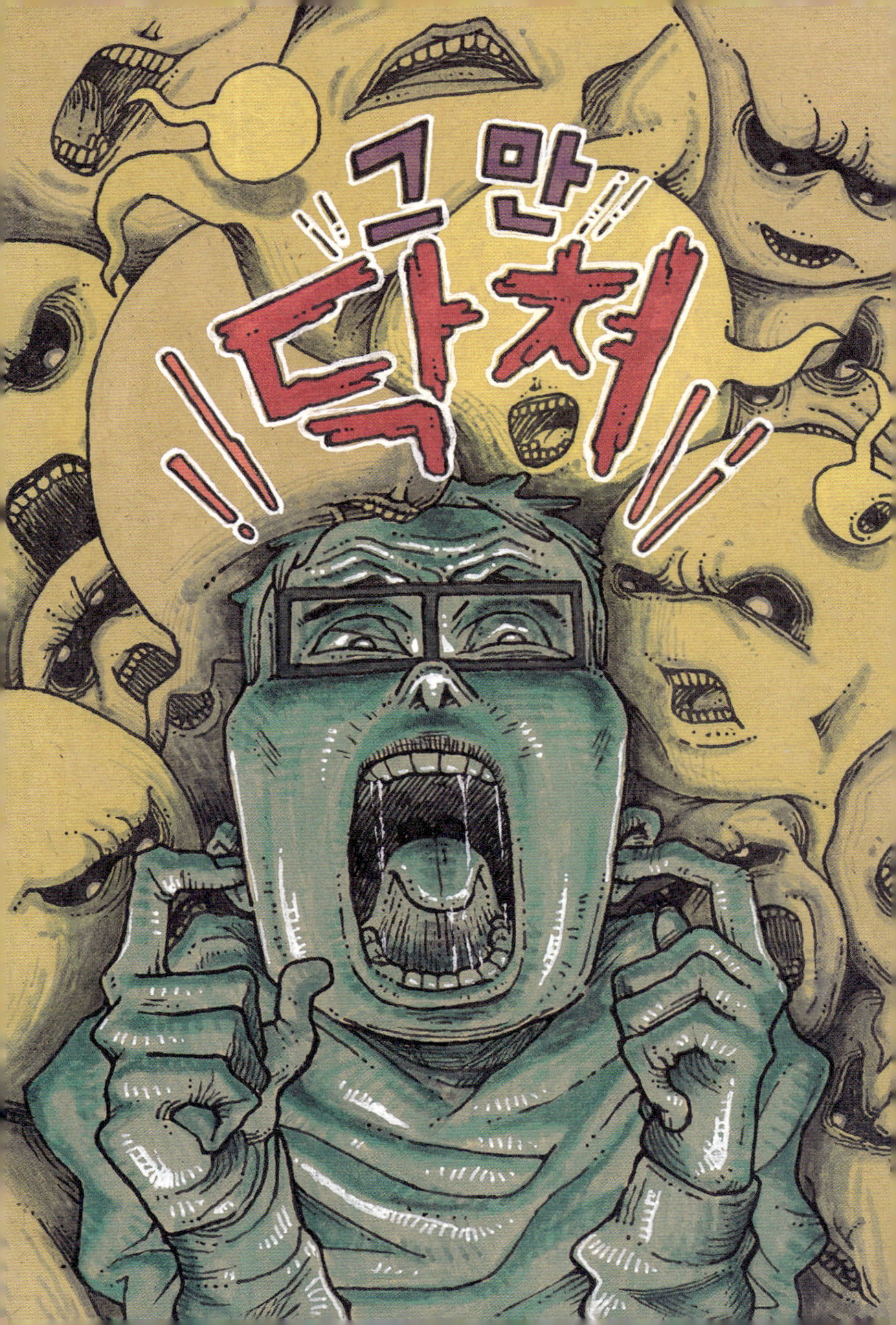

그 만
닥쳐

살다 보면,
상처받고 싶지 않아서
상처를 주는 일이 너무나 많아..

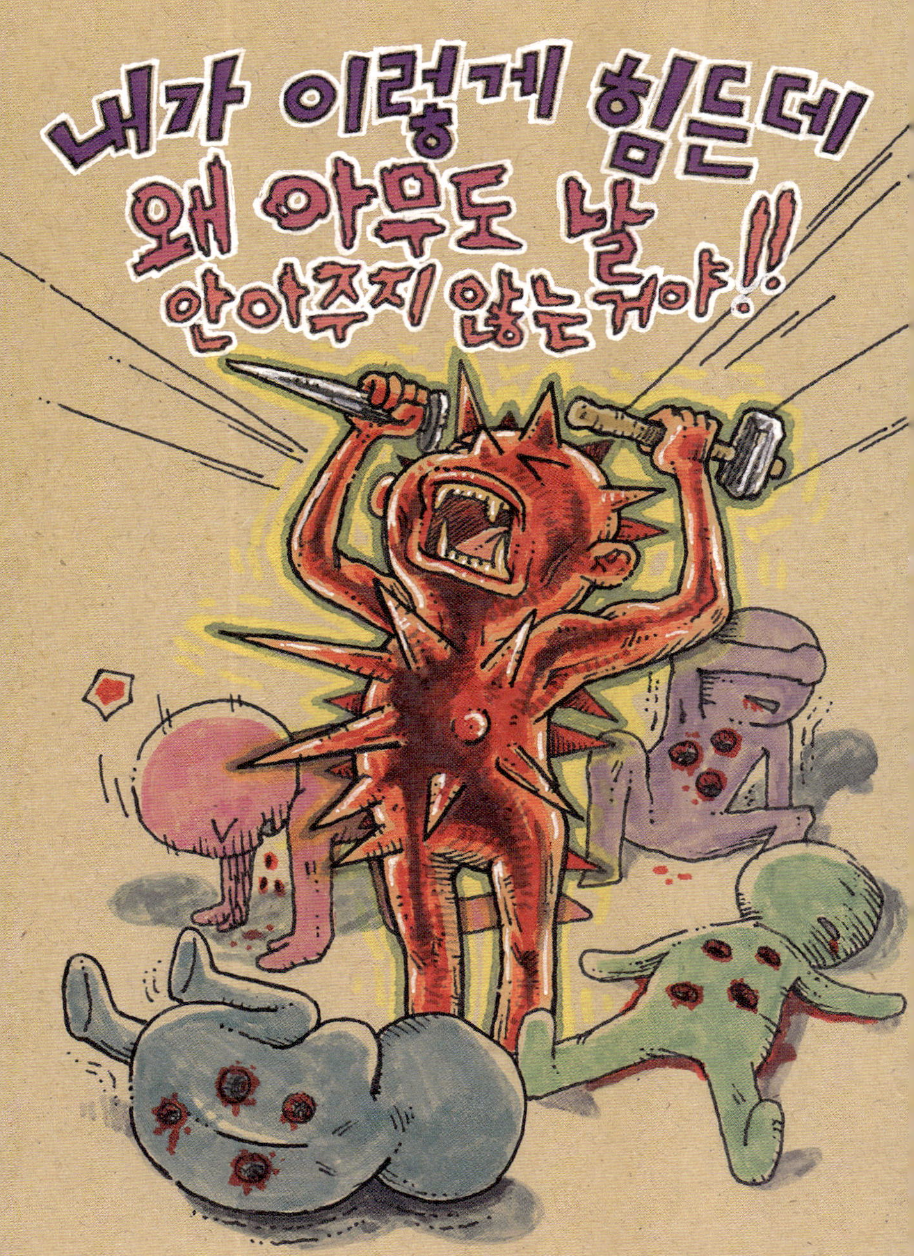
내가 이렇게 힘든데
왜 아무도 날
안아주지 않는거야!!

우리는 참 많은 '못'을 지니고 있다.
그 못을 꺼내들 때마다

못할 짓
못난 짓
못된 짓

을 하고야 만다.

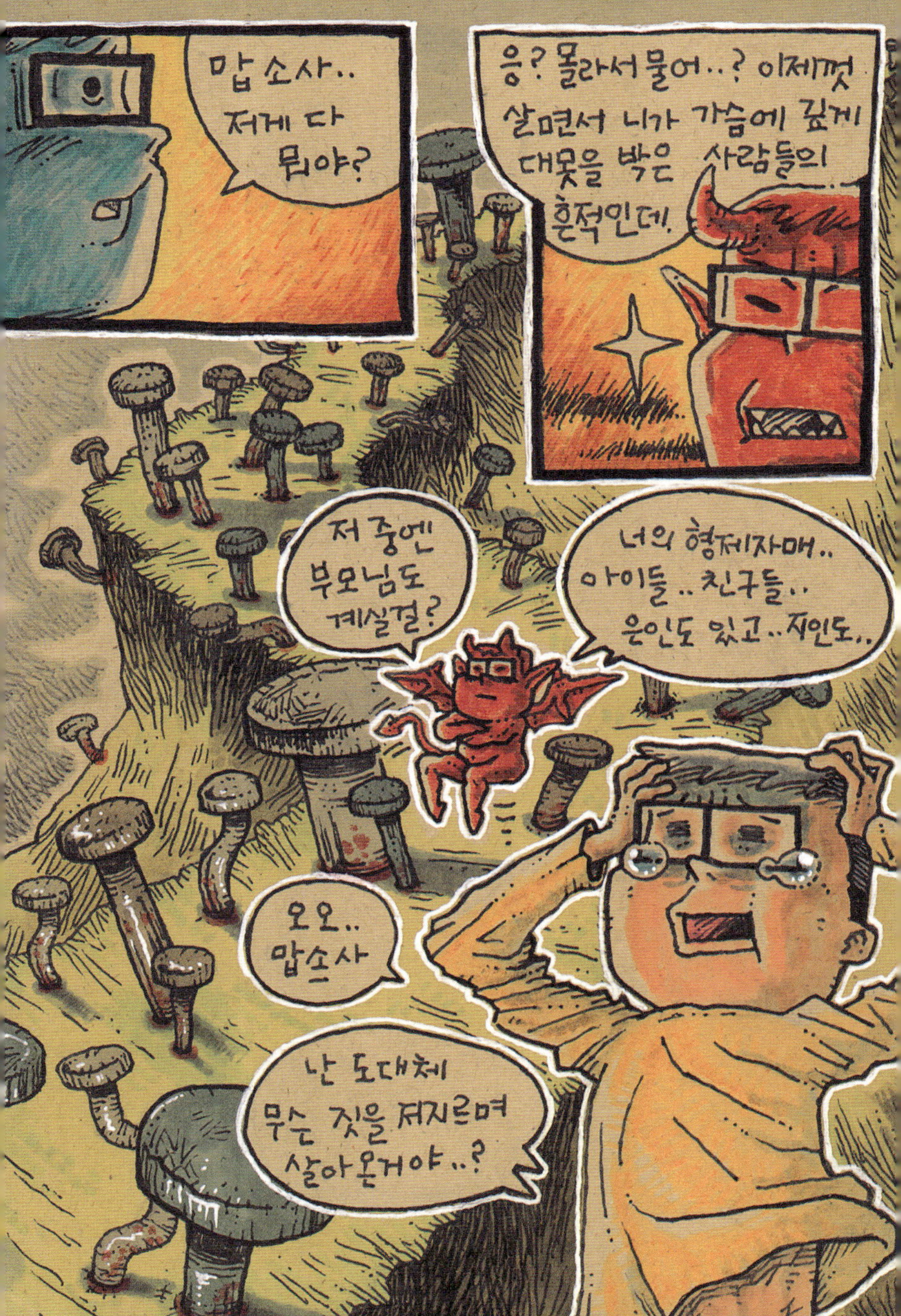

맙 소사..
저게 다
뭐야?
응? 몰라서 물어..? 이제껏
살면서 니가 가슴에 깊게
대못을 박은 사람들의
흔적인데.
저 중엔
부모님도
계실걸?
너의 형제자매..
아이들..친구들..
은인도 있고..지인도..
오오..
맙소사
난 도대체
무슨 짓을 저지르며
살아온거야..?

<문제>
같은데도 다르고,
다른데도 같은 것은?

같은 상황, 같은 조건에서
같은 내용을 전하더라도..

생각과.. 해석은 제각각..

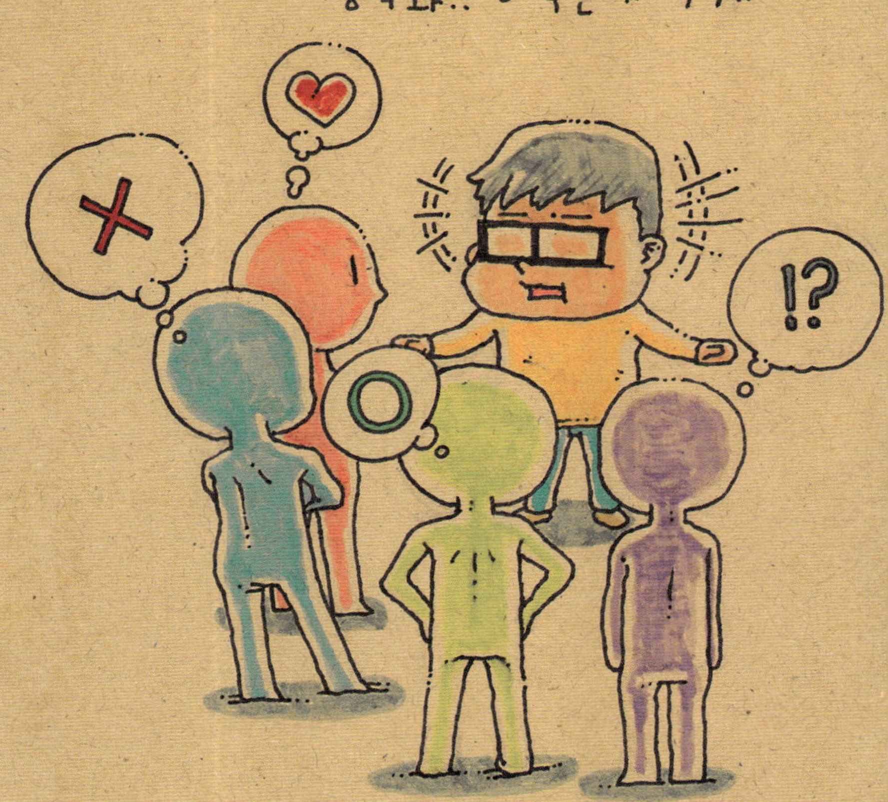

군중심리

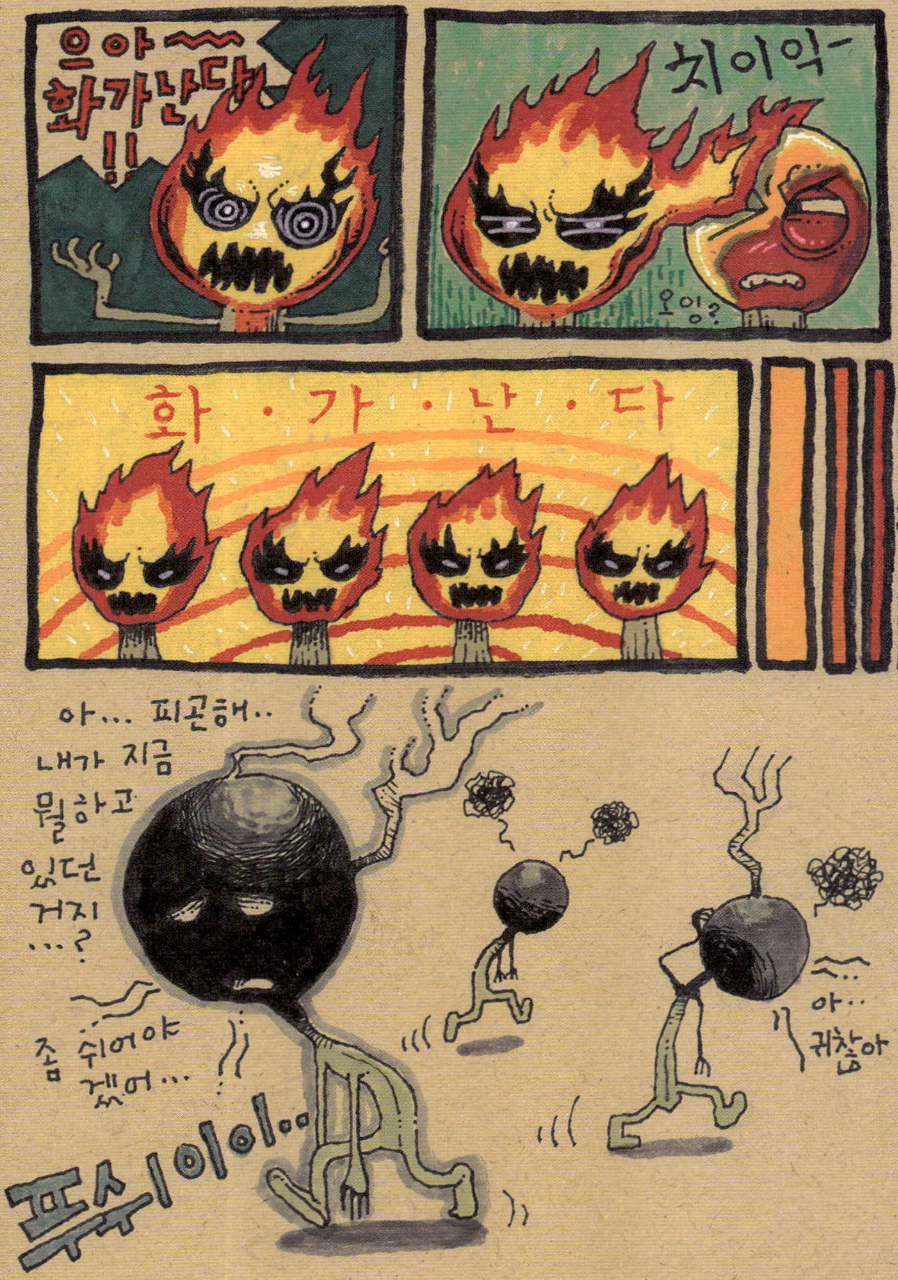

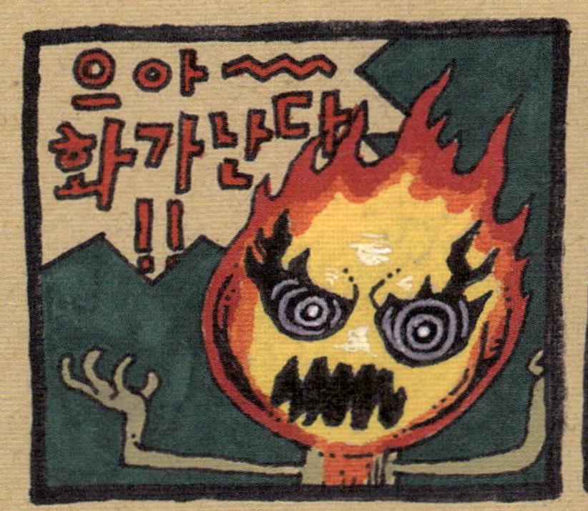

으아~~
화가난다
!!

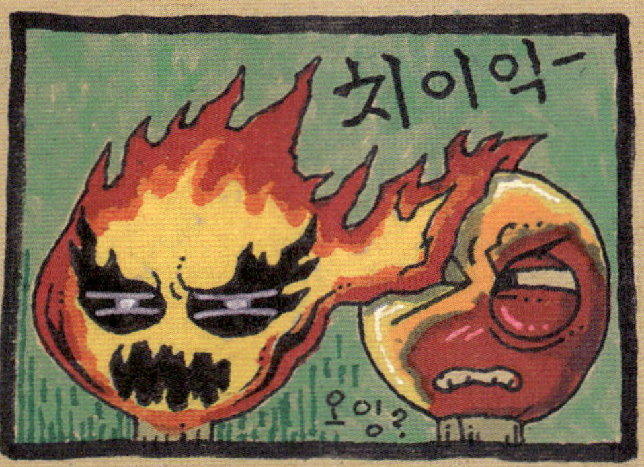

치이익-
오잉?

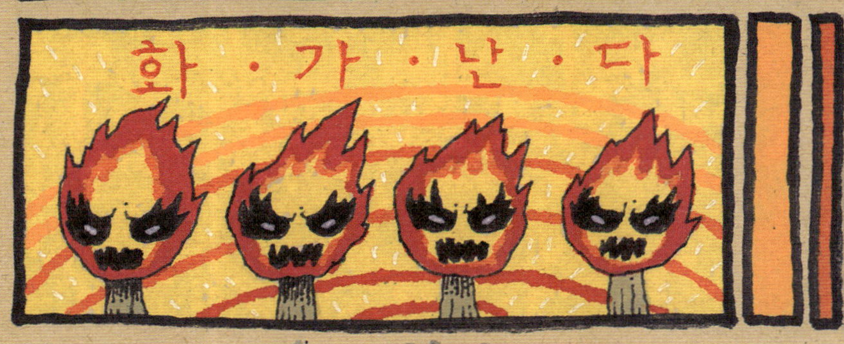

화 · 가 · 난 · 다

아... 피곤해..
내가 지금
뭘 하고
있던
거지
...?
좀 쉬어야
겠어...!
푸슈ㅣ이이..
아..
귀찮아

악성 댓글, 뒷담화..
정작 앞에서는 아무 것도 못하는
사회적 기생충이 존재한다.

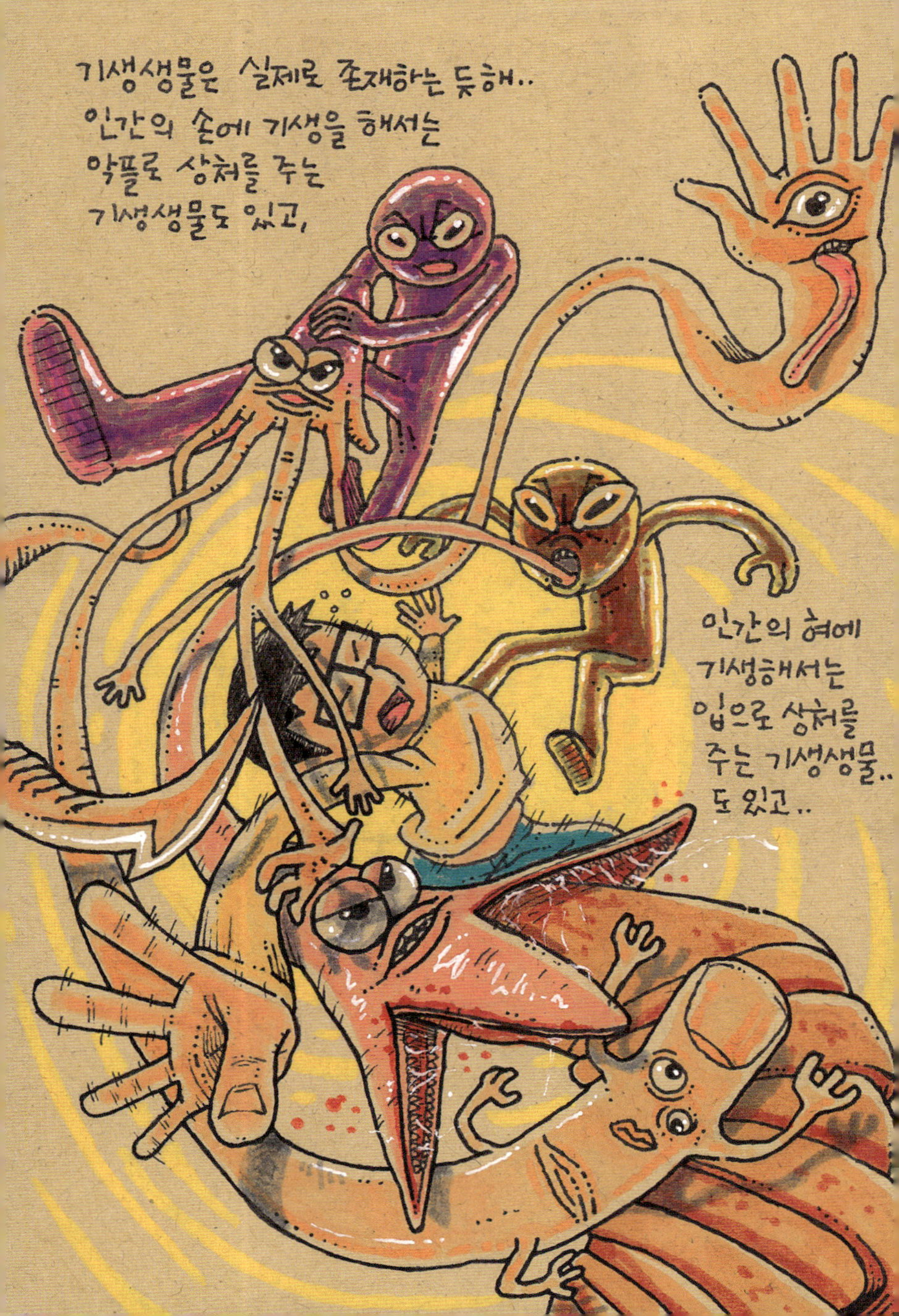
기생생물은 실제로 존재하는 듯해..
인간의 손에 기생을 해서는
악플로 상처를 주는
기생생물도 있고,
인간의 혀에
기생해서는
입으로 상처를
주는 기생생물..
도 있고..

죄는 미워하되
사람은 미워하지 말라
당신의 선택은?

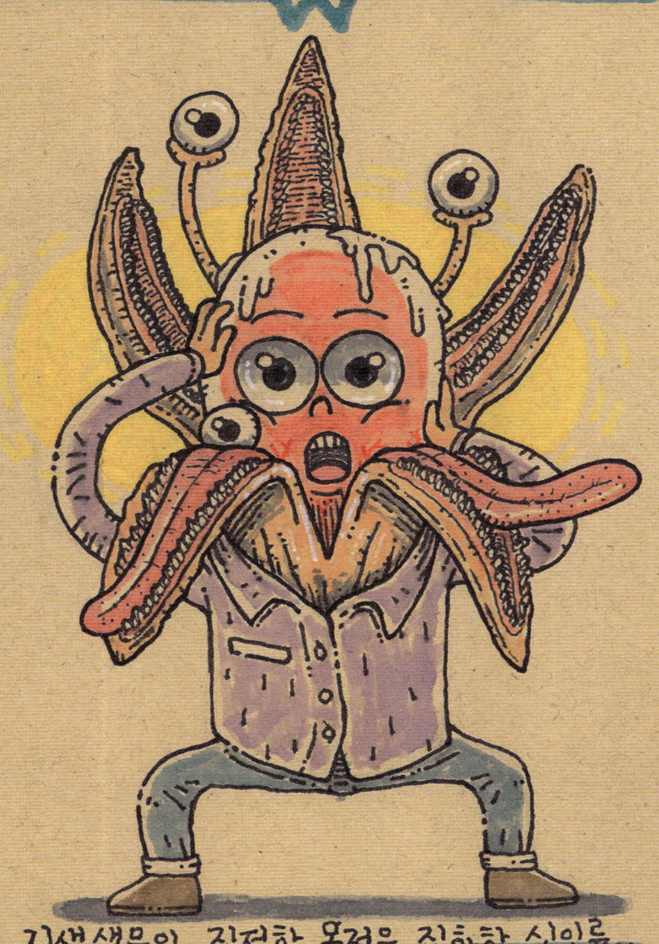

잠깐 만요. 제발 쏘지말아요ー!!
전 평화를 원해요. 보세요. 새롭게 인간의
머리가 나오고 있어요. 진화하고 있다구요..
기생생물의 진정한 목적은 진화한 신인류..

일촉즉발

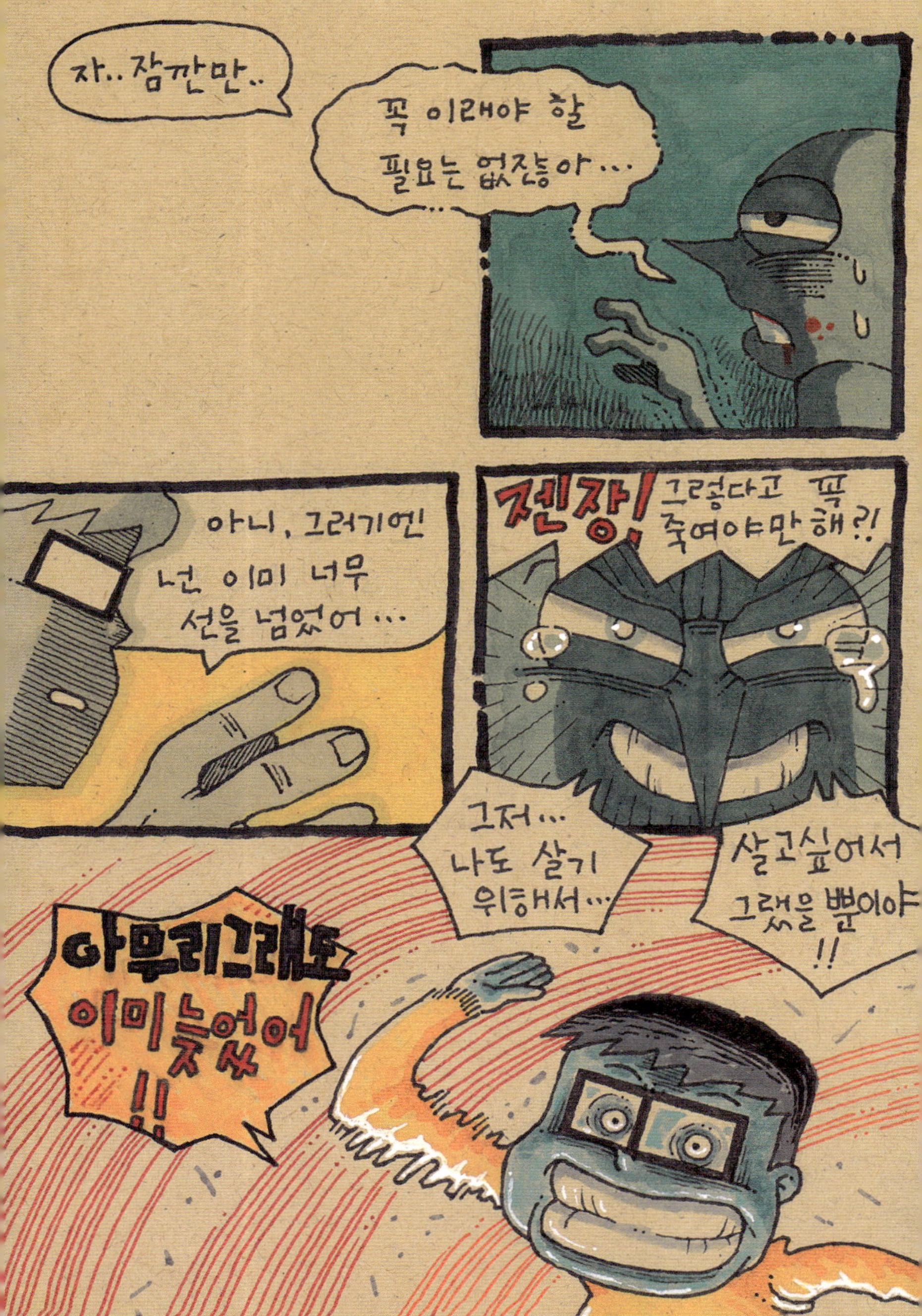

자.. 잠깐만..
꼭 이래야 할 필요는 없잖아…
아니, 그러기엔 넌 이미 너무 선을 넘었어…
젠장! 그렇다고 꼭 죽여야만 해?!
그저… 나도 살기 위해서…
살고싶어서 그랬을 뿐이야 !!
아무리 그래도 이미 늦었어 !!

인과응보

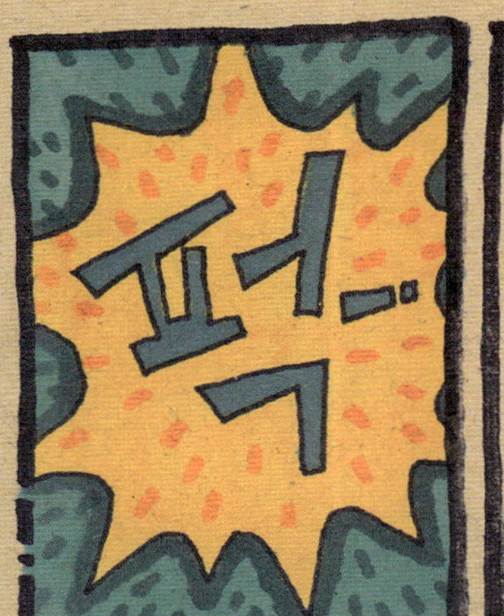

퍽

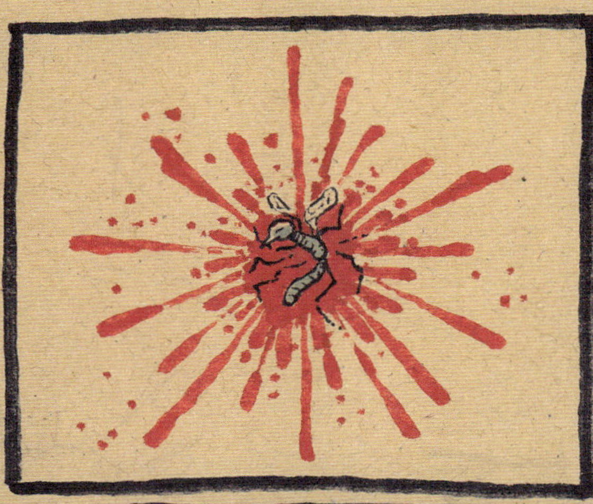

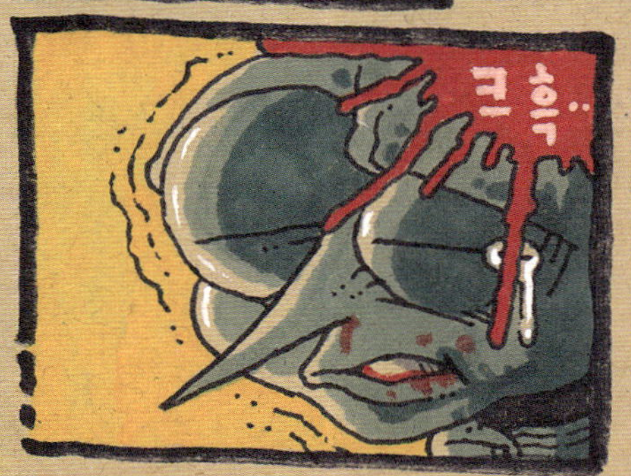

크흑…

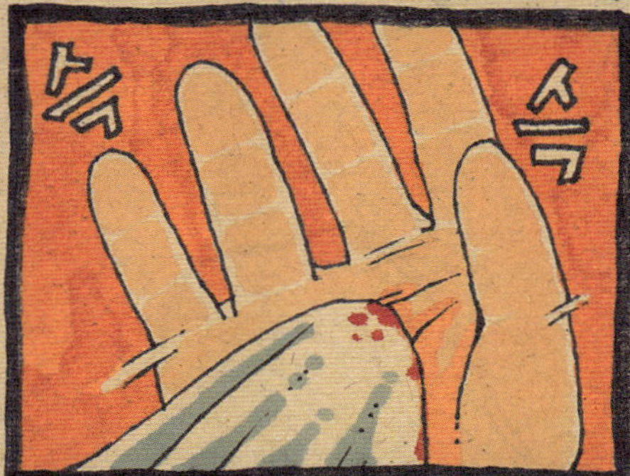

스
슥

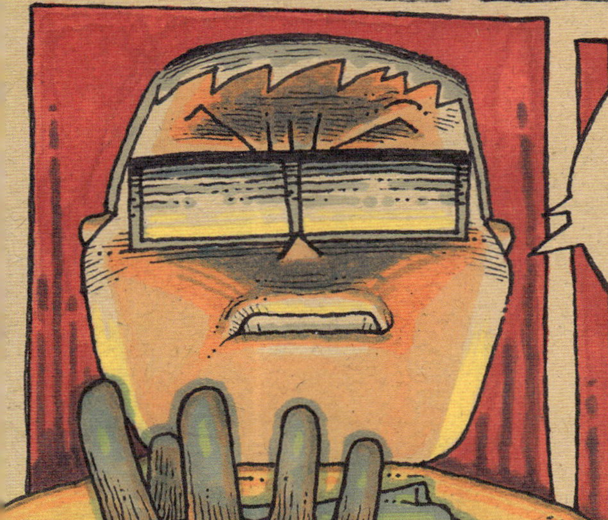

모른척 하기에는
나 살자고 남한테
빨대 꽂고, 피 빠는
그런 부류들을 너무
혐오 하거든…

연행불일치

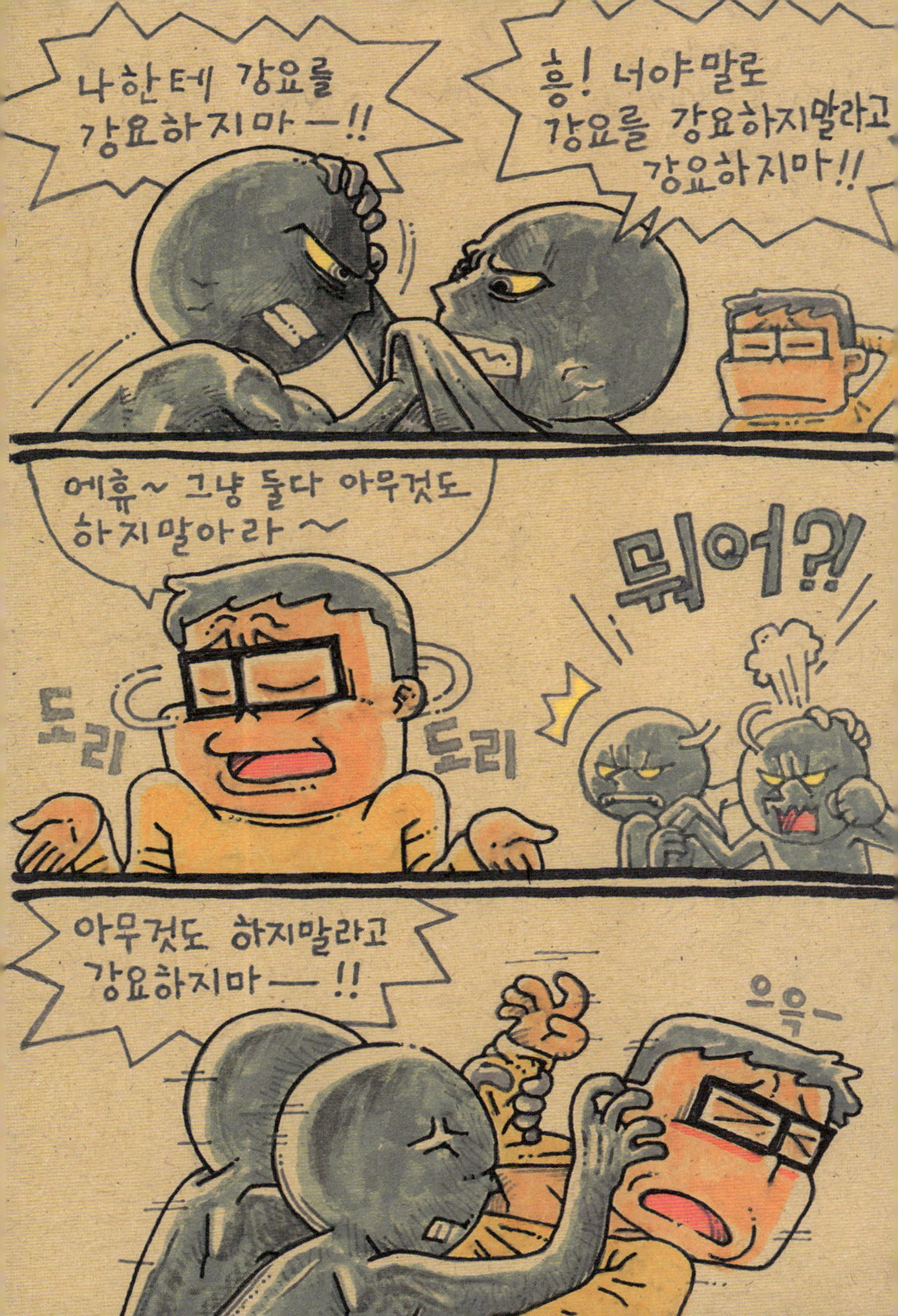

나한테 강요를 강요하지마ー!!
흥! 너야말로 강요를 강요하지말라고 강요하지마!!
에휴~ 그냥 둘다 아무것도 하지말아라~
뭐어?!
도리
도리
아무것도 하지말라고 강요하지마ー!!
으윽ー

자라고 자라서
무성해진 가시는

서로에게
상처로 남을 뿐..

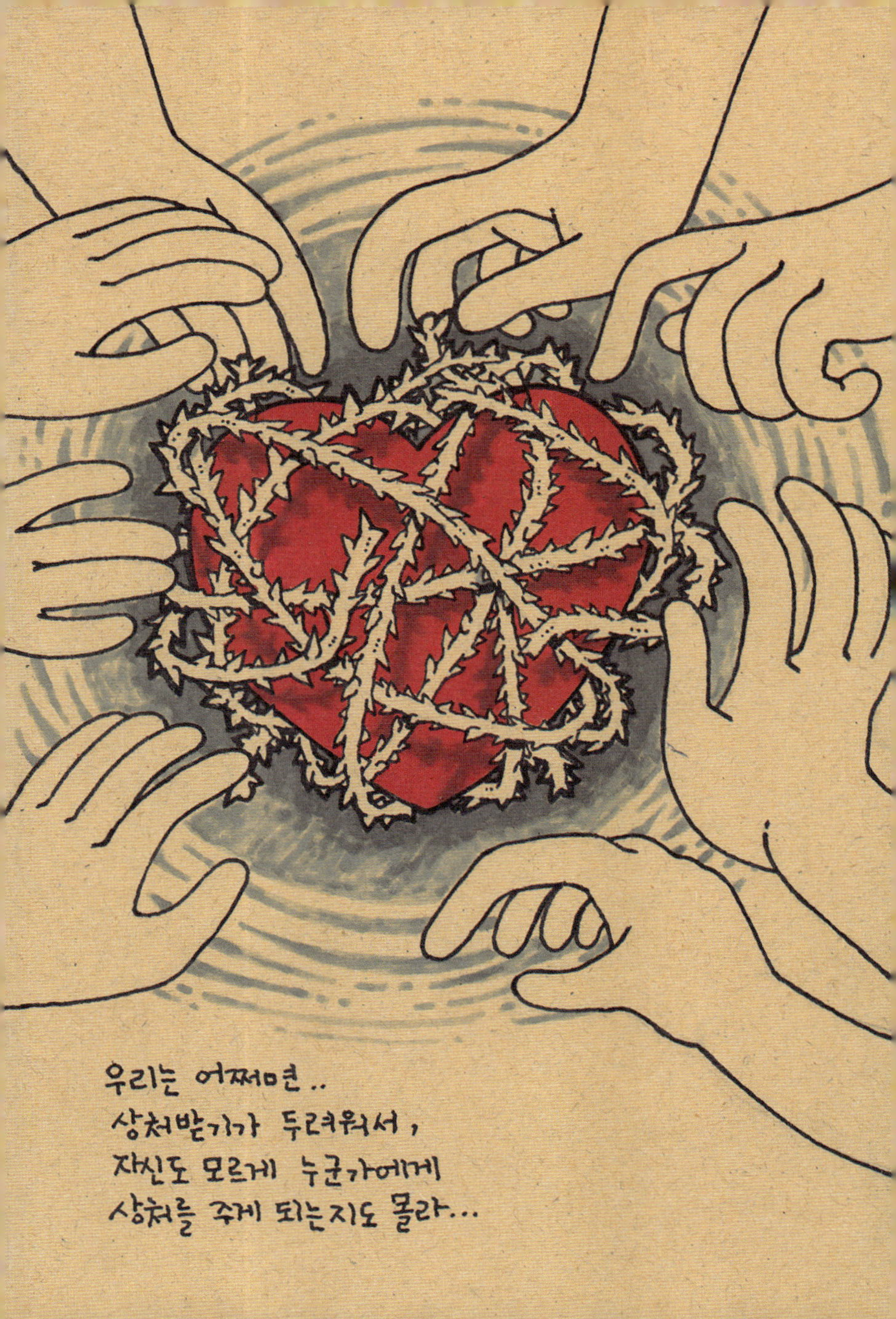

우리는 어쩌면 ..
상처받기가 두려워서 ,
자신도 모르게 누군가에게
상처를 주게 되는지도 몰라...

직설화법

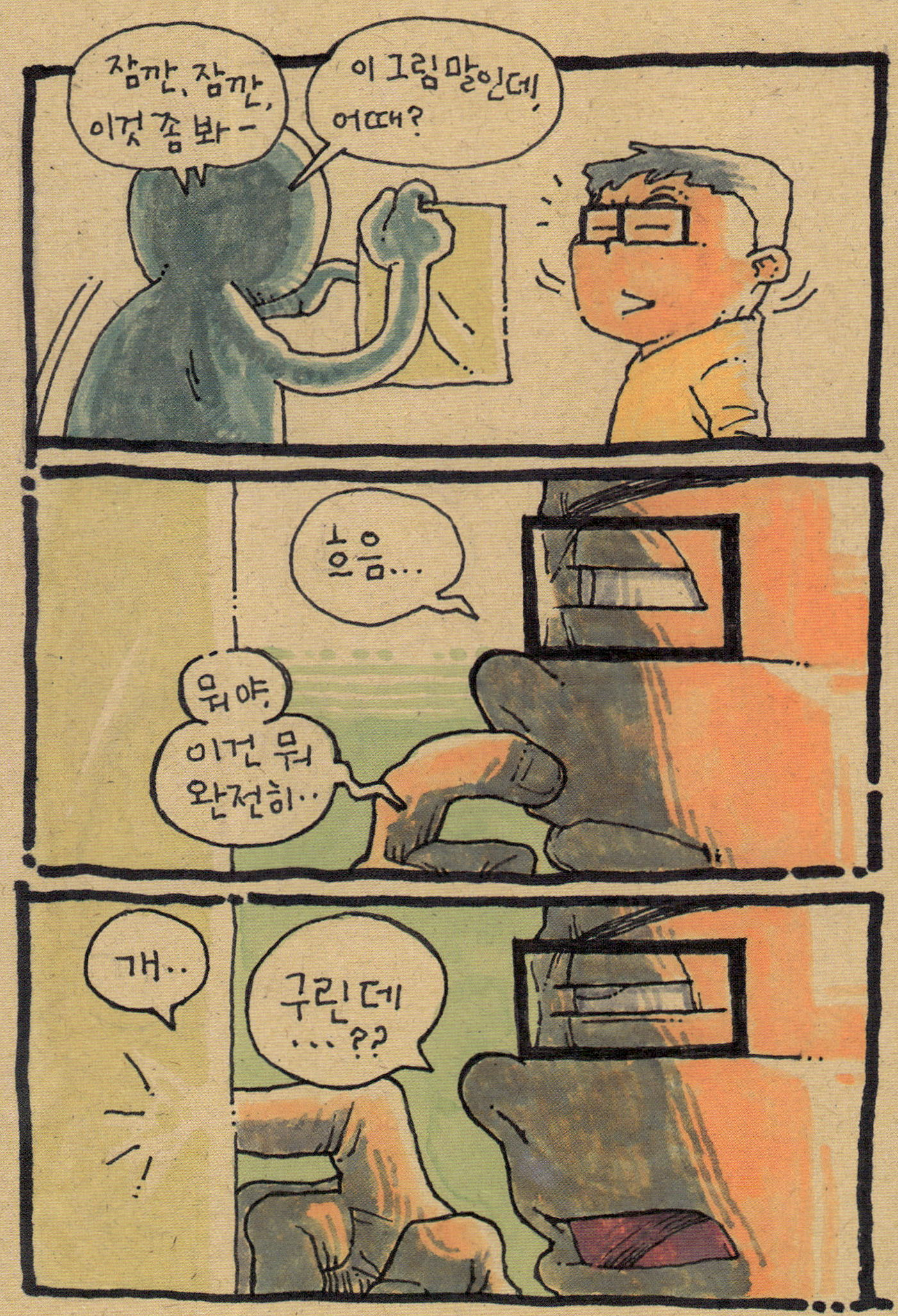
잠깐, 잠깐,
이것 좀 봐ㅡ
이 그림 말인데,
어때?
흐음…
뭐야,
이건 뭐
완전히…
개…
구린데
…??

정체불명

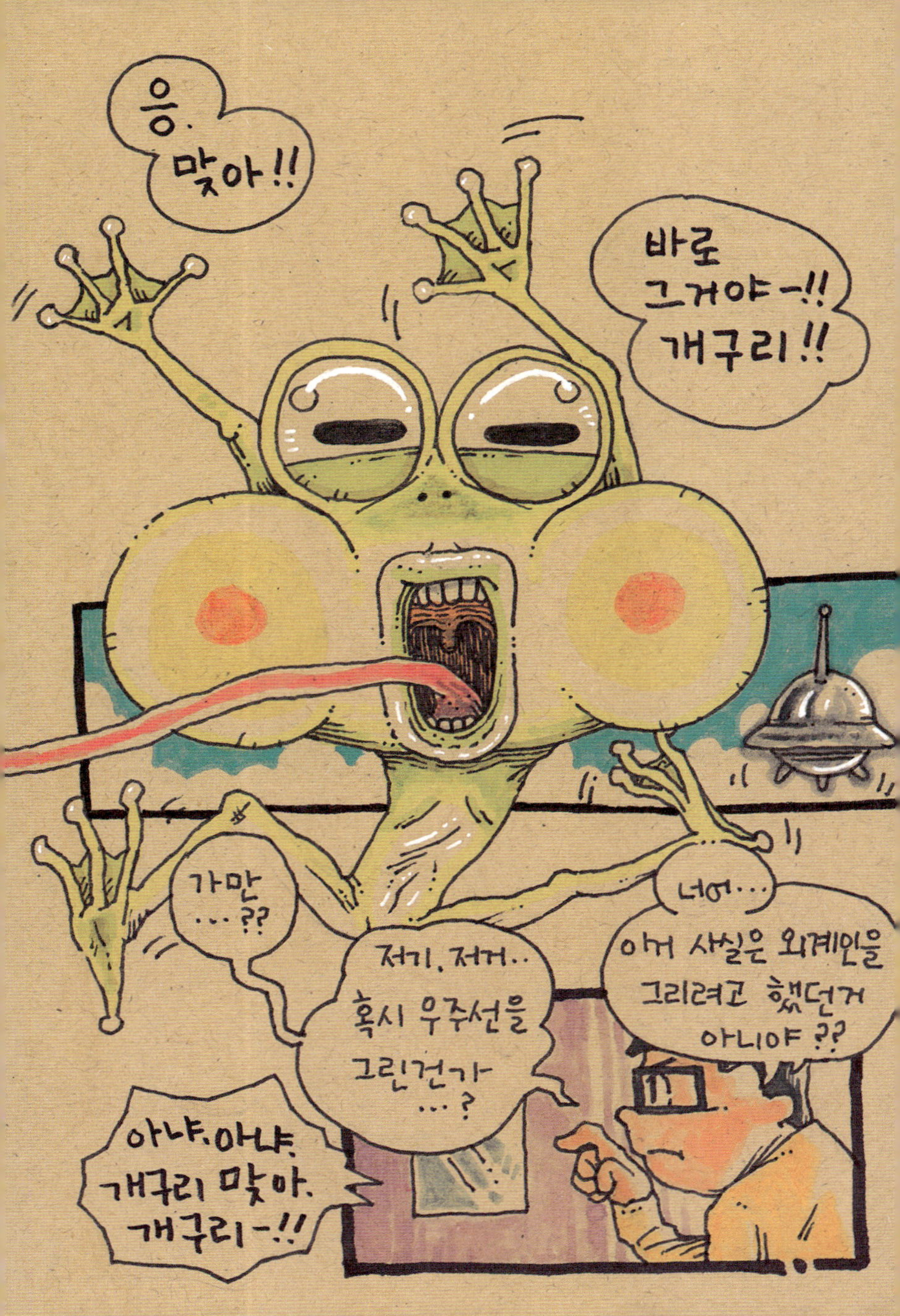

응. 맞아!!
바로 그거야-!! 개구리!!
가만 ...??
저기, 저거.. 혹시 우주선을 그린건가 ...?
너어... 이거 사실은 외계인을 그리려고 했던거 아니야??
아냐.아냐 개구리 맞아. 개구리-!!

그대..
들어야 할 말을 듣기보다
듣고 싶은 말만 듣고 있나요?

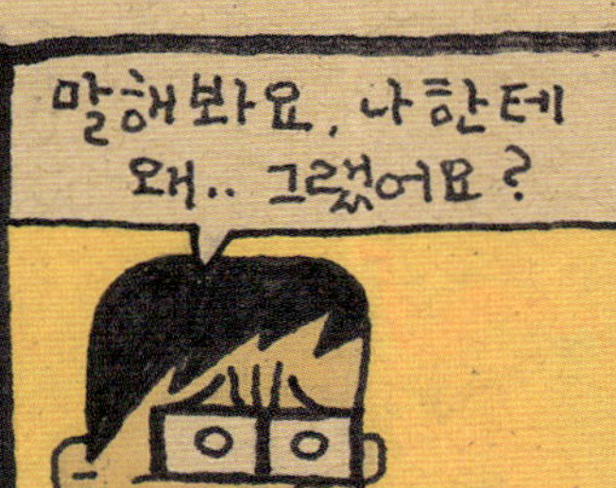
말해봐요, 나한테
왜.. 그랬어요?

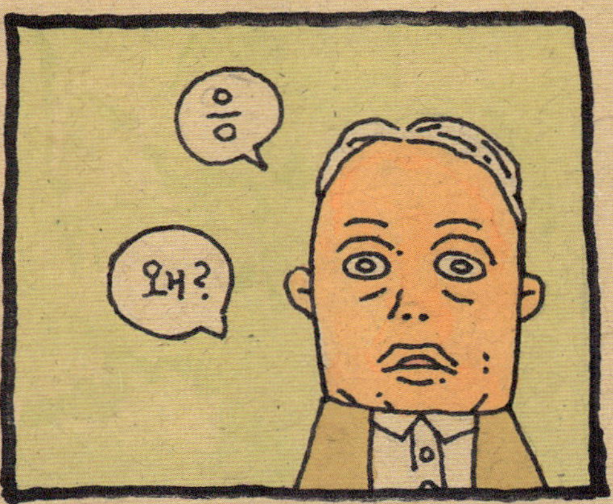
응
왜?

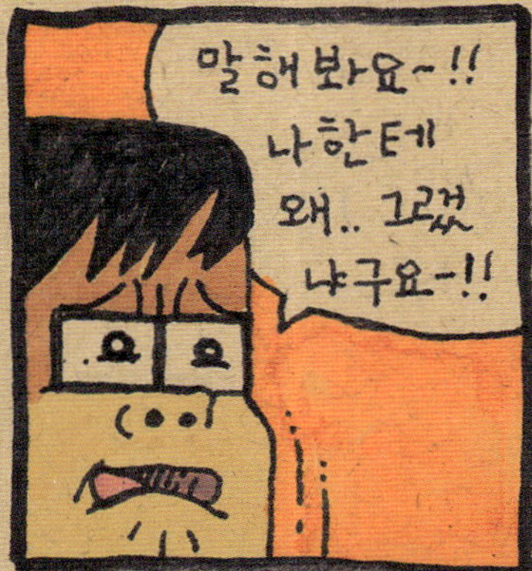
말해봐요~!!
나한테
왜.. 그랬
냐구요~!!

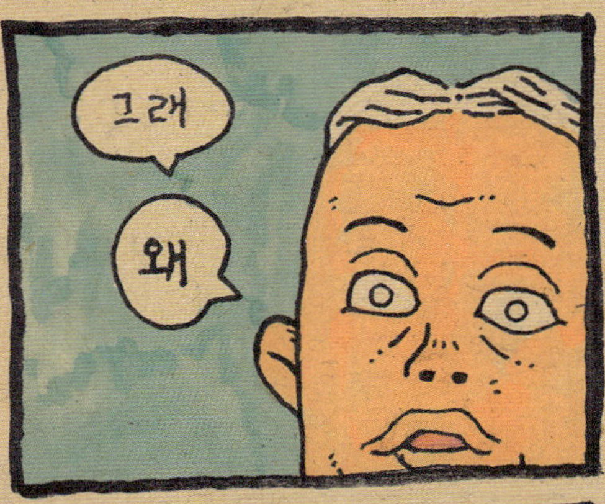
그래
왜

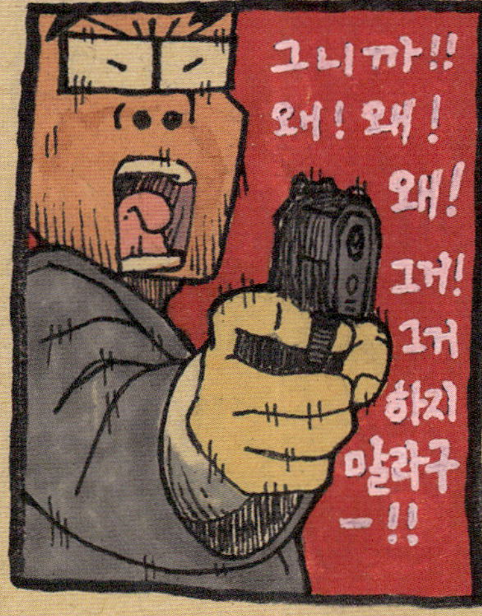
그니까!!
왜! 왜!
왜!
그거!
그거
하지
말라구
ー!!

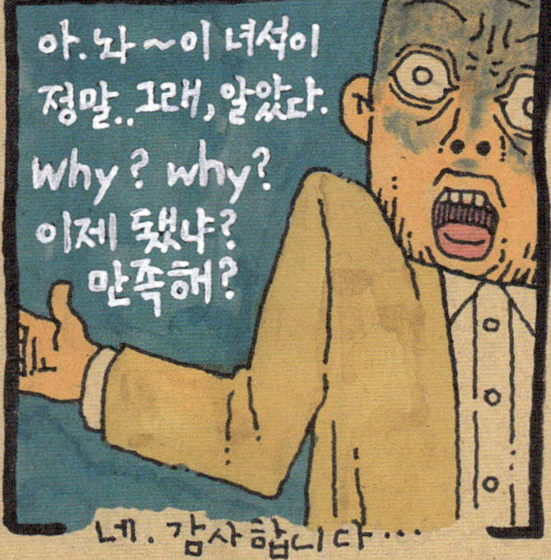
아.나~이 녀석이
정말.. 그래, 알았다.
why? why?
이제 됐냐?
만족해?
네. 감사합니다...

감정은 마음의 에너지,
정말 소중한 때가 아니면
소중한 사람에게는
모질게 하지 말아요

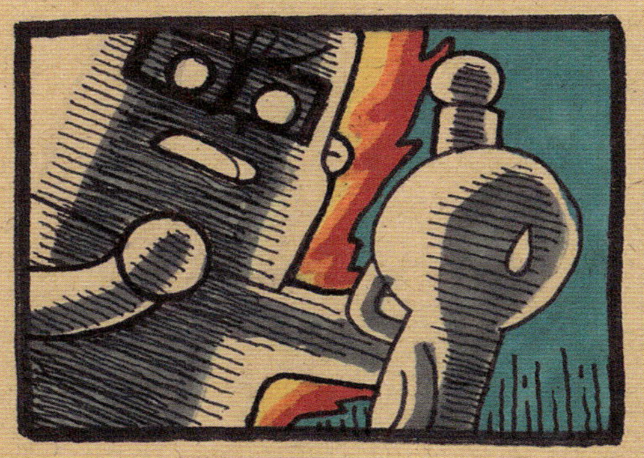

감정이란게
　참 이상하지..

분명,
터뜨리고 쏟아내면
시원할 줄 알았는데..

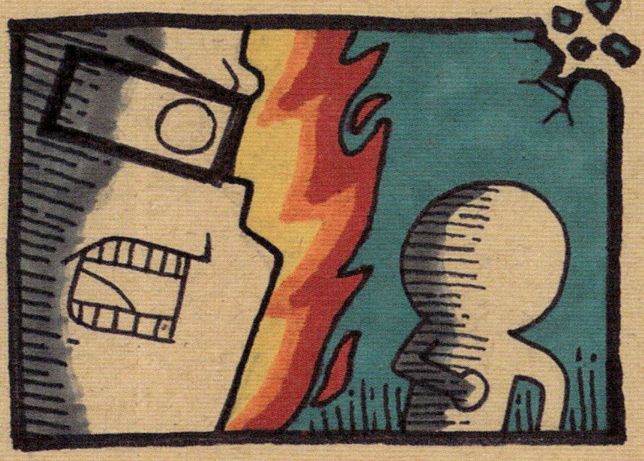

막상 모든 감정을
드러내고 털어내면
...

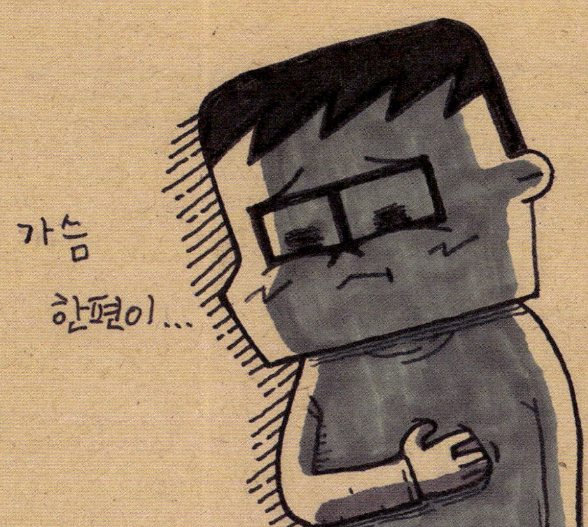

가슴
　한편이...

그냥
　텅빈것만 같아..

친구라 말할 수 있는 건,
구차한 변명을 하지 않아도
사소한 오해가 있어도
이해할 수 있는 사이인 거야

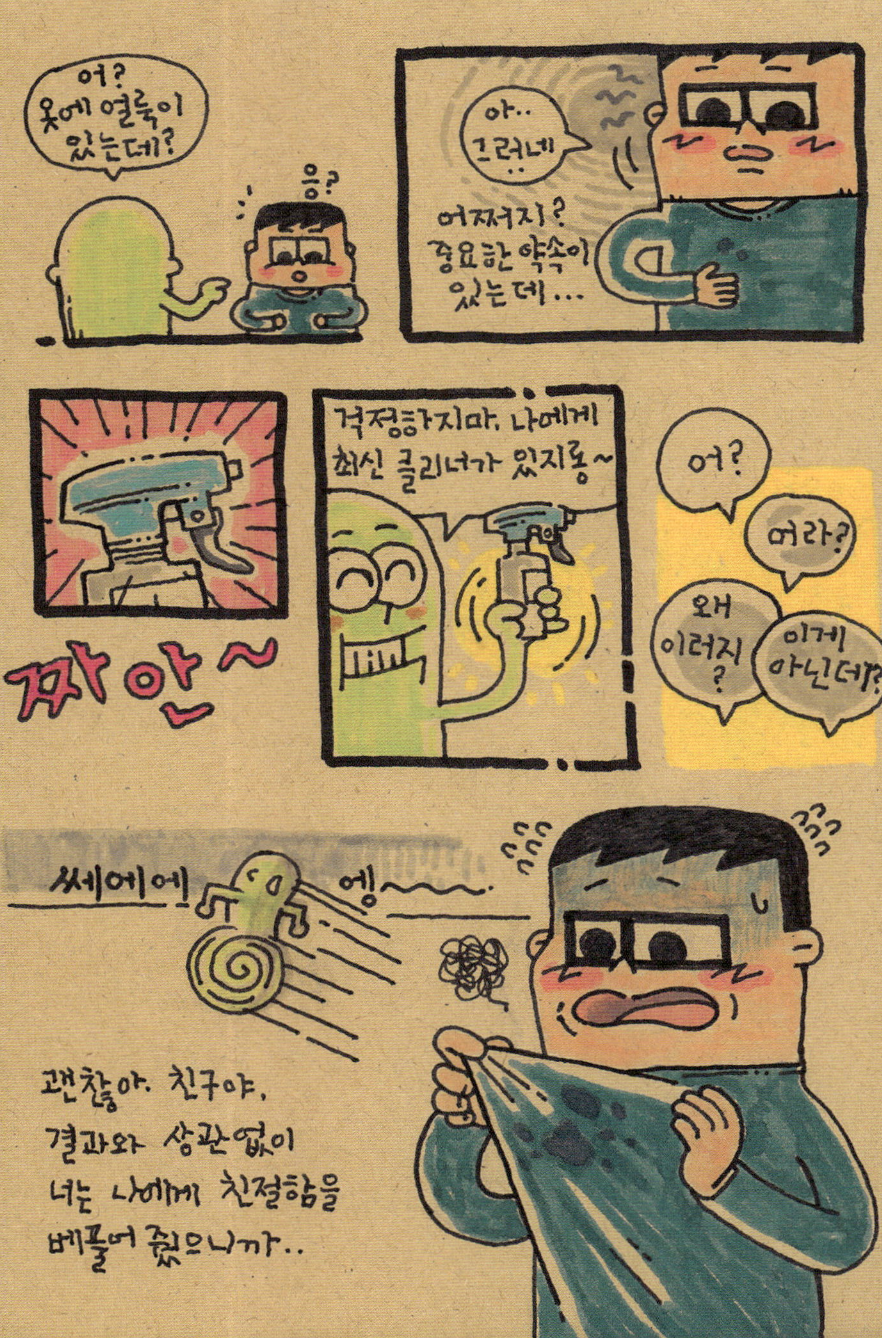

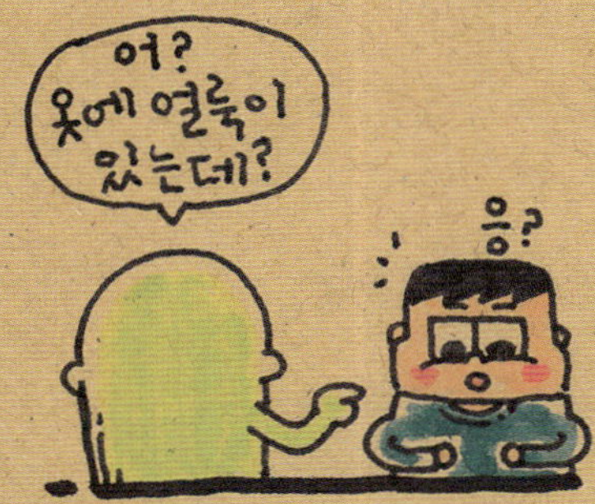

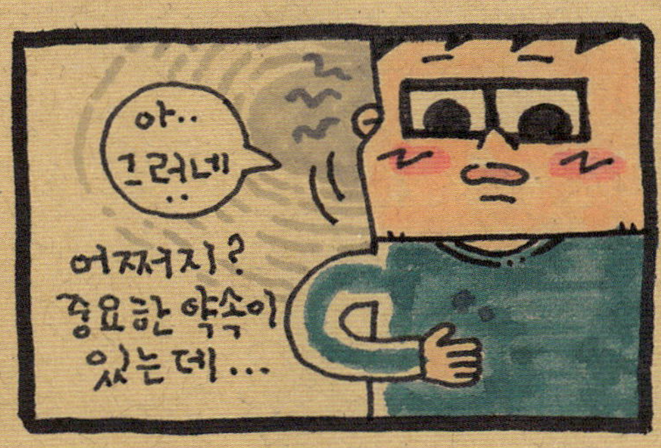

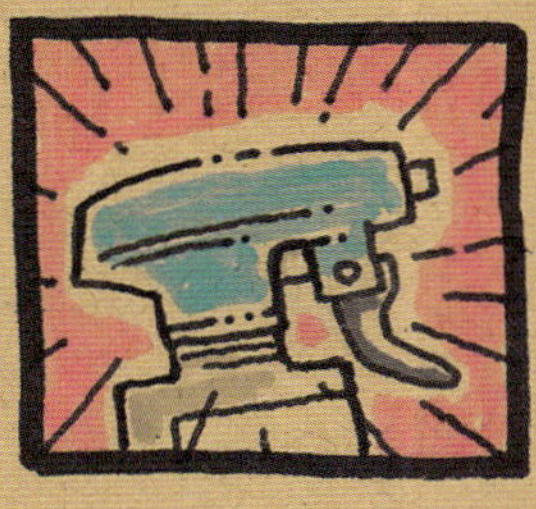

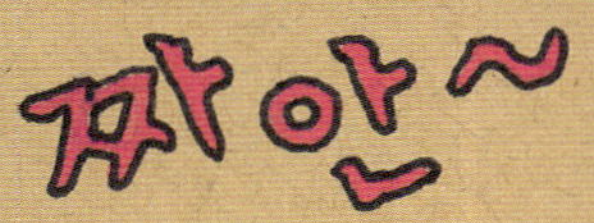

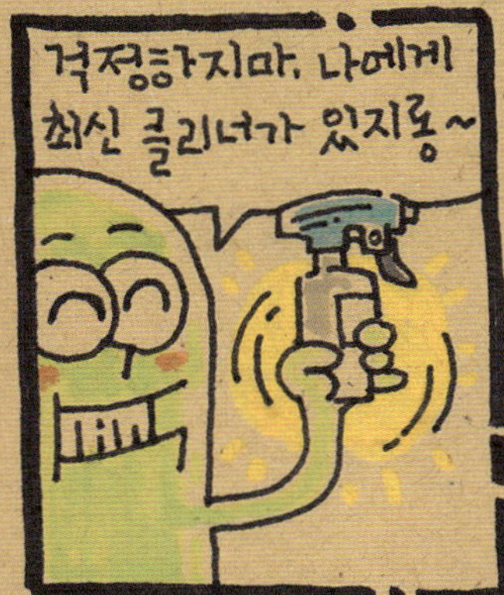

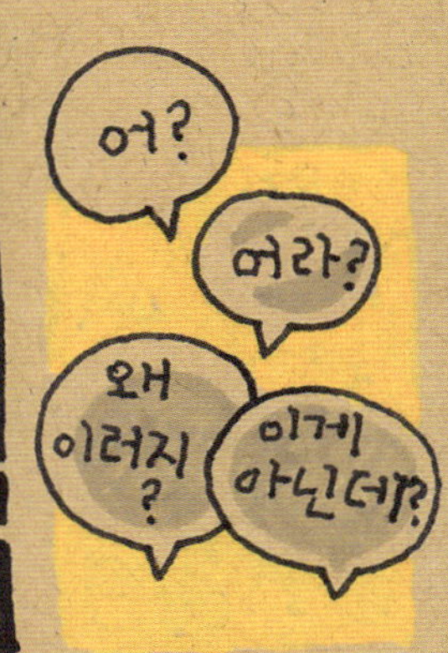

괜찮아. 친구야.
결과와 상관없이
너는 나에게 친절함을
베풀어 줬으니까..

고맙다는 말을
할 수 있어서 고마워

미안하다는 말을
할 수밖에 없어서 미안해

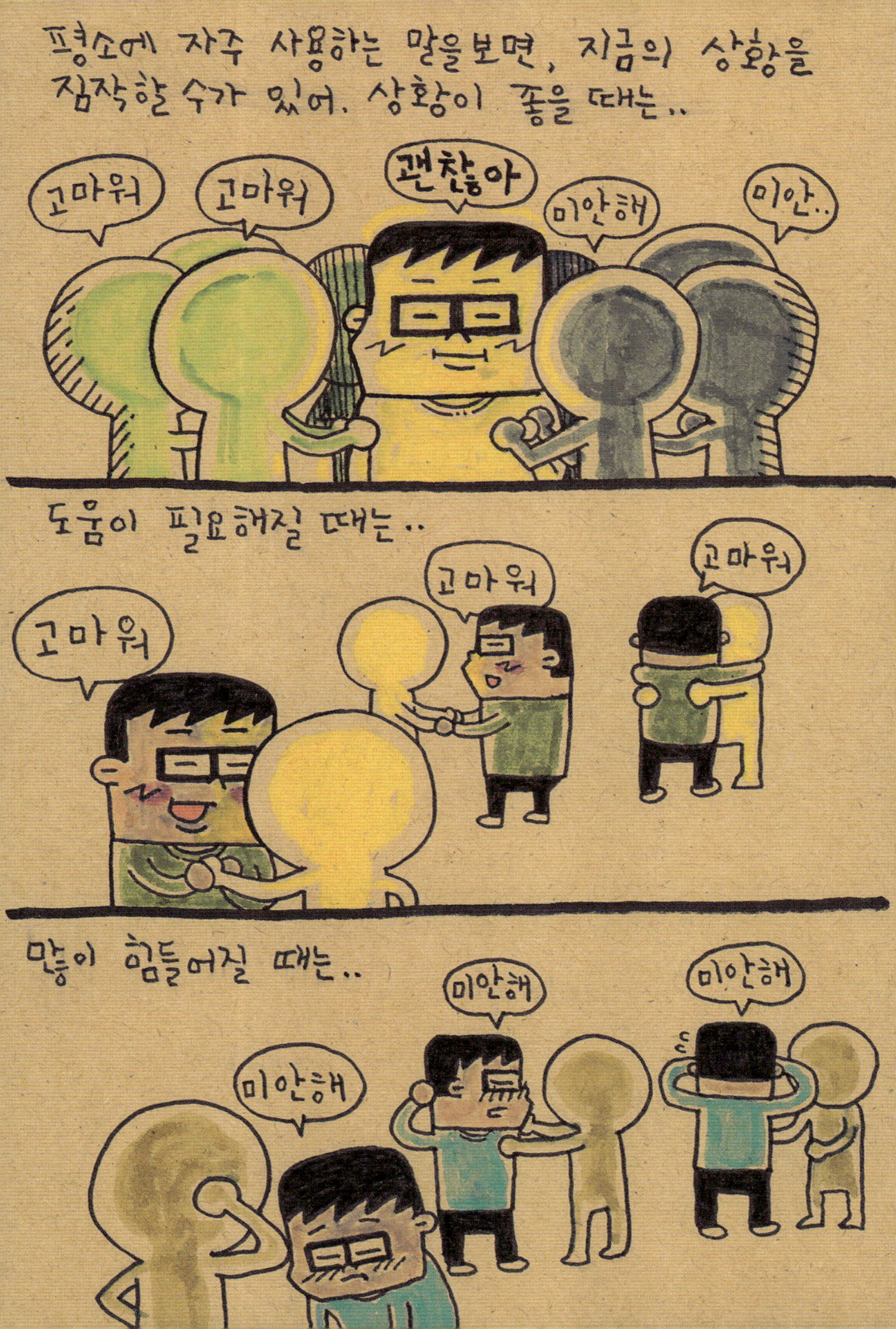

평소에 자주 사용하는 말을 보면, 지금의 상황을 짐작할 수가 있어. 상황이 좋을 때는..
고마워
고마워
괜찮아
미안해
미안..
도움이 필요해질 때는..
고마워
고마워
고마워
많이 힘들어질 때는..
미안해
미안해
미안해

전화가 필요한 순간

함께 라는 이유로
늘 든든하고,
함께 하면 뭐든
할 수 있을 것만 같은,
마음을 터놓은 사이.. 친구

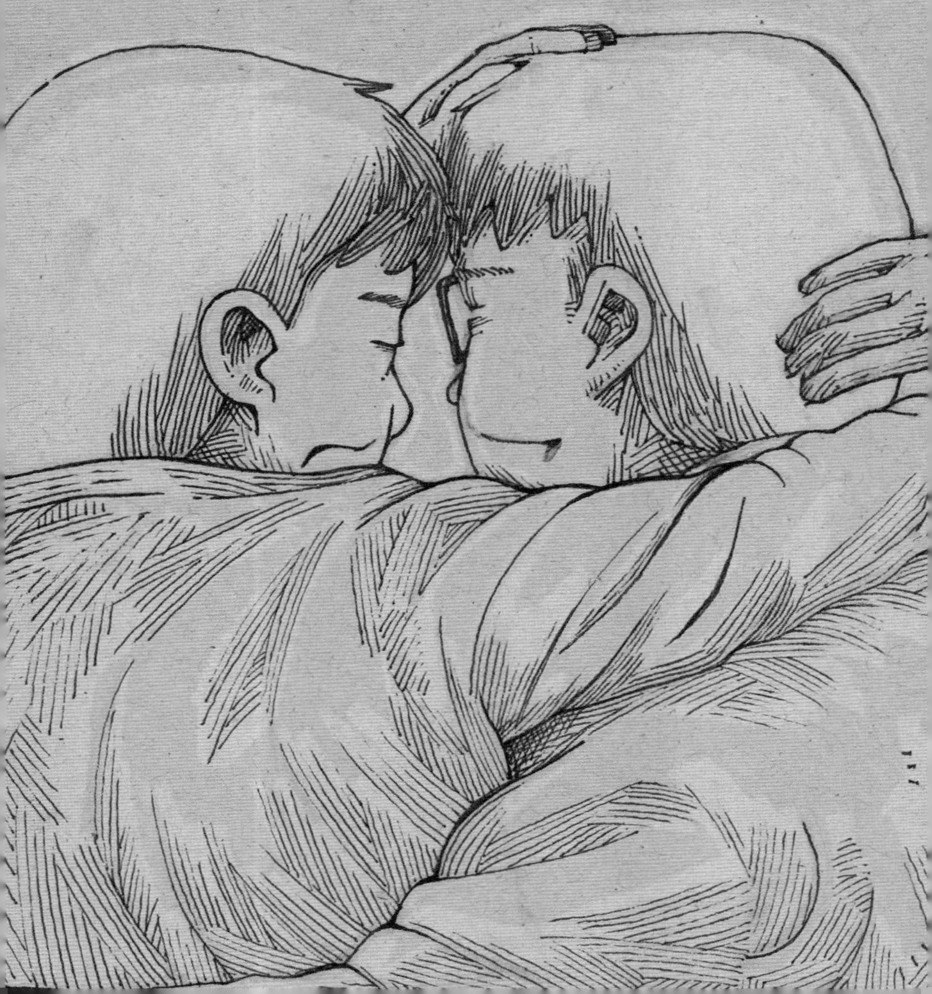

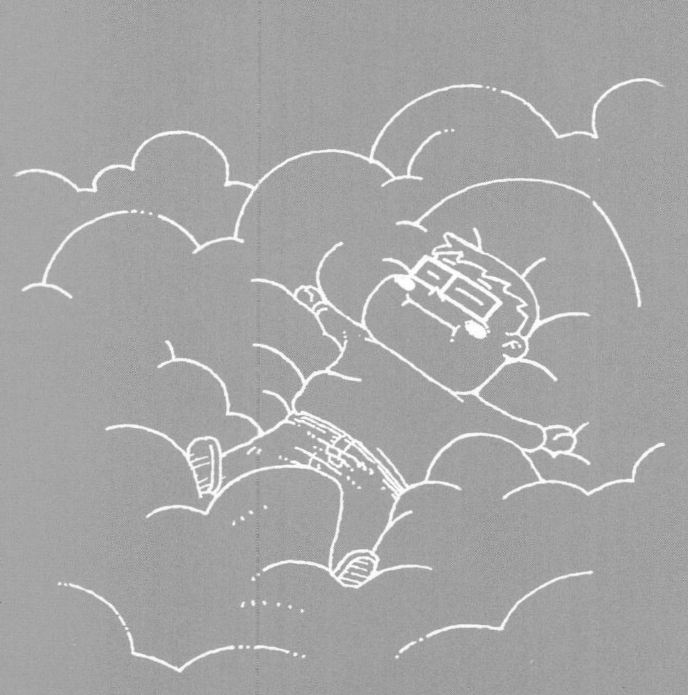

5장

그럼에도, 소소한 행복들

아픔도 이겨내는
일상의 소소함

아침부터 만원전철에 시달리고..

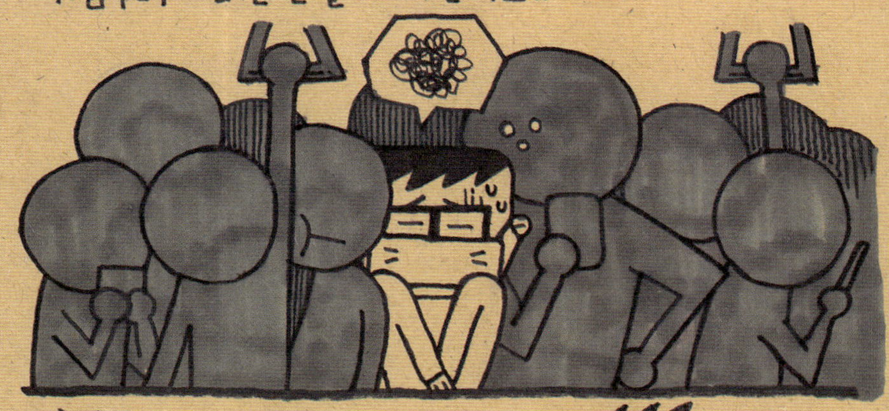

엄청난 고열에 두통까지..

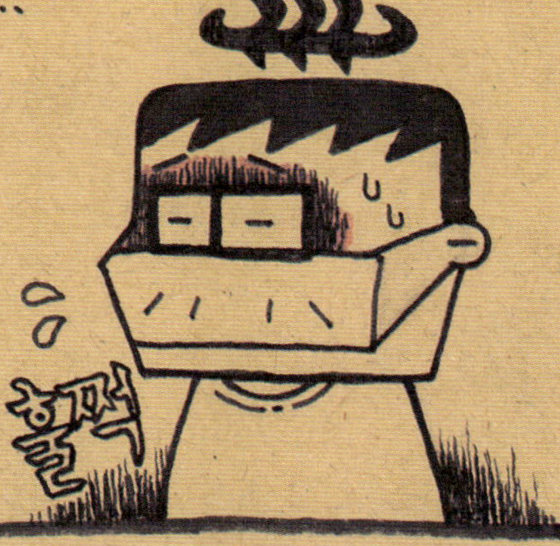

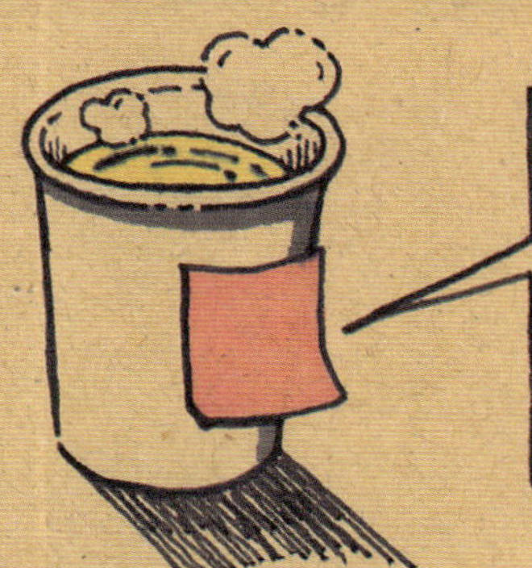

따뜻한 배려 하나로 이겨낼 수 있을것 같아.

오늘의 하루 중에
당신의 따뜻한 한마디를
필요로 하는 이가 있을지 몰라요

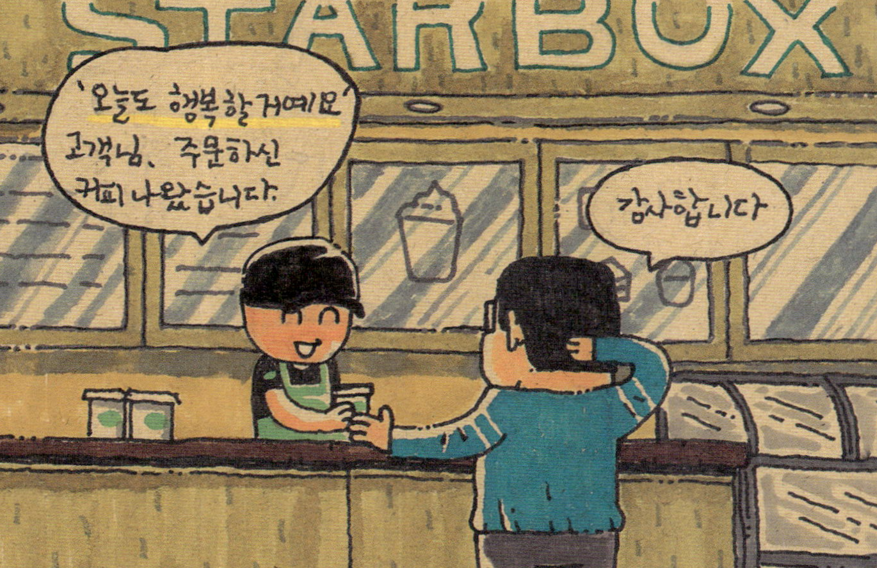
..가끔씩..
하루하루가 무척 힘들게 느껴질 때가 있어..
그럴 땐, 힘을 내는 나만의 방법이 있는데..
회원정보에서 ID를 바꾸고
카페 주문 앱을 활용하는 거야.
환영합니다
'오늘도 행복할거예요'
고객님, 주문하신
커피 나왔습니다.
감사합니다
STARBUX

아프고,
두렵고,
슬프고,

상처 받고,
화가 나고,

그런 일 없이
지나는
오늘 하루가

소중해,
고마워,
행복해,

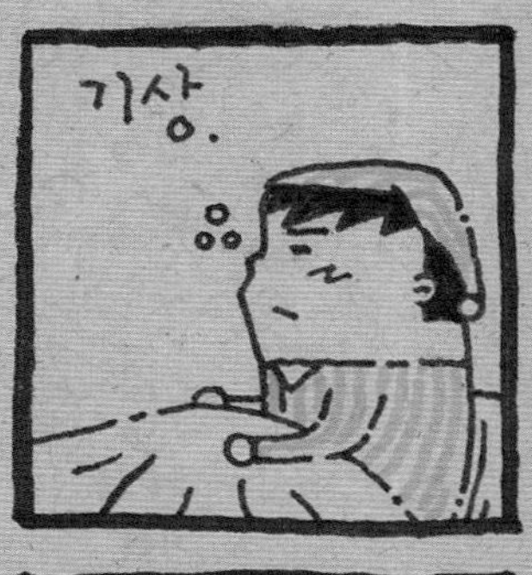

기상.

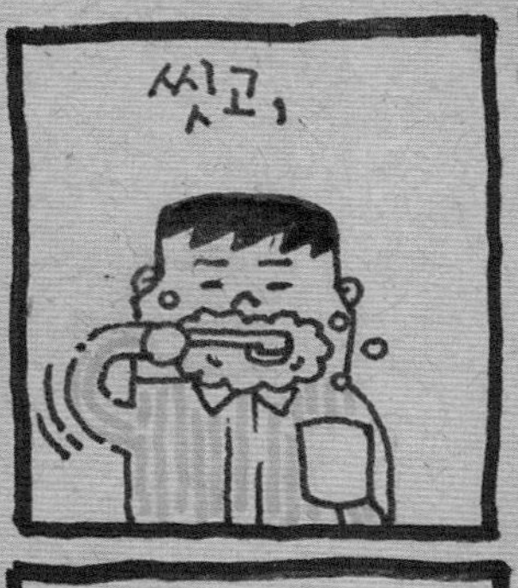

씻고,

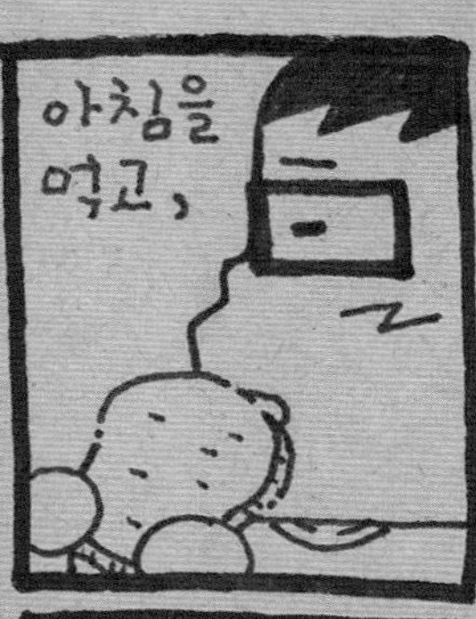

아침을
먹고,

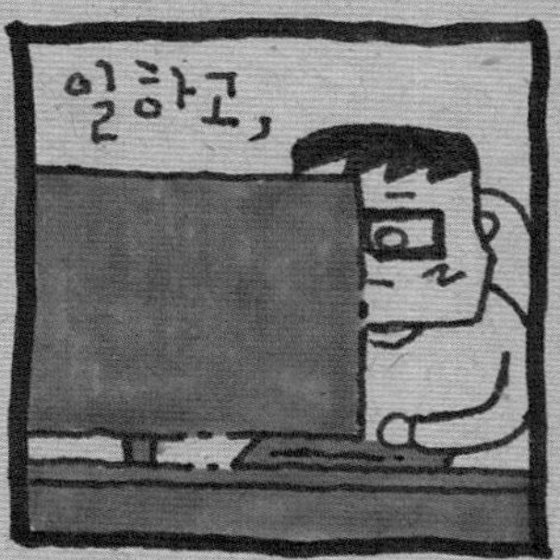

일하고,

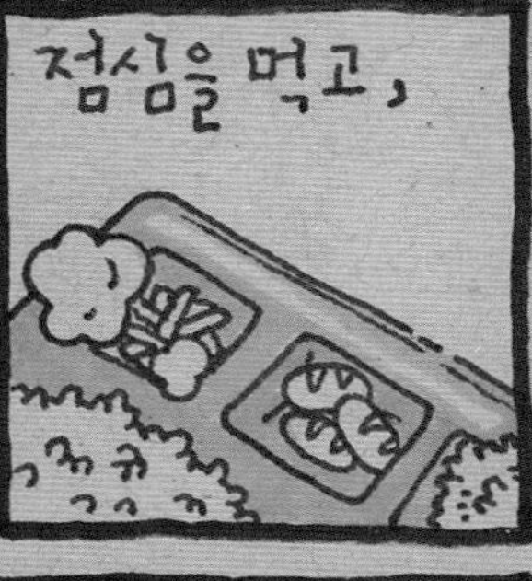

점심을 먹고,

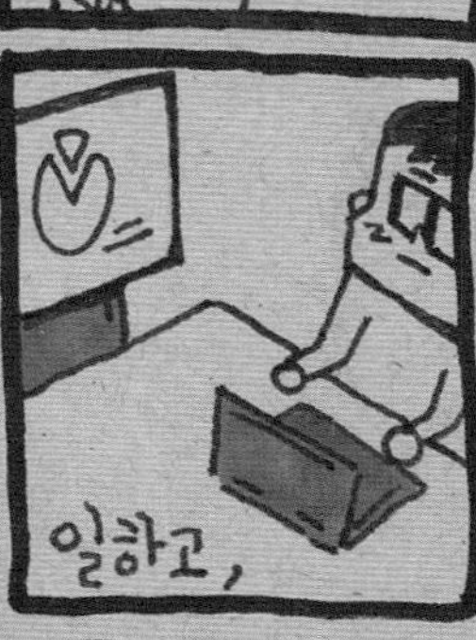

일하고,

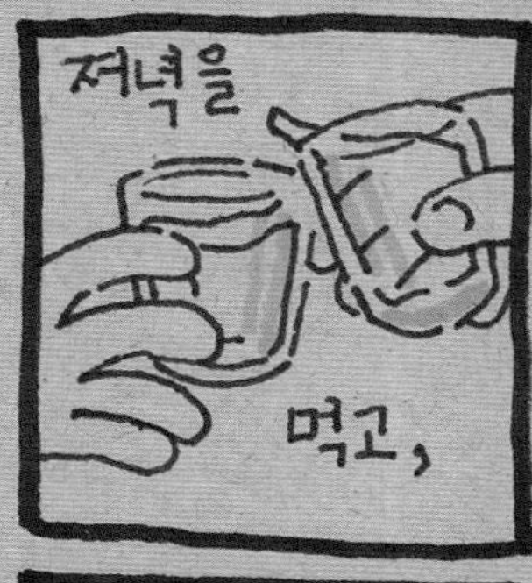

저녁을
먹고,

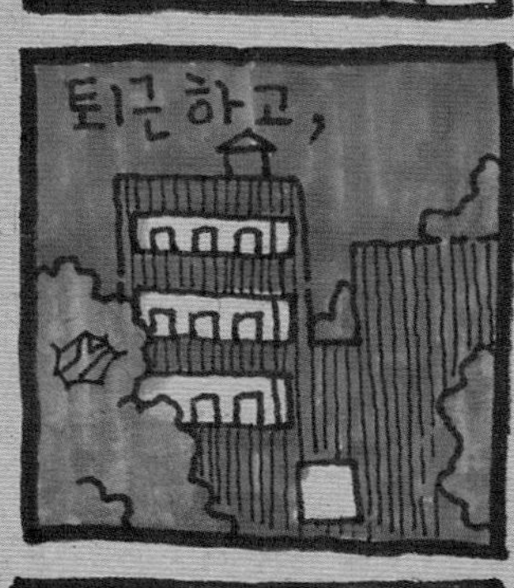

퇴근 하고,

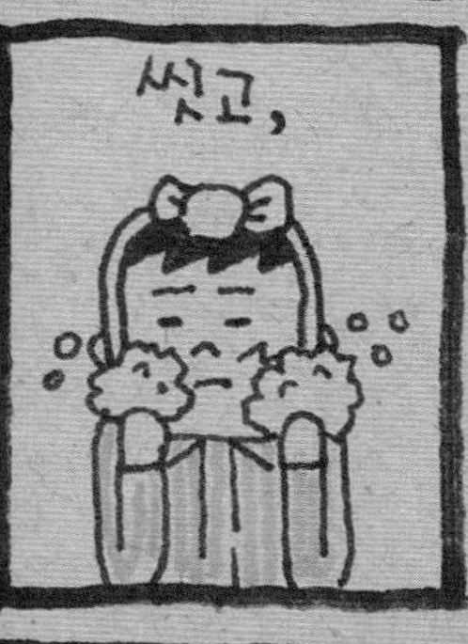

씻고,

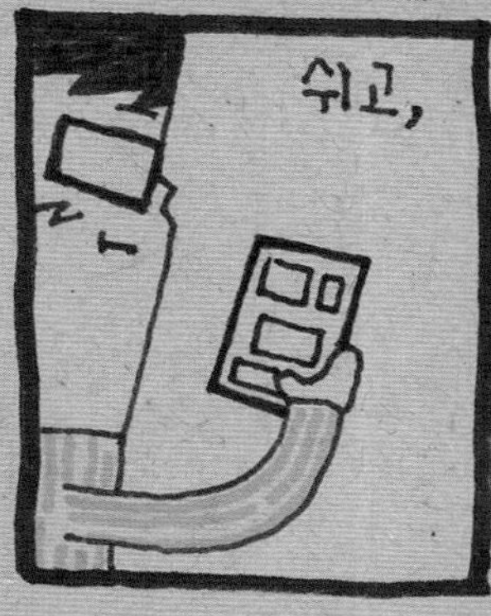

쉬고,

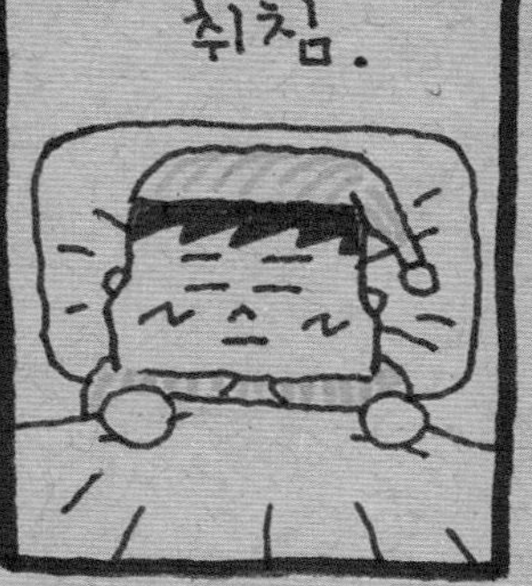

취침.

다행이야.
오늘도..
별일 없는
하루를
보낼 수 있어서
...

사람은 누구나
자신만의 마법을
가지고 있을지 몰라

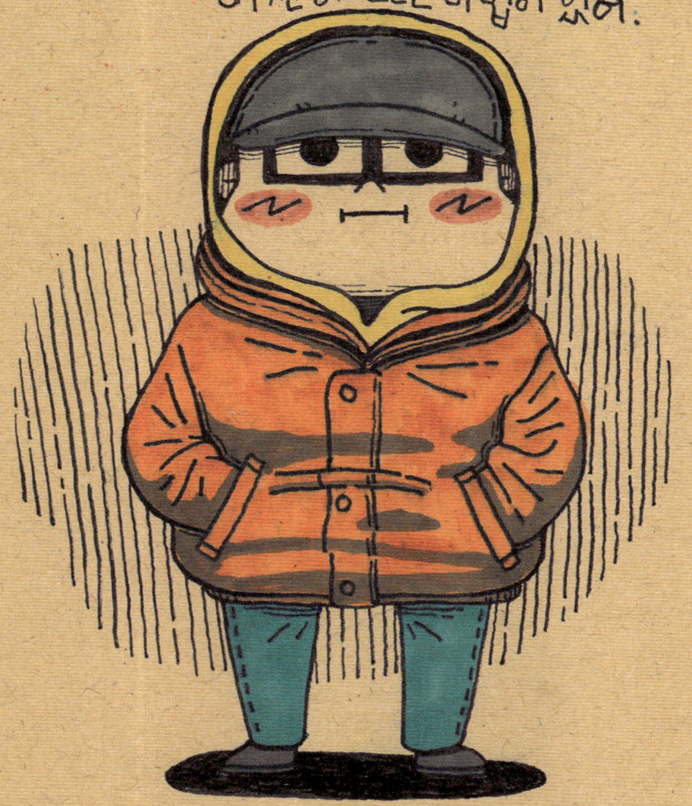

난 말이지 무척이나 아끼는
옷이 하나 있어.
왜 있잖아? 입으면 마음이
편해지고 기분이 좋아지는 옷.
20여년이 지났는데도 내껜
여전히 그런 마법이 있어.

사소한 것 하나로 기분이 사는 마법.
사는게 그래, 옷도 사람도 어쩌면
나에게 딱 맞는 짝이 있는것같아.

비가 오는 날을
사랑하게 되면

내리는 비만큼
행복하게 될까?

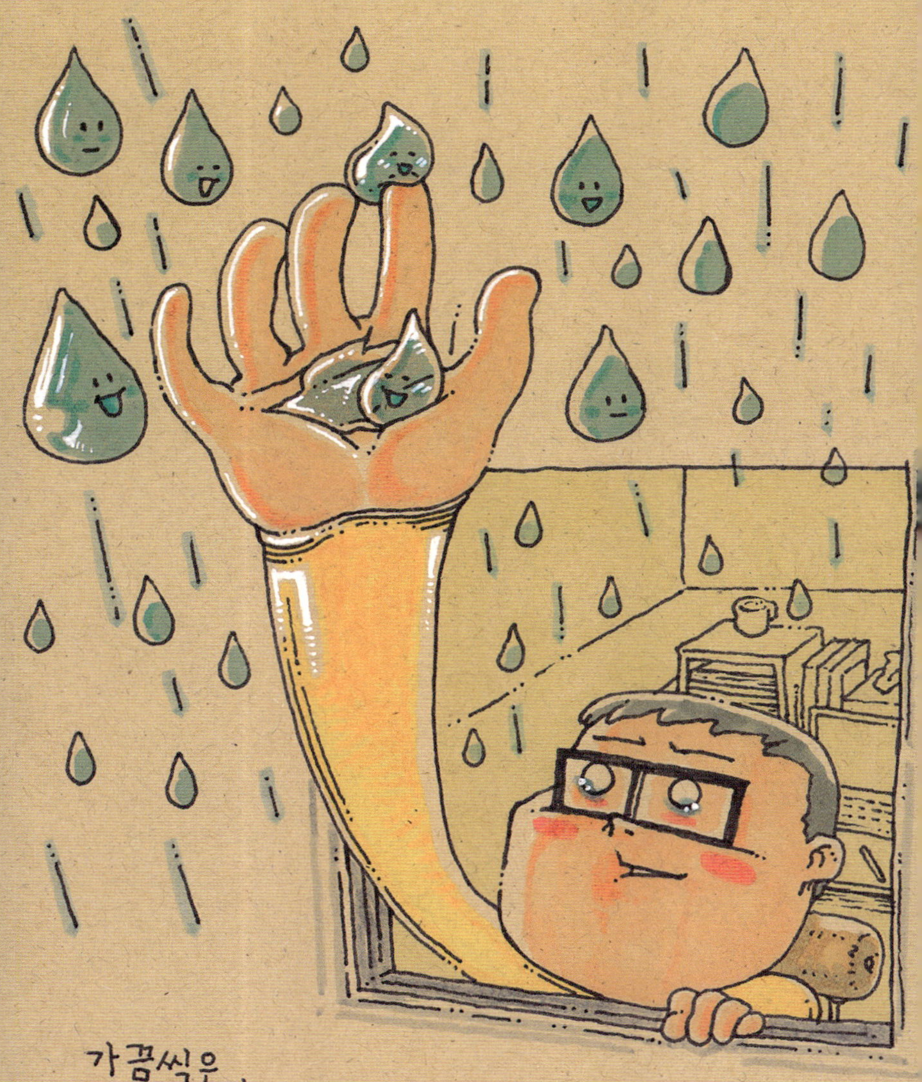

가끔씩은,
손 내밀면 닿을 거리에
내리는 빗방울만큼 행복이
찾아올거라 믿고싶어...

‘1+1’
행복을 찾아내는 행복

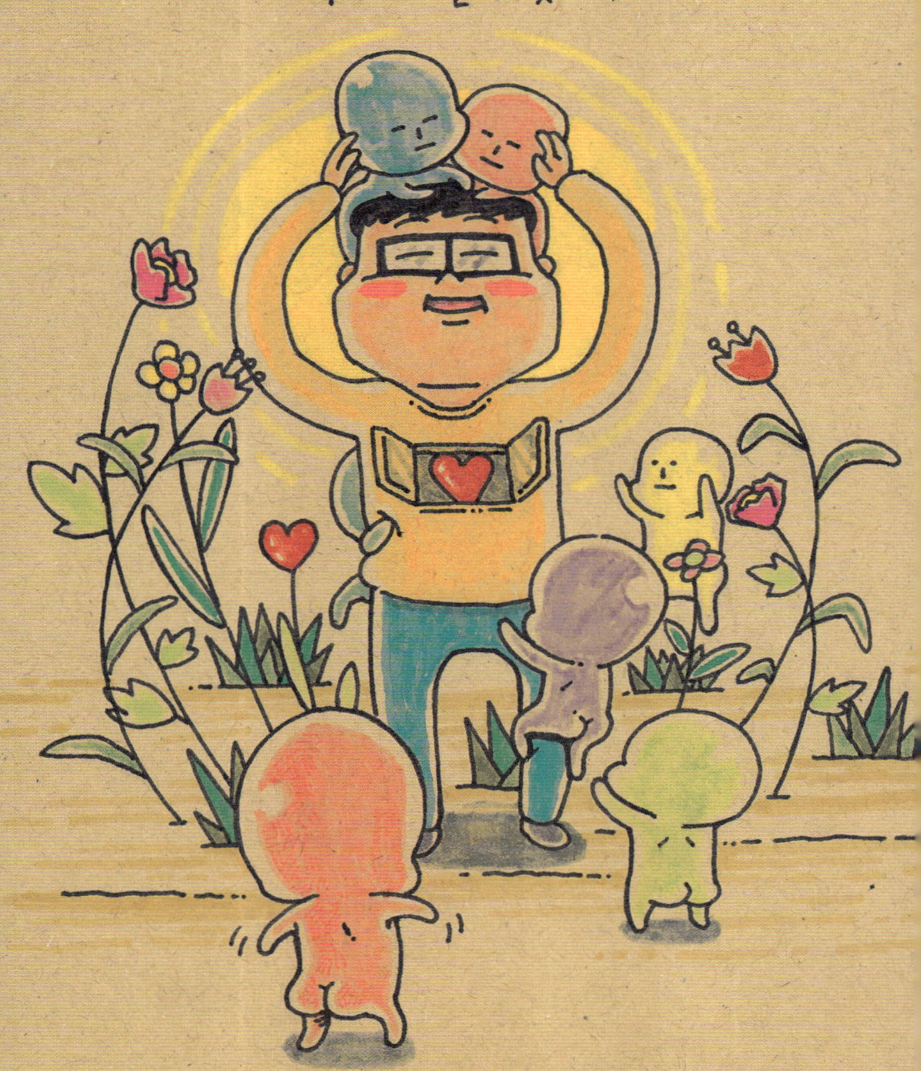
작은 일에 감사하고
좋았던 기분만 떠올리니
어느새 마음이 열리고
행복이 하나둘씩 찾아와

행복은 남에게
맡겨 둘 수 없는 법

알고 보면,
언제나 내 안에 있는 걸

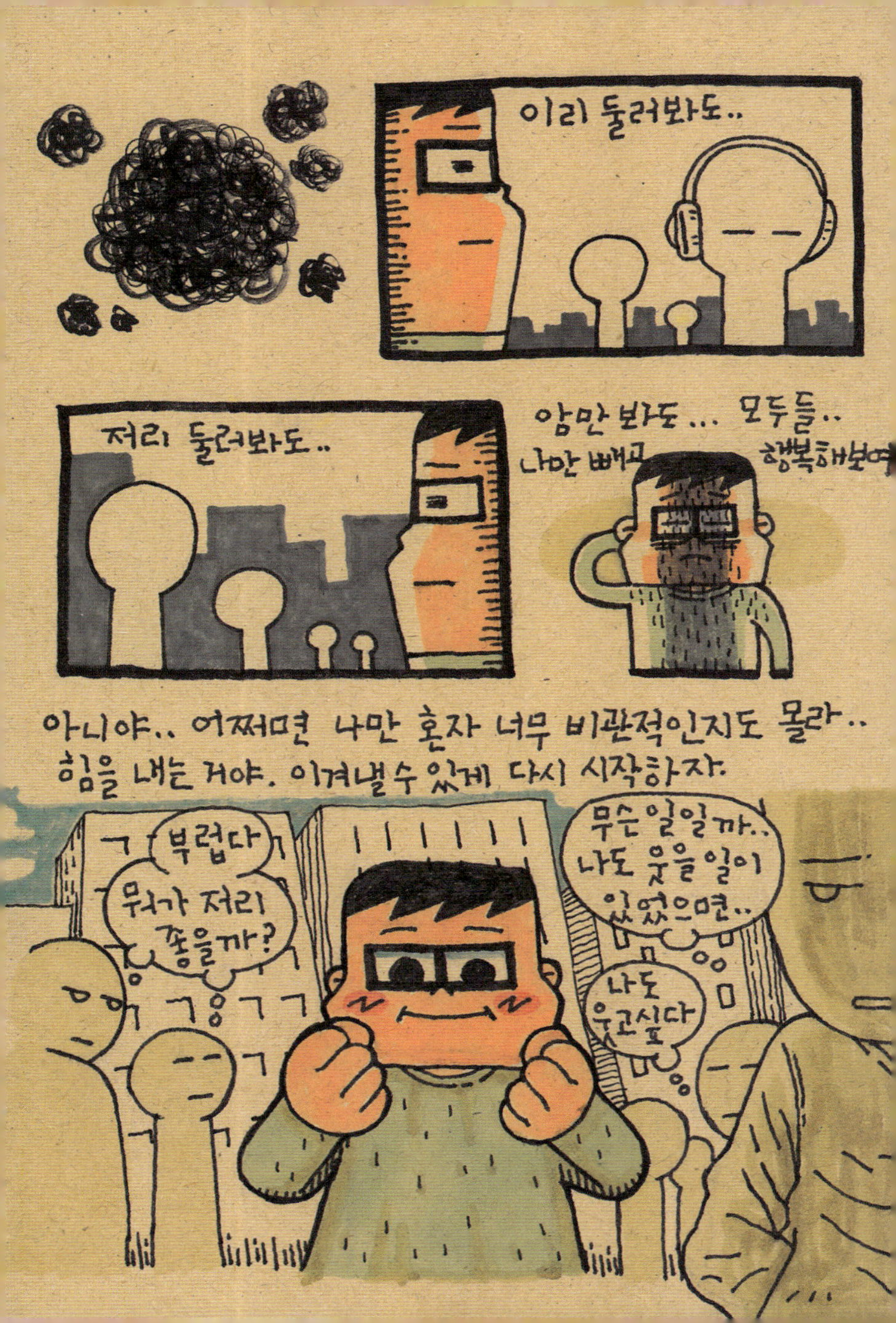

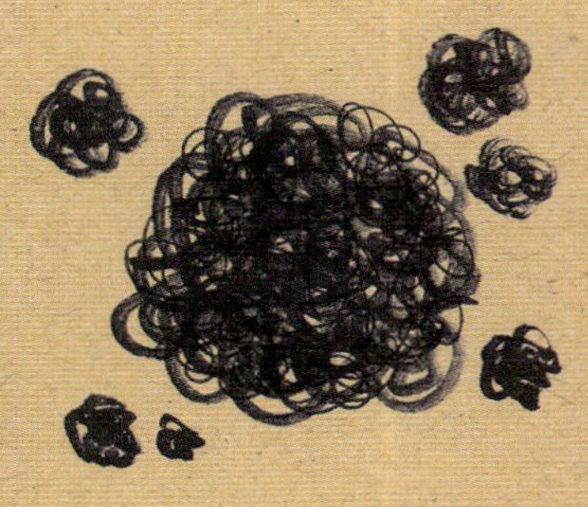

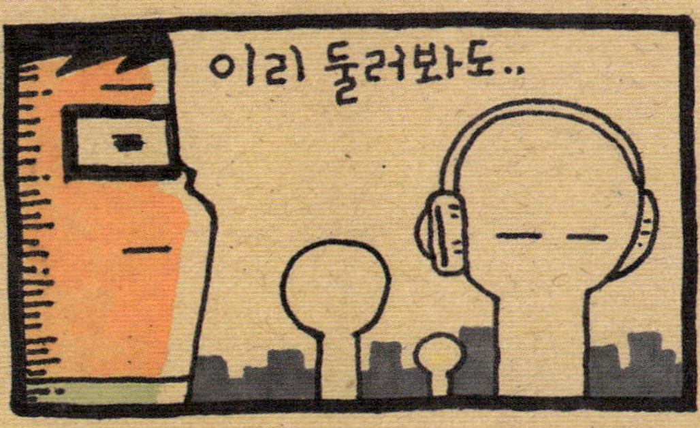

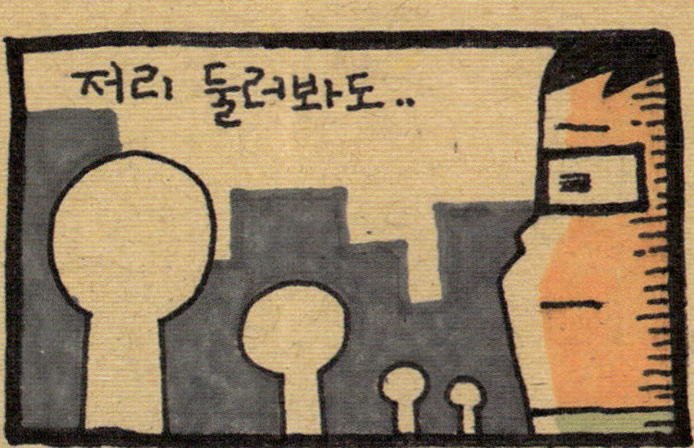

아니야.. 어쩌면 나만 혼자 너무 비관적인지도 몰라..
힘을 내는 거야. 이겨낼수 있게 다시 시작하자.

이 느낌, 이 기분
이대로 계속 되었으면
하다가도

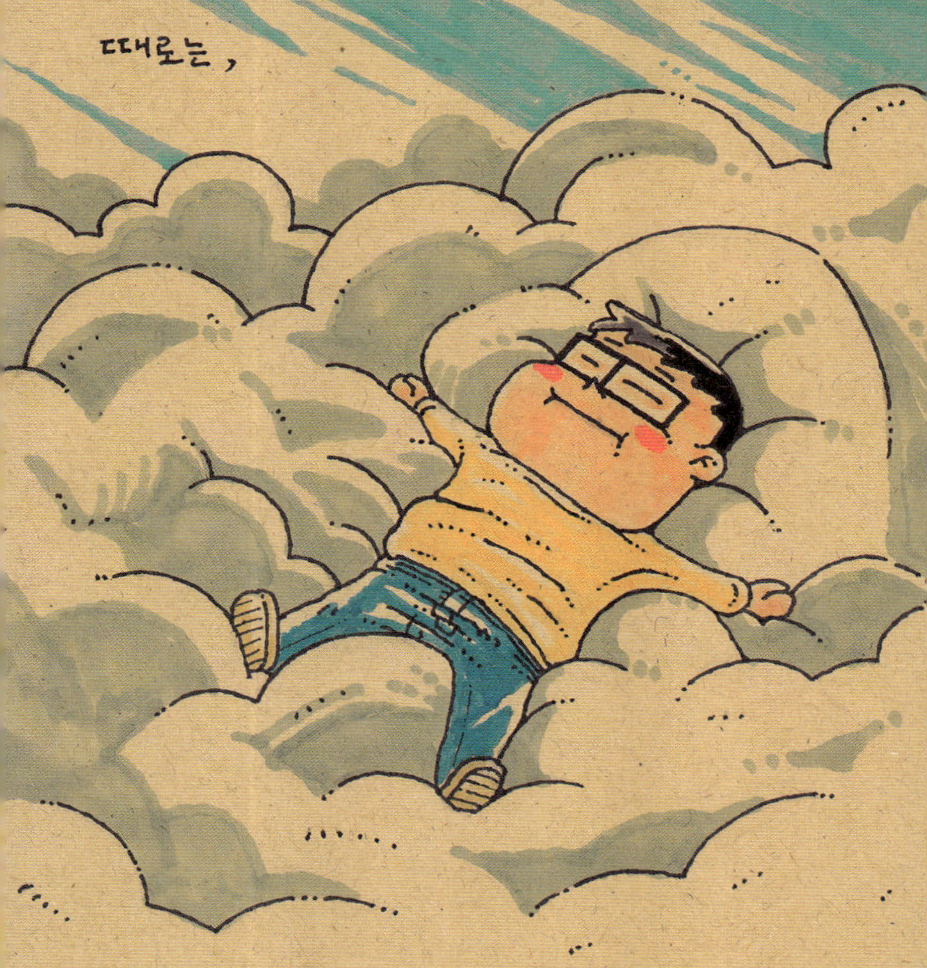

한없이 구름 위에 떠있는 듯
편안하고 평화로운 기분이 들기도 하고..

어느 순간,
모든 게 땅으로 꺼질 듯한
그런 두려움

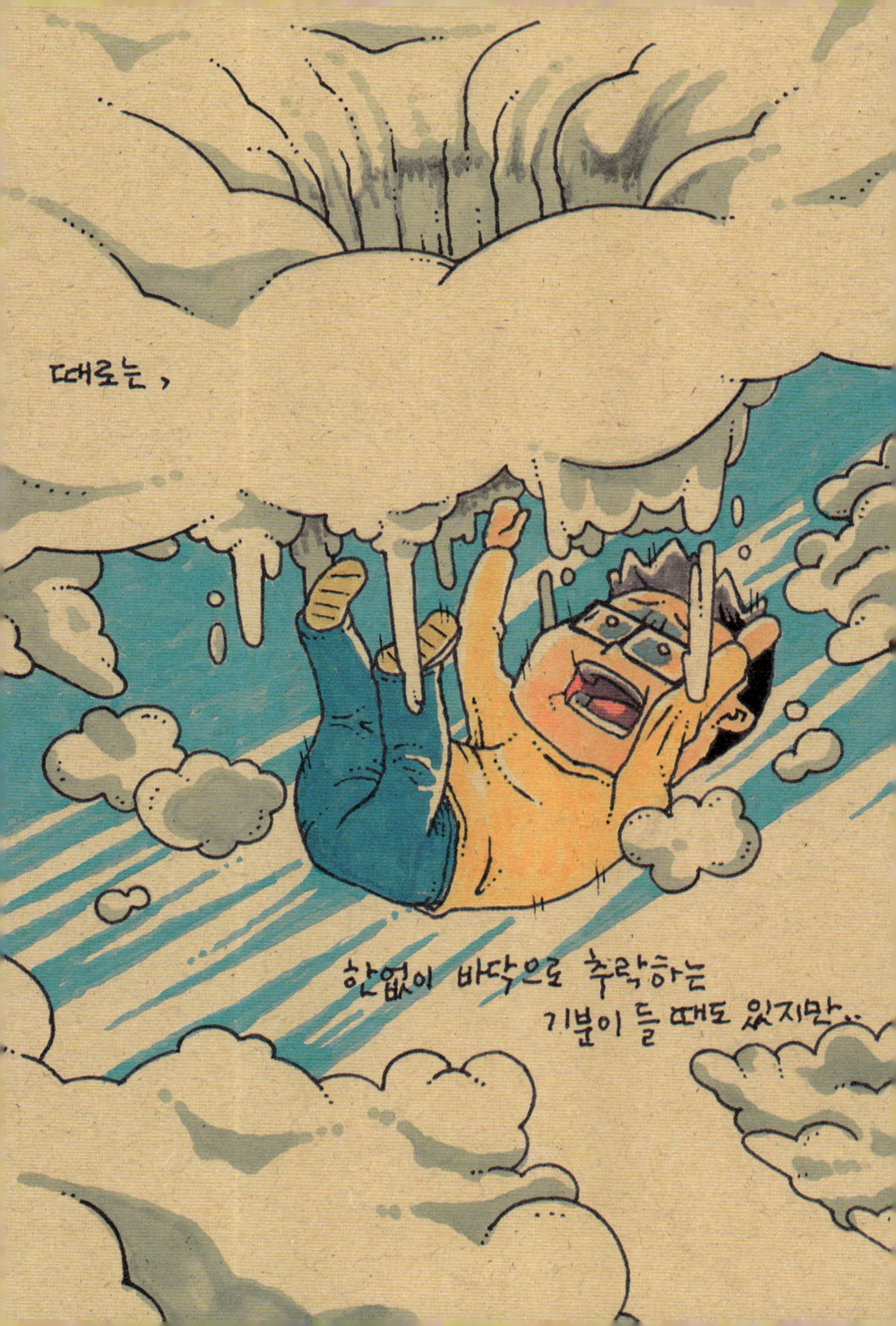
때로는 ,
한없이 바닥으로 추락하는
기분이 들 때도 있지만..

하지만

괜찮아
언제든 날아오를
준비가 되어 있다면

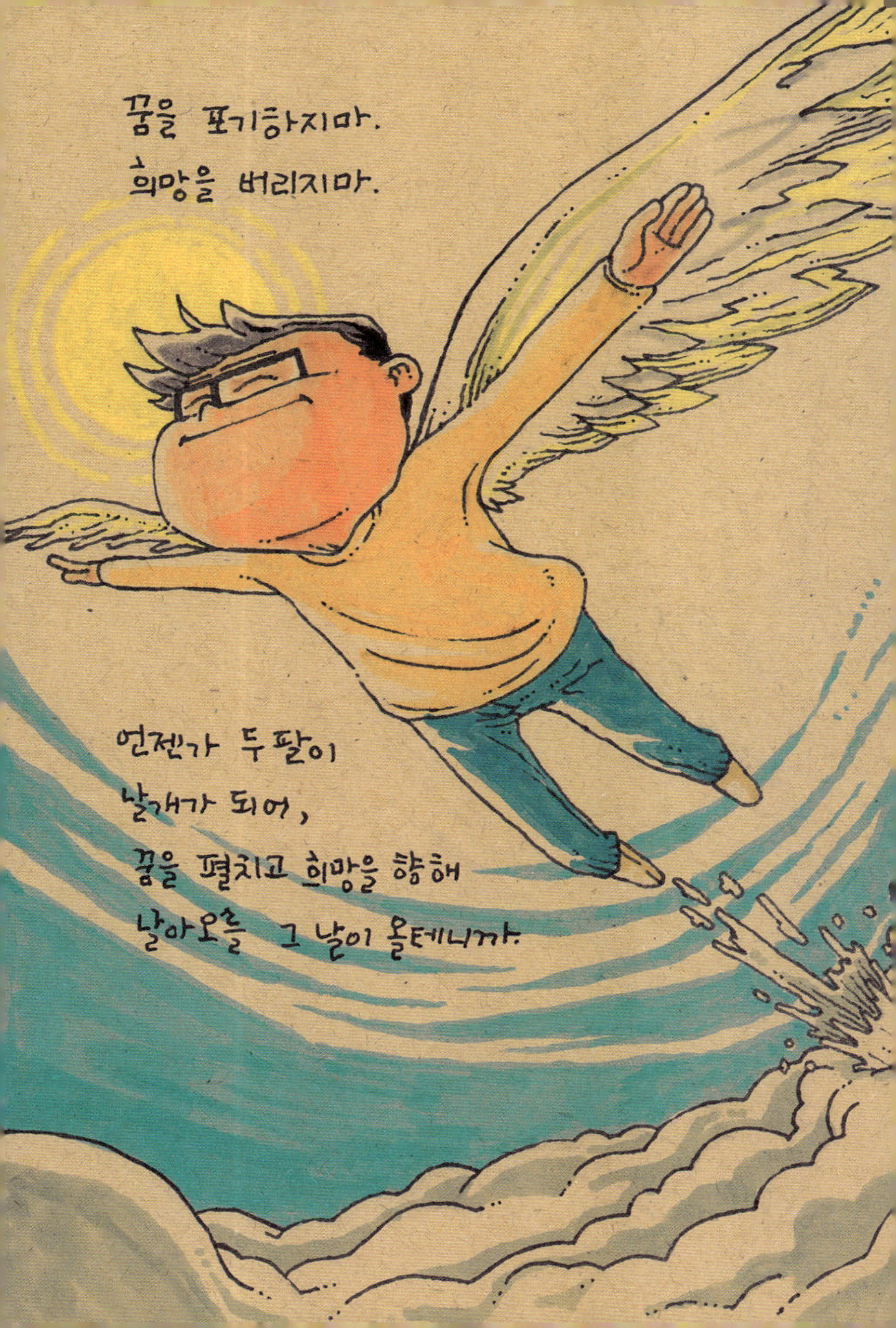

꿈을 포기하지마.
희망을 버리지마.

언젠가 두 팔이
날개가 되어,
꿈을 펼치고 희망을 향해
날아오를 그 날이 올테니까.

만약 당신이 지금,
이 페이지를 보고 있다면

가장 조용하고
편안한 장소를 찾아서
잠시 숨을 고른 후,

다음 페이지를 감상하세요

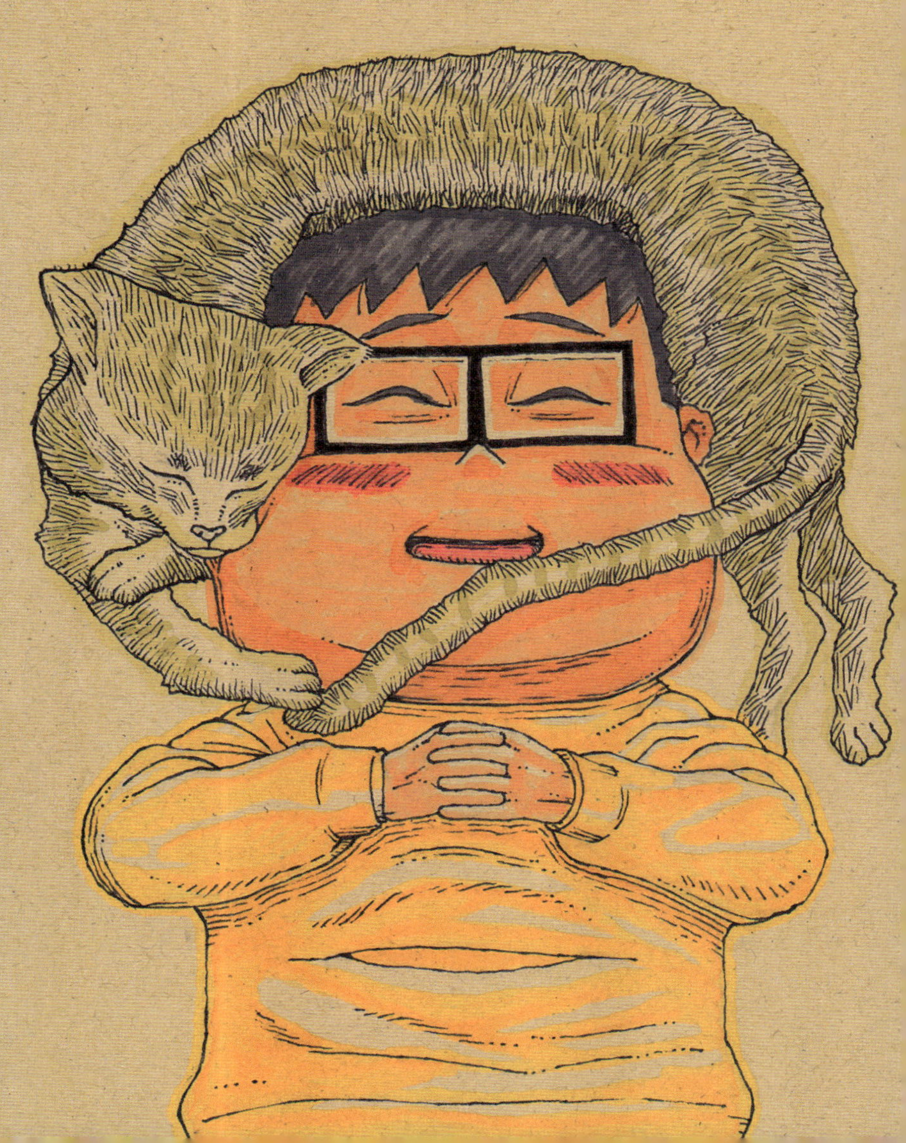

내게도 있어.
아무에게도 방해받고 싶지않은
나만의 완벽한 순간.

잘 들어요.
내 몸이 내 몸 같지 않다고 느껴진다면
휴식이 필요한 순간이에요.

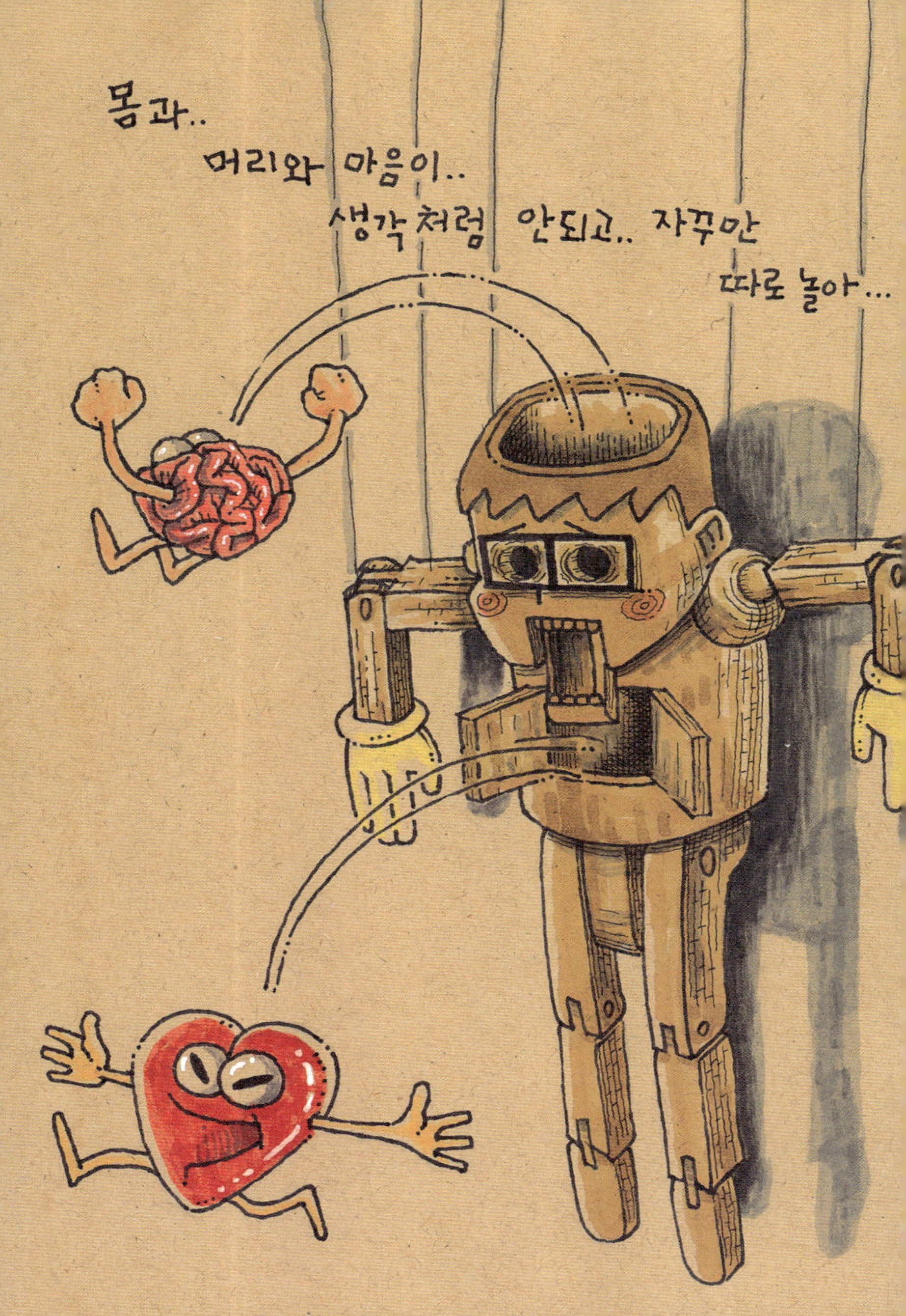

몸과..
머리와 마음이..
생각 처럼 안되고.. 자꾸만
따로 놀아...

어때요?
잠시 밖에서
쉬어가지 않을래요?

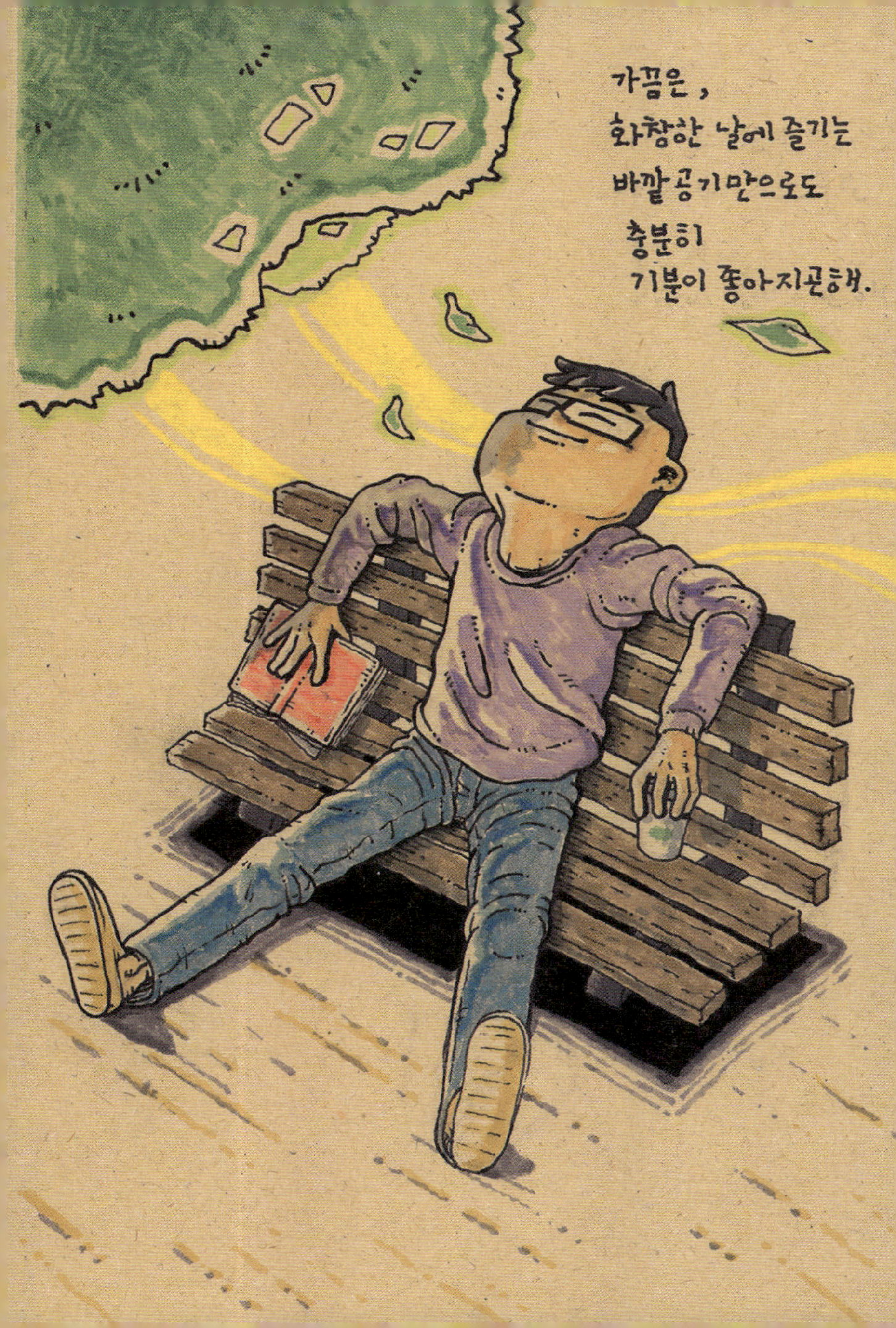
가끔은,
화창한 날에 즐기는
바깥 공기만으로도
충분히
기분이 좋아지곤해.

난 너하고 놀 수가 없어
난 아직 길들여지지 않았거든

길들여진다는게 무슨 말이야?

.. 네가 나를 길들이면
   우리는 서로 필요해져 ..

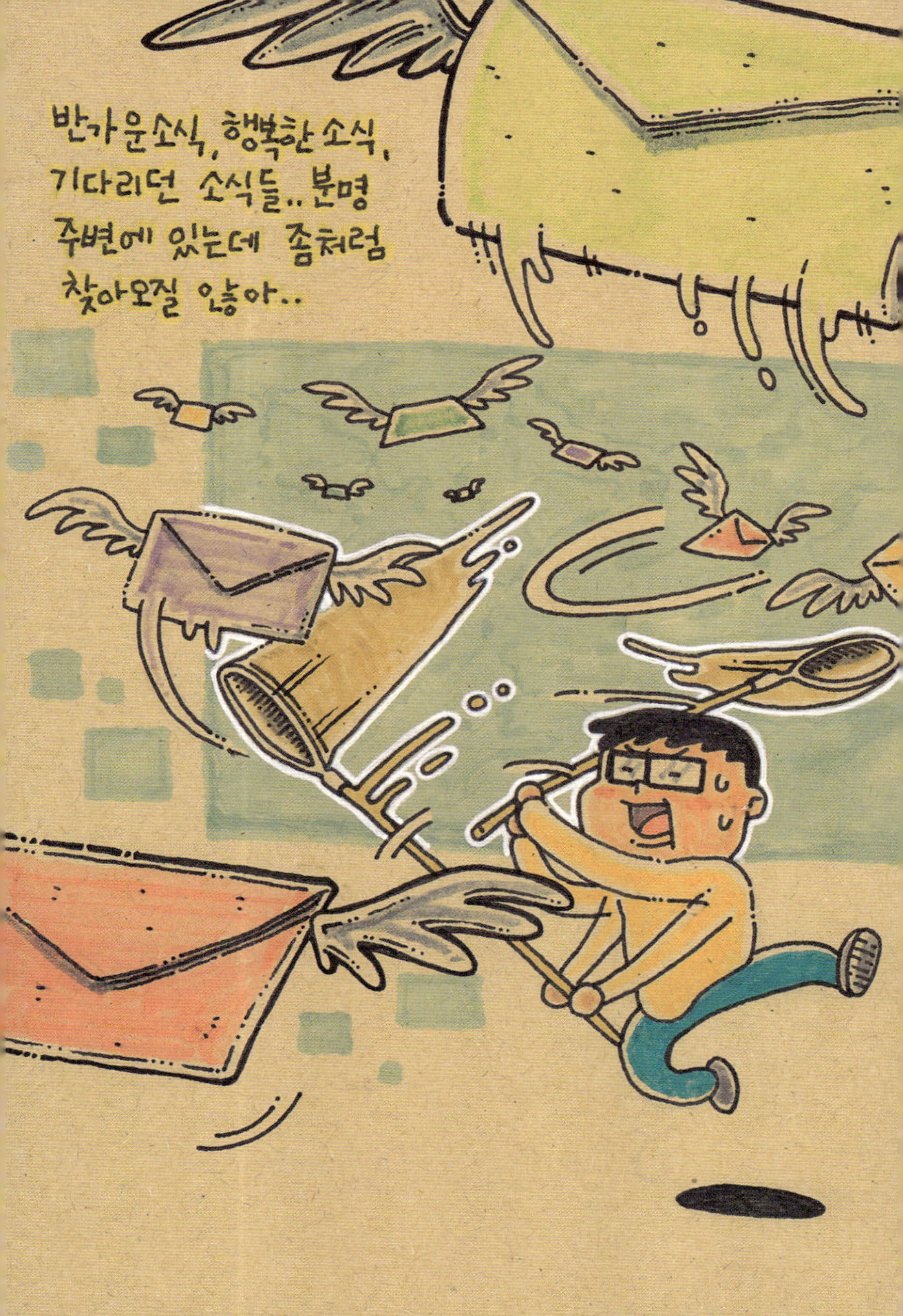

반가운 소식, 행복한 소식,
기다리던 소식들.. 분명
주변에 있는데 좀처럼
찾아오질 않아..

기다려묘
사람마다 걸리는
시간이 다를 뿐..

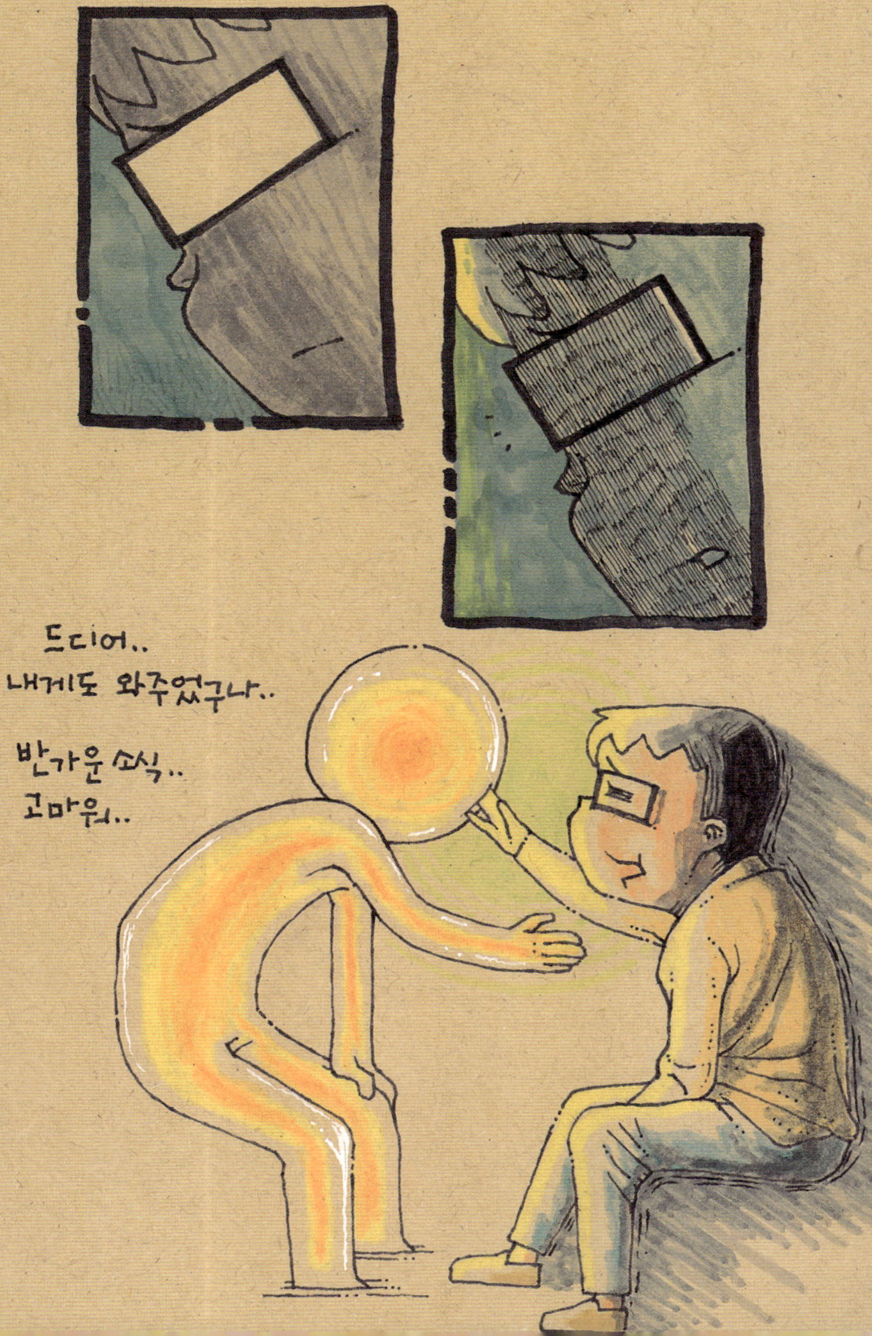

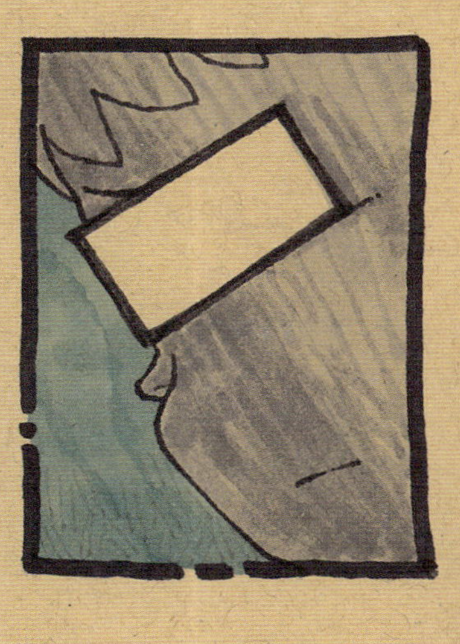
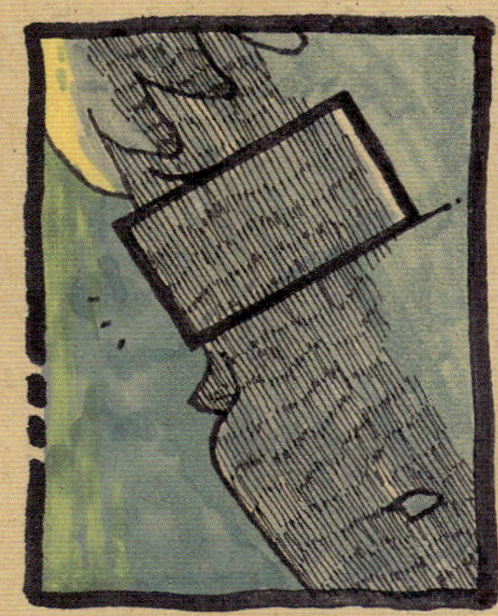

드디어..
내게도 와주었구나..

반가운 소식..
고마워..

가라사대

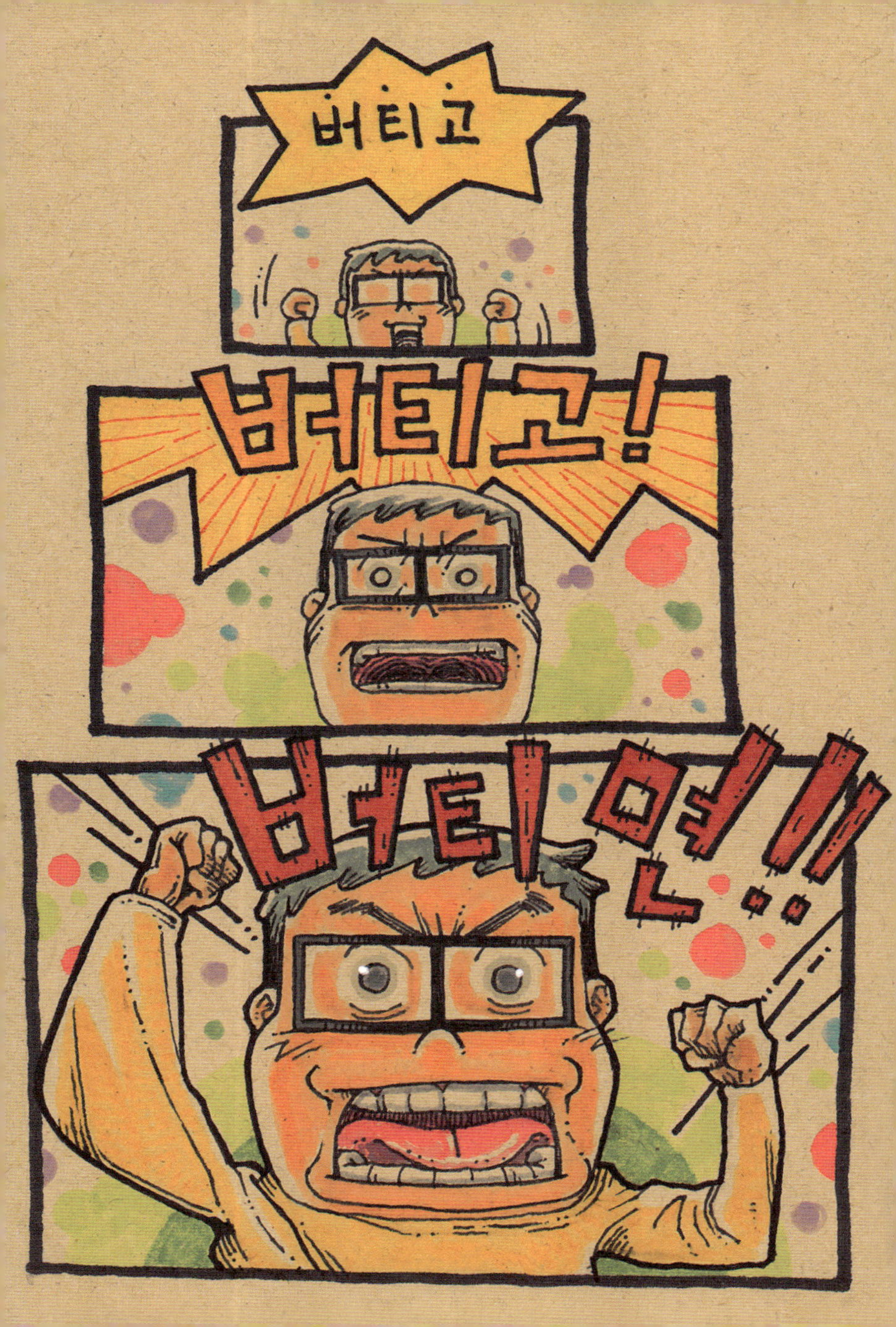
버티고
버티고!
버티임!!!

기회를 마주 할
준비는 되셨나요?

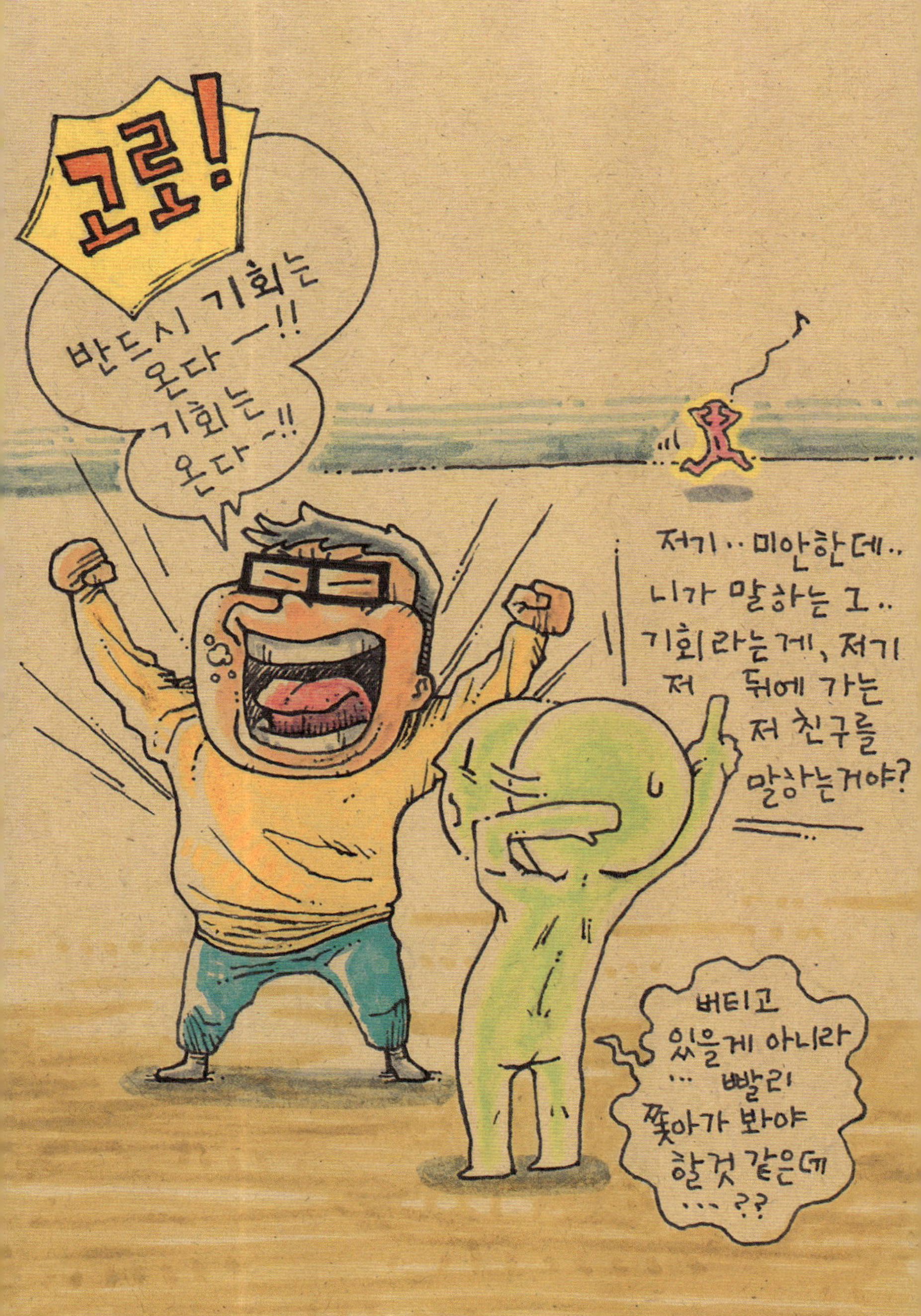
고로!
반드시 기회는 온다ㅡ!!
기회는 온다ㅡ!!
저기..미안한데..
니가 말하는 그..
기회라는게, 저기
저 뒤에 가는
저 친구를
말하는거야?
버티고
있을게 아니라
... 빨리
쫓아가 봐야
할것 같은데
... ??

느껴지나요?

왠지 좋은 일이
생길 것 같은 기분

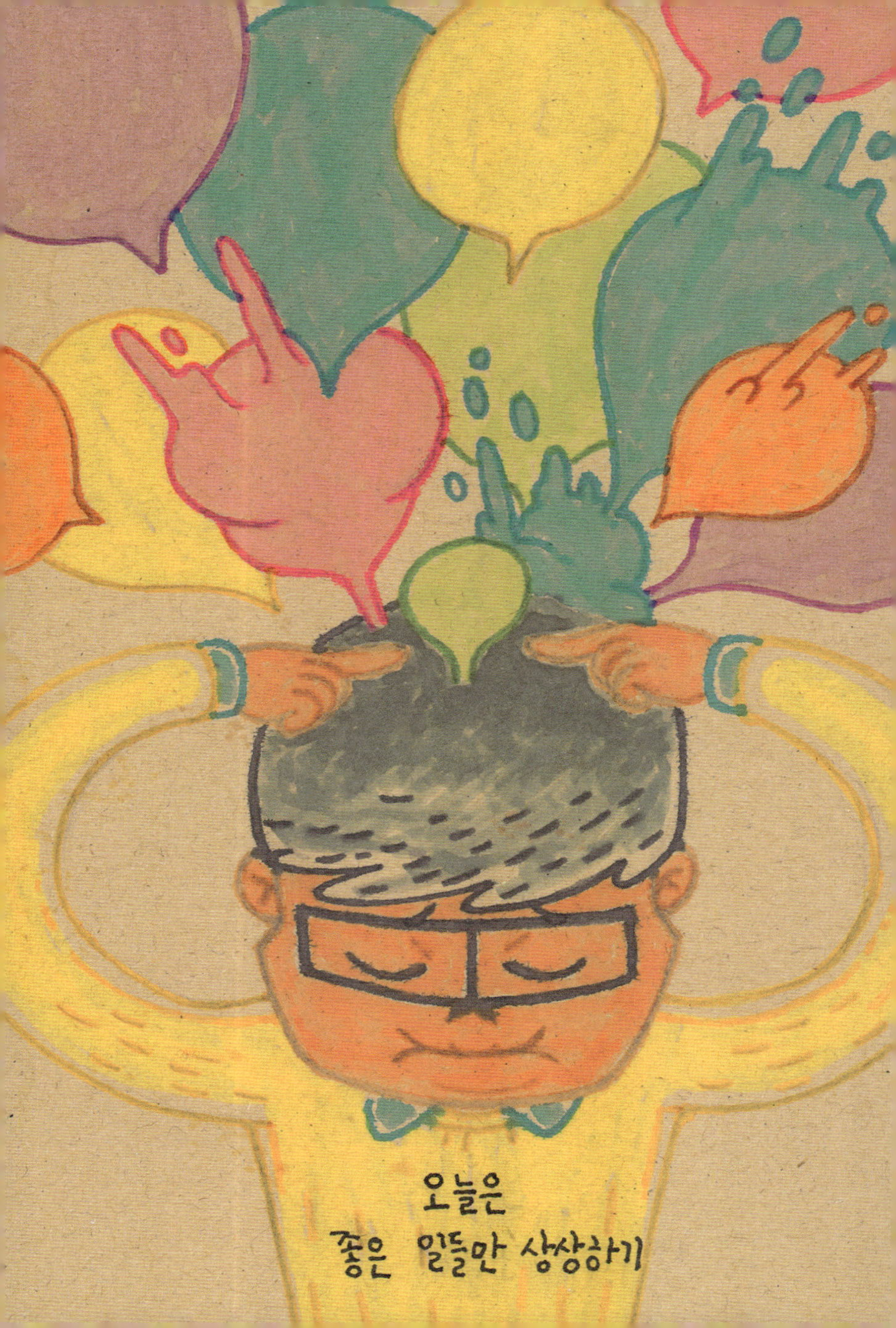
오늘은
좋은 일들만 상상하기

○% 장담하는데, 따라만 하면
무조건 기분이 좋아집니다

〈기분이 좋아지는 비법〉

1. 자신이 제일 좋아하는 옷을 입는다.
2. 자신이 제일 좋아하는 장소를 간다.
3. 자신이 제일 좋아하는 음악을 튼다.
4. 우측 그림의 체조를 따라 한다.
5. 하는 동안 무조건 크게 웃는다.
6. 자신이 제일 좋아하는 사람을 만난다.
7. 자신이 제일 좋아하는 음식을 먹는다.

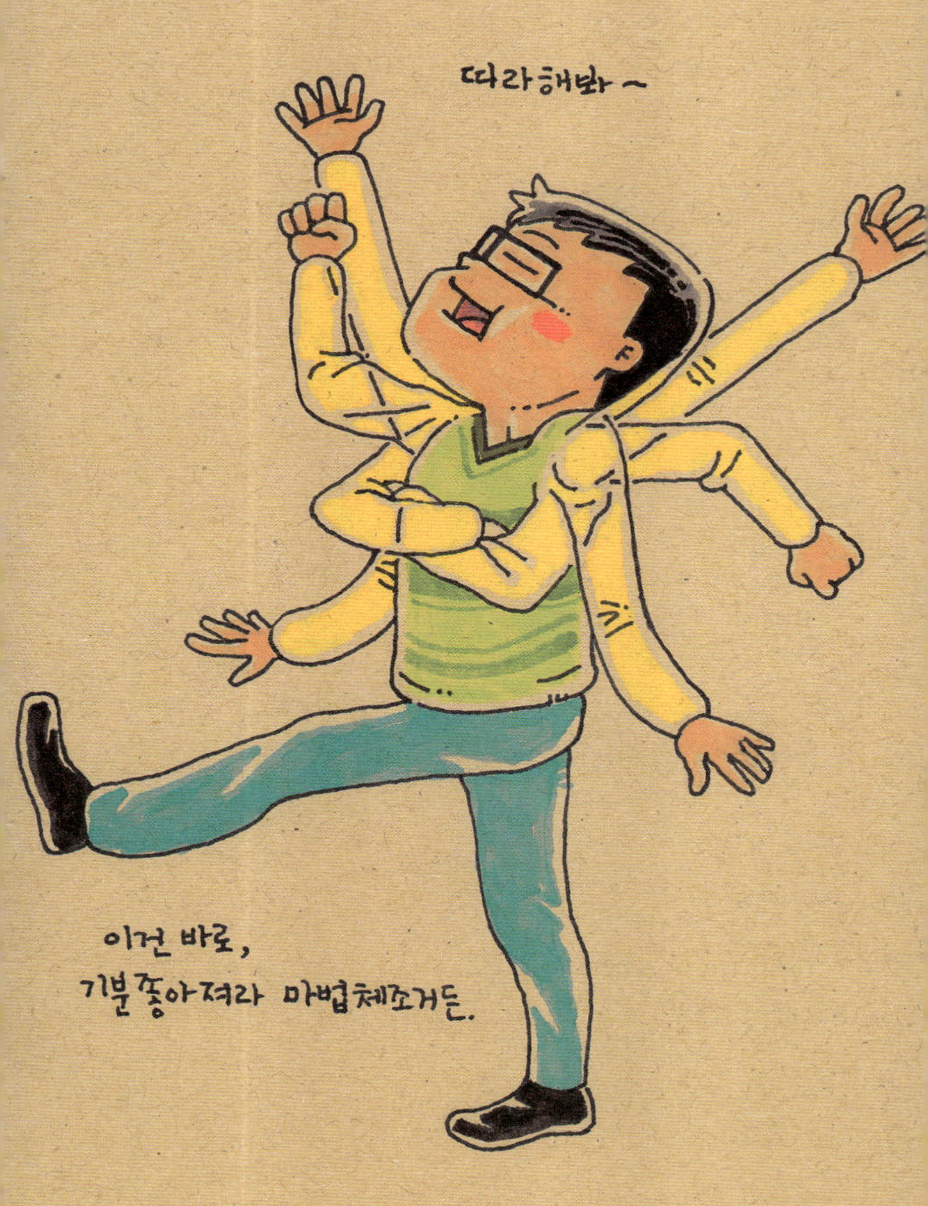

따라해봐 ~
이건 바로,
기분 좋아져라 마법체조거든.

나에게 세상에서
제일로 맛있는 밥은

허기를 채우기보다
마음을 채워주는 밥.

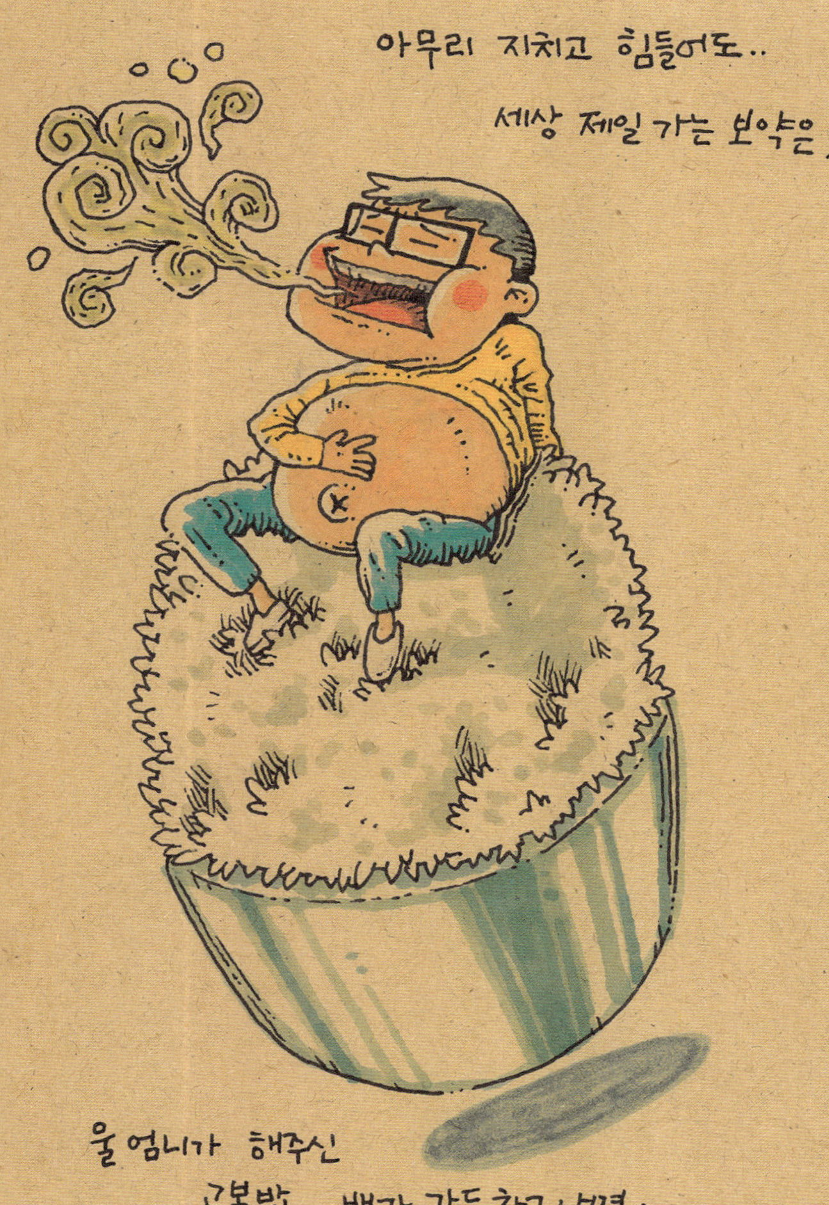

아무리 지치고 힘들어도..
세상 제일 가는 보약은,
울 엄니가 해주신
고봉밥 .. 배가 가득 차고 나면,
어느새 행복이 가득♥

참 다행인 것은,

고뇌에 시달리고,
문제에 부딪히고,
피로가 쌓여도,

이겨낼 방법이 있다는 것

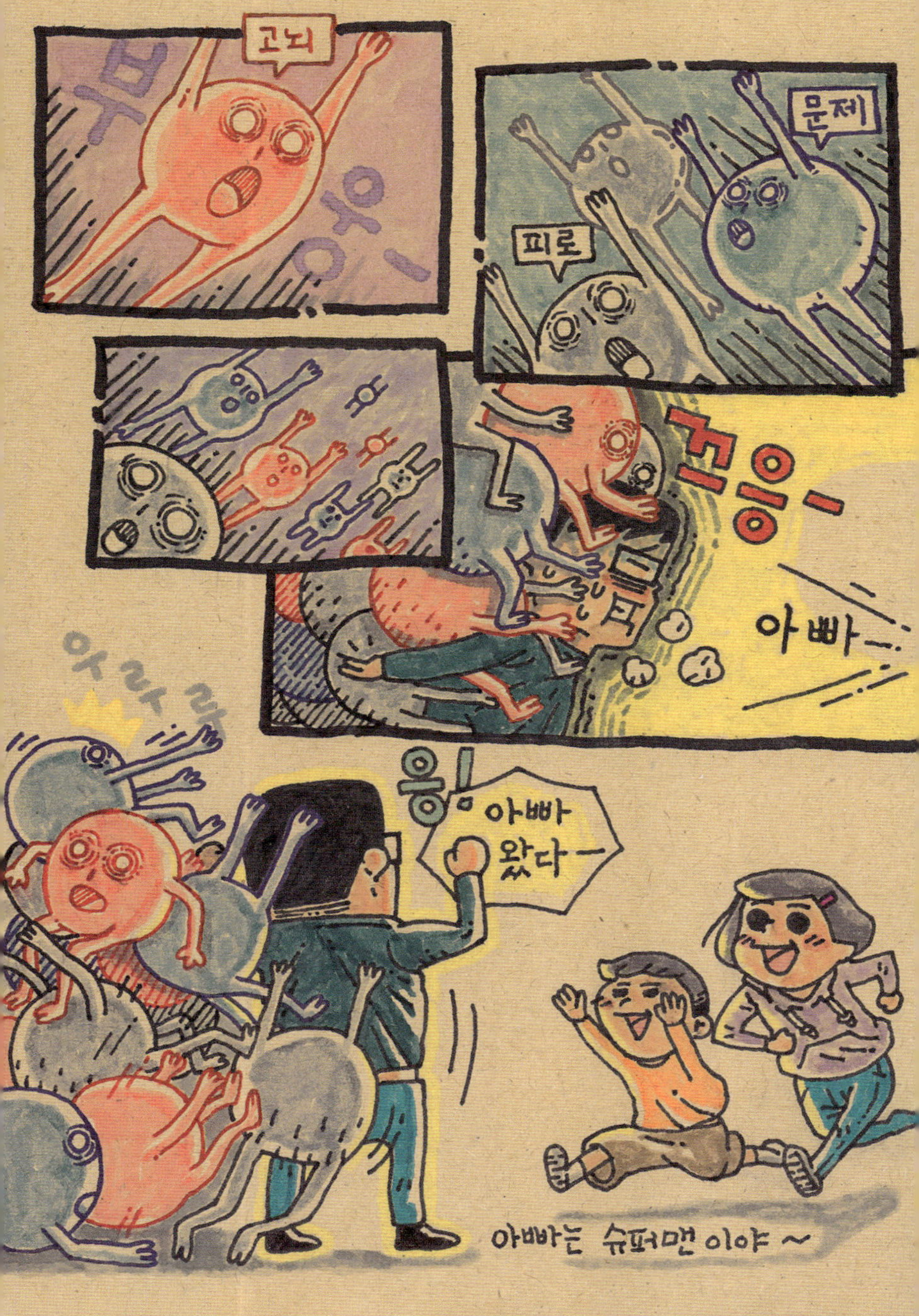

고뇌
문제
피로
피
잉
아빠
으
응!
아빠
왔다ㅡ
아빠는 슈퍼맨이야~

인생은..

그런때가 있어.
사는게 내 맘 같지 않은데,

조금은 지치는 것 같다고 느껴질 무렵..

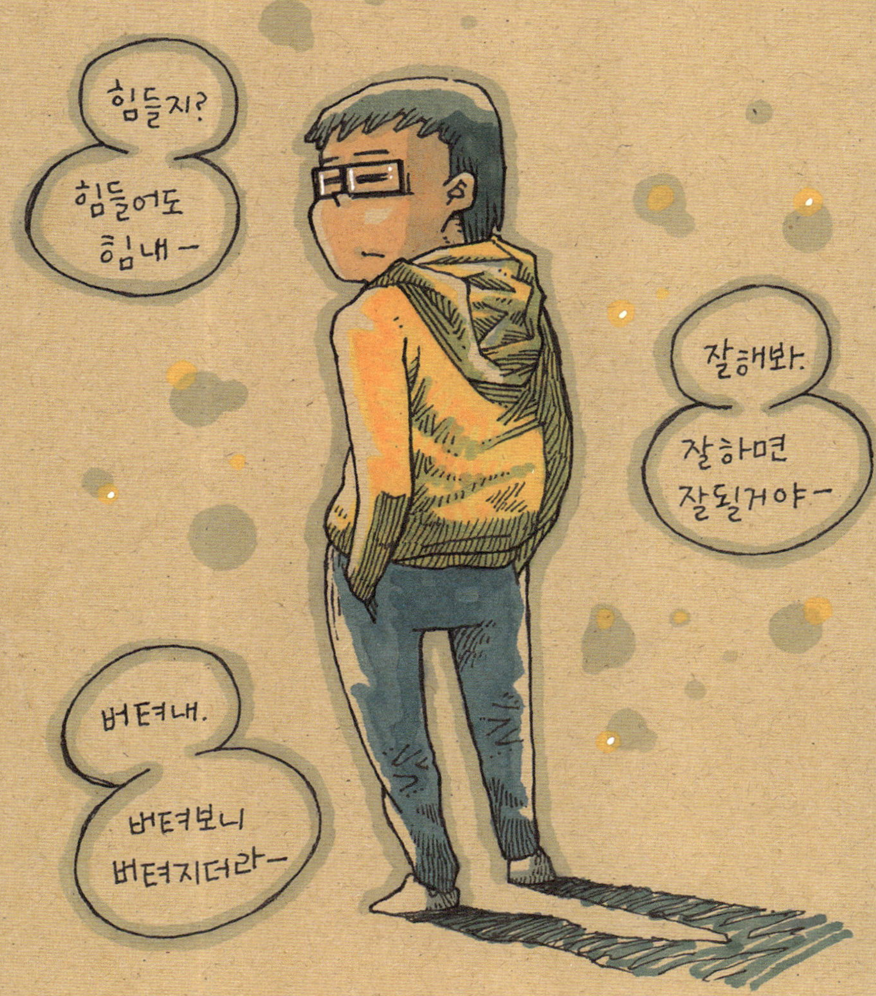

멀리서 보면 남의 일.
가까이서 보면 나의 일.

근데 말이야..

참 좋은 말인데..
참 고마운 말인데..

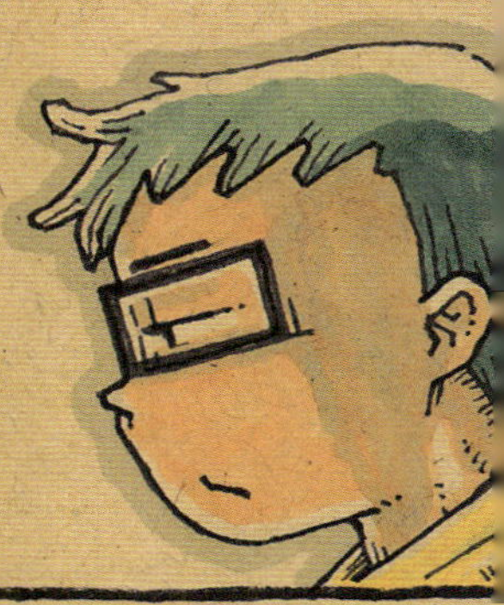

너무나 당연한
말 같아서..

도무지 이 가슴에
담아지지가
않더라구..

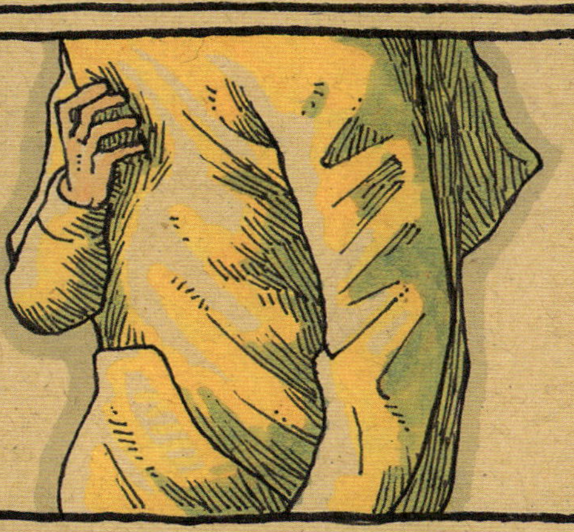

그때 문득
그런 마음이 드는거야.

누구나 공감할 수 있는
가슴에 담아두고 싶은
그런 이야기를 전하고 싶다.

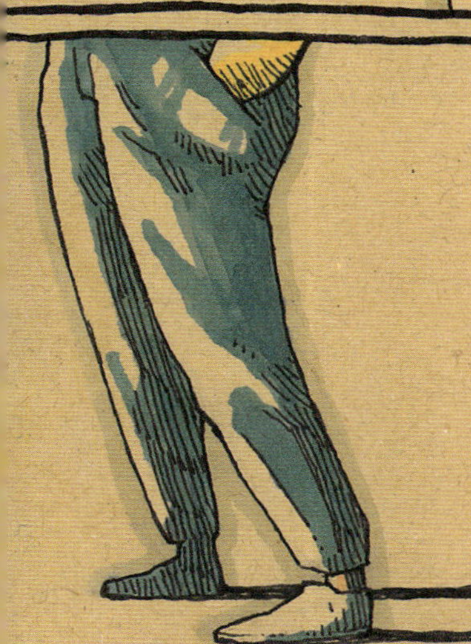

때로는 남의 일,
어쩌면 나의 일이 될지도 모를

뒤죽박죽 일상이지만..

서로
생각을 나누고,
마음을 연결한다면
분명,

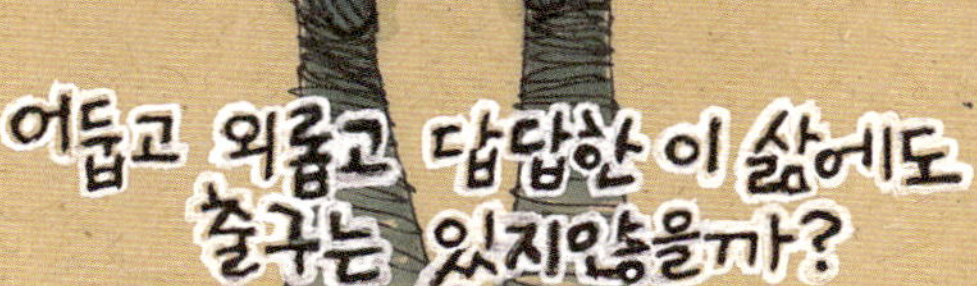

어둡고 외롭고 답답한 이 삶에도
출구는 있지않을까?

이것은

이대로
살아도
괜찮은지

질문을 던지는
이들을 위한 이야기

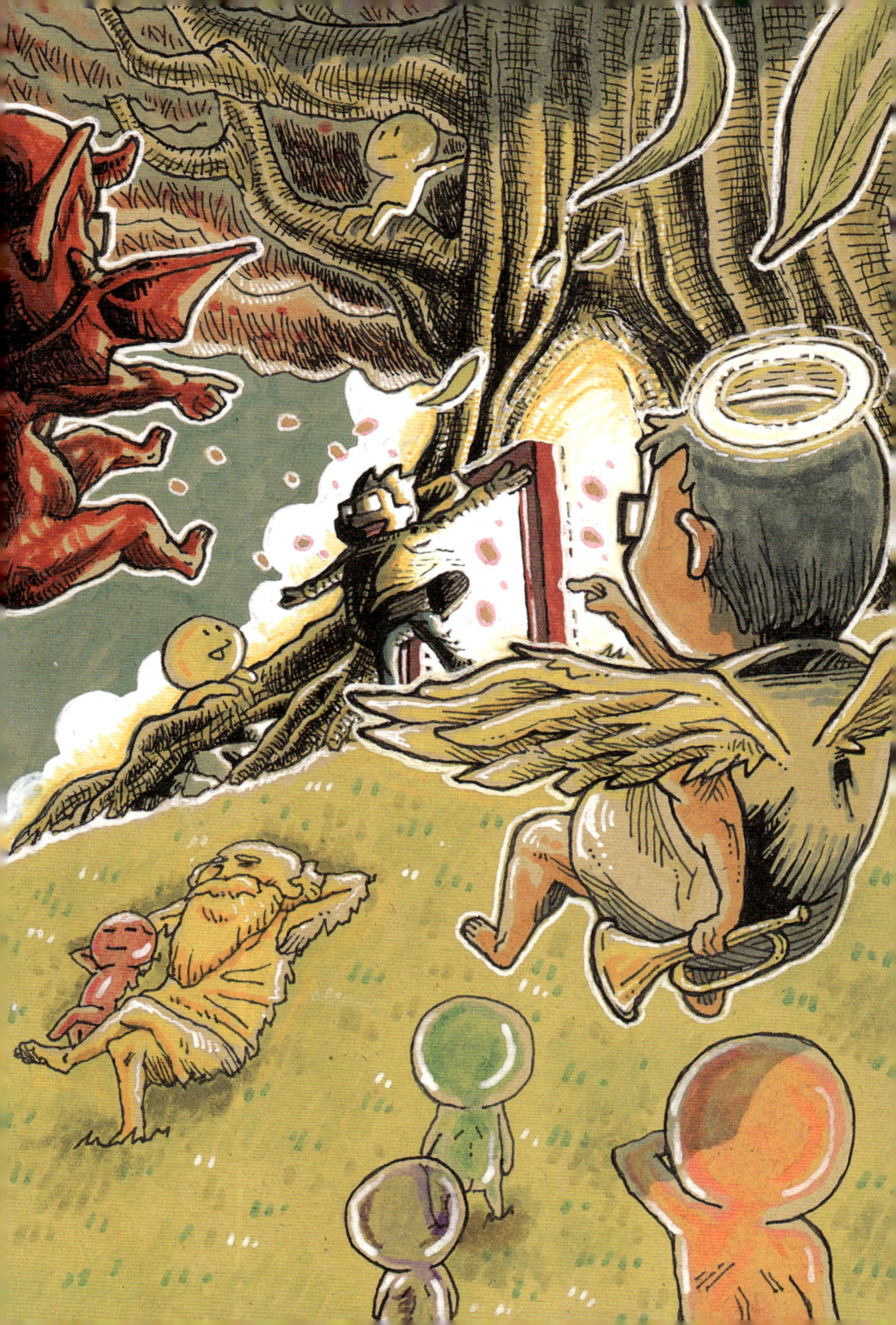

세상 최고
아쉽고 간절한 순간

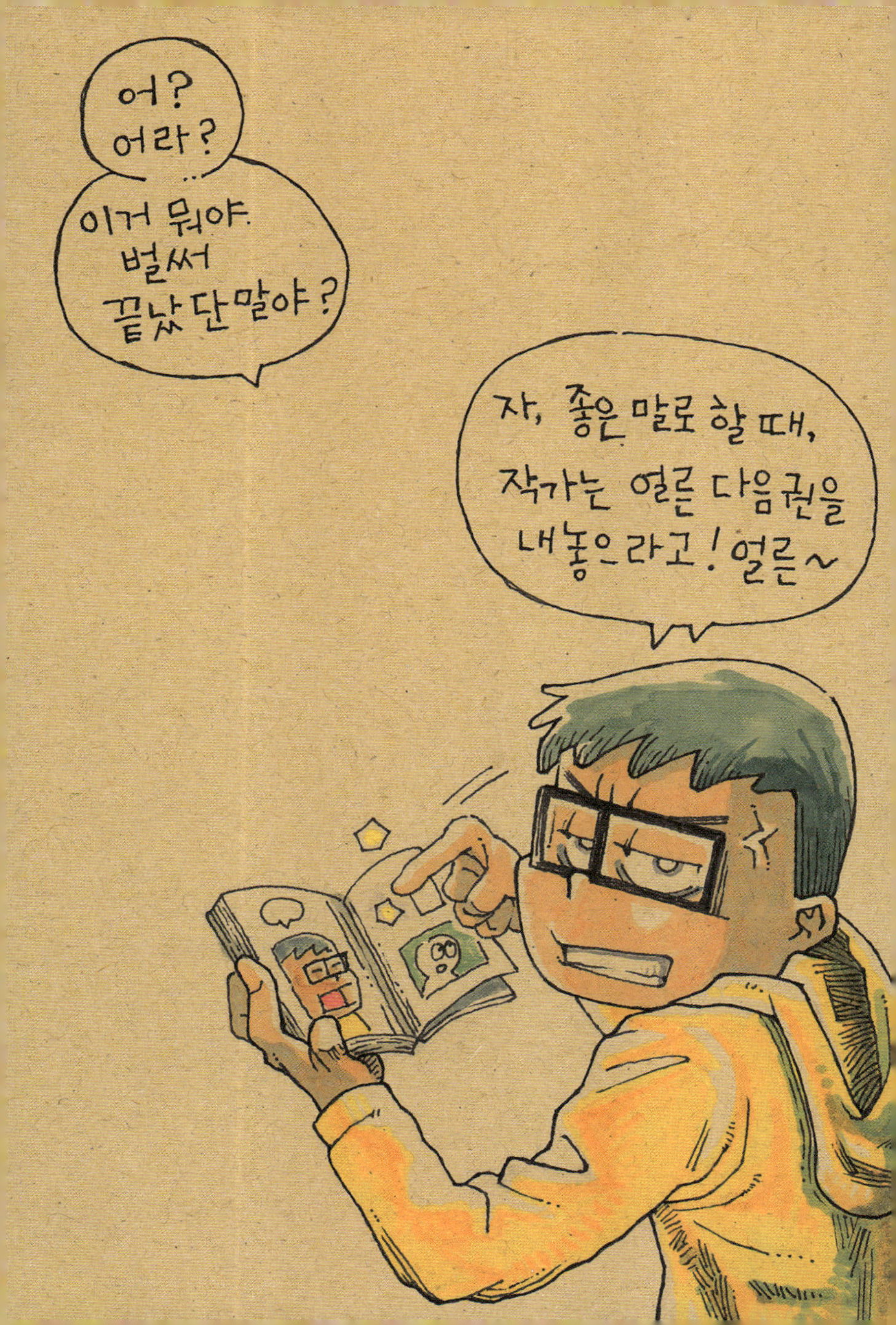

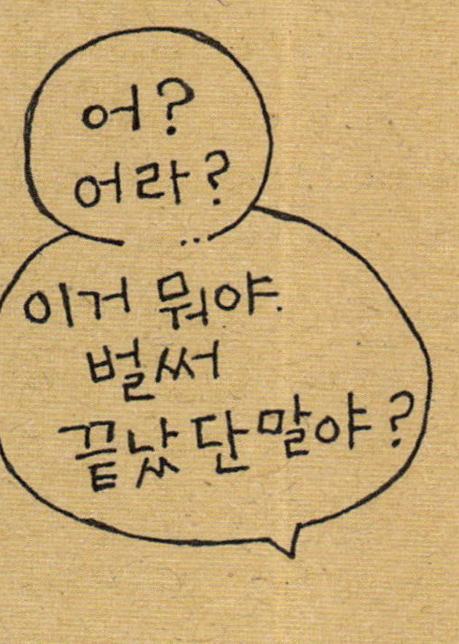
어?
어라?
...
이거 뭐야.
벌써
끝났단말야?
자, 좋은 말로 할 때,
작가는 얼른 다음권을
내놓으라고! 얼른~

예상하지 못했던 일상에 작은 위로를

"시리즈로 가시죠."

마감한 원고를 전하는 자리, 출판사 대표님이 내게 말했다. 내심 가장 듣고 싶던 말을 직접 확인하니 입안에 머금고 있던 막걸리가 화악~ 하고 달콤해진다. 사실 원고 작업을 하면서도 이미 봉구의 다음 시리즈를 기획한 터였다. 조금 무거운 주제이긴 하지만 밝은 분위기로 산뜻하게 풀어보고 싶었던 작품이다.

"그냥 편한 마음으로 쉬고 계시다가 중간중간 검사만 받으시면 됩니다."

하루면 충분하다는 의사 선생님의 말씀에, 바쁘고 지친 일상에서 나 자신에게 작은 휴식을 선물한다는 기분으로 입원을 했다. 그 하루가 반년이 넘는 시간으로 변할 줄은 꿈에도 그때는 미처 몰랐다…

병원의 하얀 벽, 창밖으로 보이는 같은 풍경, 매일 같은 시간에 반복되는 검사와 진료. 무엇보다 힘들었던 건 나의 의지와는 무관하게 삶의 방

향이 결정되는 순간이었다. 어쩌면 그때의 나에게 오늘은 존재하지 않았을지도 모른다. 하지만 그 시간을 지나왔기에, 지금을 살아가는 이야기가 만들어진다.

그래서 준비한 이야기가 다음 작품인 봉구의 아슬아슬한 일상, 『병원에 산다』다. 살아간다는 것은 때로 우리가 예상치 못한 길을 지나야 한다는 것, 그리고 그 길 위에서도 웃을 수 있어야 한다는 것.

봉구의 이야기를 통해, 누군가가 자신의 하루를 조금 더 다정하게 바라볼 수 있기를 바란다. 그리고 어딘가에서 예상치 못한 시간을 보내고 있는 누군가에게 작은 위로가 될 수 있기를 기대한다.

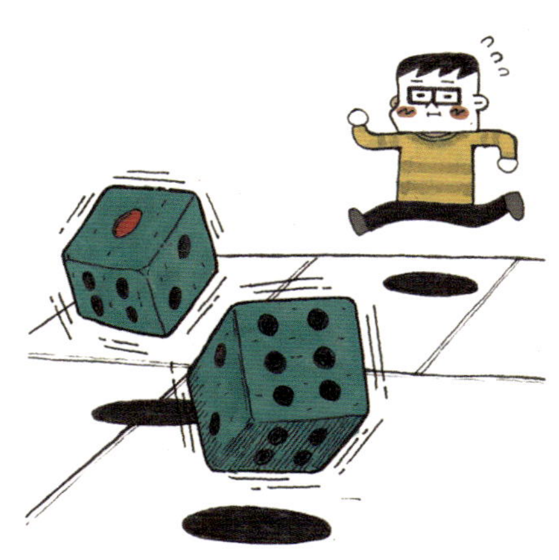

손으로 그린 봉구의 생각 노트

이대로 살아도
괜찮은 걸까?

©서범강 2025

1판 1쇄 인쇄 2025년 6월 26일
1판 1쇄 발행 2025년 7월 7일

지은이 서범강
펴낸이 황상욱

편집 이은현 박성미 **｜ 디자인** 박지수
마케팅 윤해승 윤두열 **｜ 경영관리** 황지욱
제작처 영신사

펴낸곳 ㈜휴먼큐브 **｜ 출판등록** 2015년 7월 24일 제406-2015-000096호
주소 03997 서울시 마포구 월드컵로14길 61 2층
문의전화 02-2039-9462(편집) 02-2039-9463(마케팅) 02-2039-9460(팩스)
전자우편 yun@humancube.kr

ISBN 979-11-6538-455-5 03810

• 이 책의 판권은 지은이와 휴먼큐브에 있습니다.

• 이 책 내용의 전부 또는 일부를 재사용하려면 반드시 양측의 서면동의를 받아야 합니다.

• 잘못 만들어진 책은 구입하신 서점에서 교환해드립니다.

인스타그램 @humancube_group **페이스북** fb.com/humancube44